青少年古诗丛书

U0733380

历代浪漫爱情诗三百首

（一）

辛一村　著

时代文艺出版社

青少年古诗丛书——历代浪漫爱情诗三百首

责任编辑:戚积广

出　　版:时代文艺出版社

　　　　　(长春市泰来街1825号　邮编:130062　电话:86012927)

发　　行:时代文艺出版社

印　　刷:三河市灵山装订厂

开　　本:787×1092毫米　32开

字　　数:377千字

印　　张:20

版　　次:2011年5月第2版

印　　次:2011年5月第3次印刷

书　　号:ISBN 978-7-5387-0921-6

定　　价:119. 20元(全4册)

目　录

先　秦

诗　经

屈　原

汉

魏

曹　丕

曹　植

晋

张　华

南朝·宋

鲍　照

鲍令晖

南朝·齐

苏小小

南朝·梁

隋

唐

开元宫人

天宝宫人

李　冶

李　益

孟　郊

薛　涛

太原女子

张　氏

刘采春

目　录

五　代

清

诗　经

关　雎 (周南)

关关雎鸠①，在河之洲②。
窈窕淑女③，君子好逑④。

参差荇菜⑤，左右流之⑥；
窈窕淑女，寤寐求之⑦；
求之不得，寤寐思服⑧。
悠哉悠哉⑨，辗转反侧⑩；

参差荇菜，左右采之；
窈窕淑女，琴瑟友之⑪。
参差荇菜，左右芼之⑫；
窈窕淑女，钟鼓乐之⑬。

〔注释〕

①关关：鸟鸣声。雎（jū 居）：鸠类的鸟。

②洲：水中的陆地。

③窈窕（yǎo tiǎo 咬挑）：美好的样子。淑女：好姑娘。

④好逑（qiú 求）：理想的配偶。

⑤参差（cēn cī）：长短不齐。荇（xìng 兴）菜：即莕菜，一种水生

植物。

　　⑥流：寻求，择取。

　　⑦寤寐（wù mèi 悟妹）：寤，醒；寐，睡。

　　⑧思，语助词。服：念、想。

　　⑨悠：忧思深长的样子。

　　⑩辗转反侧：翻来覆去不能安睡的样子。

　　⑪琴瑟：古代的乐器。友：亲近。

　　⑫芼（mào 冒）：拔取。

　　⑬钟鼓句：敲钟击鼓使她欢乐。

〔译诗〕

　　　　　　　在那河中的沙洲上，
　　　　　　　有一对水鸟在你应我唱。
　　　　　　　那个美丽的好姑娘，
　　　　　　　是我心中理想的对象。

　　　　　　　长短不齐的水生荇菜，
　　　　　　　一左一右采摘忙。
　　　　　　　那个美丽的好姑娘，
　　　　　　　醒时睡时我都在把她想。

　　　　　　　胡思乱想怎能得到，
　　　　　　　梦中的思念更深更长。
　　　　　　　思更深呵，情更长，
　　　　　　　翻来覆去难以入梦乡。

长短不齐的水生荇菜，
一左一右采摘忙。
那个美丽的好姑娘，
我弹琴拨瑟让她欣赏。

长短不齐的水生荇菜，
一左一右采摘忙。
那个漂亮的好姑娘，
我敲钟击鼓让她欢畅。

〔说明〕

这首情歌，写一个小伙子爱上了一个漂亮的姑娘。小伙子站在河边，听到一对对鸠鸟的鸣叫声，看见了一个在河边采荇菜的姑娘，引起他的爱慕。小伙子的爱，没有得到回答，致使他觉都睡不好。小伙子想象自己弹奏琴瑟去亲近她，敲击钟鼓使她欢乐，仿佛他们已经结成了情侣。诗作形象鲜明，联想丰富，语言生动而又富于韵律的美感，是千百年来家喻户晓的名作。

汉　广 (周南)

南有乔木①，不可休思②。
汉有游女③，不可求思。
汉之广矣，不可泳思④。

江之永矣⑤，不可方思⑥。

翘翘错薪⑦，言刈其楚⑧。
之子于归⑨，言秣其马⑩。
汉之广矣，不可泳思。
江之永矣，不可方思。

翘翘错薪，高刈其蒌⑪。
之子于归，言秣其驹。
汉之广矣，不可泳思。
江之永矣，不可方思。

〔注释〕

①乔木：高大的树木。

②休：树荫。这里是庇荫、覆盖的意思。思：语尾助词。

③汉：汉水。游女：指水上的女神。

④泳：泅渡。

⑤江：指长江。永：长。

⑥方：竹木渡筏，这里指渡过。

⑦翘翘：旺盛的样子。错薪：杂乱的柴草。

⑧言：语助词。刈（yì义）：割。楚：蔓生的草。

⑨之子：那个女子。于归：出嫁。

⑩秣：（mò末）：喂马。

⑪蒌（lóu娄）：蒌蒿。

〔译诗〕

南方有一棵大树，

树下却难以庇荫乘凉；
汉江上有一个游女，
那是追求不到的漂亮姑娘。

汉水茫茫无比宽广，
不能游到对面崖上。
江水滔滔源远流长，
架着木筏也难以渡江。

一丛丛野树杂乱无章，
砍下荆柴堆放在一旁。
姑娘若肯嫁给我啊，
喂饱骏马接她进新房。

汉水茫茫无比宽广，
不能游到对面岸上。
江水滔滔源远流长，
架着木筏也难以渡江。

一丛丛野树杂乱无章，
割下蒌蒿堆放在一旁。
姑娘若肯嫁给我啊，
喂饱马驹接她进新房。

汉水茫茫无比宽广，
不能游到对面岸上。

江水滔滔源远流长，
架着木筏也难以渡江。

〔说明〕

这是一首男子求偶不能如愿的恋歌。第一章连用四个比
喻，说明意中人追求不到。第二、三章是假想那个女子即将出
嫁，自己割草喂马去迎亲的情景，但这个愿望却无法实现，给
小伙子留下的只有望"江"兴叹了。

野有死麇 (召南)

野有死麇①，白茅包之②。
有女怀春③，吉士诱之④。

林有朴樕⑤，野有死鹿。
白茅纯束⑥，有女如玉。

舒而脱脱兮⑦，无感我帨兮⑧，
无使尨也吠⑨。

〔注释〕

①野：旷野。麇（jūn君）：指獐子。

②白茅：茅草。

③怀春：指女子春情初动，思求配偶。

④吉士：美男子。吉，美、善。

⑤朴樕（sù 速）：小树。

⑥纯：与束同义。纯束，捆缚的意思。

⑦舒而：舒然，慢慢地。脱脱（duì 兑）：轻悄悄的样子。

⑧无：毋，不要。感：借作撼，动。帨（shuì 税）：佩巾，古时女子的装饰物。这句是说不要动我。

⑨尨（máng 忙）：一种多毛的狗。

〔译诗〕

一只獐子，打死在荒郊野外，
一捆白茅把它包裹起来。
美丽的姑娘春情萌动，
年轻的猎手撩拨着向她求爱。

大树林中，生长着小树，
荒郊野外，有一只死鹿。
白茅绳儿捆绑着它，
给那个白净姑娘当做礼物。

慢慢地来啊，悄悄地来，
不要撩我的佩巾，动手动脚，
不要让那只猎狗汪汪乱叫，
惊动了别人，那可不好。

〔说明〕

这首诗描述一个年轻的猎人，在森林里打死一只鹿，又碰

上一个多情的姑娘，他一边收拾猎物，一边向姑娘求爱。姑娘
高兴地答应了她，嘱咐他不要性急，免得引起狗叫，惊动了别
人。年轻猎手和姑娘的爱，在诗作中表现得十分直率大胆。

静　　女 (邶风)

静女其姝①，俟我于城隅②。
爱而不见③，搔首踟蹰④。

静女其娈⑤，贻我彤管⑥。
彤管有炜⑦，说怿女美⑧。

自牧归荑⑨，洵美且异⑩。
匪女之为美⑪，美人之贻。

〔注释〕

①静：安详。姝：(shū 殊)：美好。

②俟 (sì 似)：等待。城隅：城角幽僻之处。

③爱：薆的借字，隐蔽着。不见：没有被发现。

④搔首：挠头。踟蹰 (chí chú 迟除)：徘徊，犹豫。

⑤娈 (luán 峦)：貌美。

⑥贻：赠。彤管：红色的管，可能是一种乐器。

⑦炜 (wěi 伟)：发光。

⑧说：同"悦"。说怿 (yuè yì 越义)：喜爱。女：汝，指彤管。

⑨牧：野外放牧的地方。归：馈的借字，赠送。荑 (tí 提)：初生的

茅草。

⑩洵：确实。异：好得出奇。

⑪匪：非。以下两句是说，并非是香草美好，而是因为它是美人赠送的。

〔译诗〕

安详娴雅的好姑娘，

约我幽会，等在城角上。

她藏藏躲躲，不让我看见，

急得我挠头叹气来回徜徉。

安详娴雅的好姑娘，

赠给我的彤管真漂亮。

漂亮的彤管红光闪闪，

我从心里把它爱上。

野外摘来香草做赠礼，

草叶实在香美而又奇异，

并非香草有什么了不起，

因为它是姑娘赠给我的。

〔说明〕

这是一首写男子去赴密约的诗。一位漂亮可爱的姑娘在城隅等他，却调皮地藏了起来，没被他发现，急得他直挠头皮。当他发现姑娘不仅依约来了，还给他带来了礼物时，心里高兴得不得了。虽然姑娘的馈赠十分平常，但在小伙子看来，由于是意中人所赠，就显得格外出奇与珍贵了。

柏　　舟 (鄘风)

泛彼柏舟①，在彼中河②。
髧彼两髦③，实维我仪④。
之死矢靡它⑤！
母也天只⑥！不谅人只⑦！

泛彼柏舟，在彼河侧。
髧彼两髦，实维我特⑧。
之死矢靡慝⑨！
母也天只！不谅人只！

〔注释〕

①泛：漂流。柏舟：柏木小船。

②中河：河中。

③髧（dàn旦）：发下垂的样子。两髦（máo毛）：下垂至眉的长发，古代男子未成年时梳的发式。

④维：语助词。仪：配偶。

⑤之死：直到死。矢：誓。靡它：没有二心。

⑥也：叹词。只：叹词。

⑦谅：体谅。

⑧特：对象。

⑨愿（tè 特）：忒的借字。变更。靡愿，就是无所改变。

〔译诗〕

> 划起一只柏木小船。
> 漂荡在那条小河波浪中间。
> 那个黑发下垂的好青年，
> 实在是我心中的终生侣伴。
> 爱他到死也不变心，
> 喊一声我的妈啊，我的天！
> 你们为何不体谅女儿的心愿。
>
> 划起一只柏木小船，
> 飘游在那条小河的岸边。
> 那个黑发下垂的好青年，
> 实在是我心中的终生侣伴。
> 爱他到死也不变心，
> 喊一声我的妈呀，我的天！
> 你们为何不体谅女儿的心愿！

〔说明〕

　　这首诗描述了一个强烈要求婚恋自由的少女。那个梳着双髻的青年，那才是她要嫁的人啊！可是，母亲和老天却都不体谅她。可见，母亲一定是强迫她另嫁，才引起她这种反抗情绪。诗作反映了女主人公与不合理的婚姻习俗的抗争。

木　瓜 (卫风)

投我以木瓜①，报之以琼琚②。
匪报也③，永以为好也④。

投我以木桃⑤，报之以琼瑶⑥。
匪报也，永以为好也。

投我以木李⑦，报之以琼玖⑧。
匪报也，永以为好也。

〔注释〕

①木瓜：植物名，果实椭圆。

②琼：美玉。琚 (jū 居)：佩玉。

③匪：非。

④好：相爱。

⑤木桃：桃子。

⑥瑶：象美玉一样的石头。

⑦木李：李子。

⑧玖：象玉一样的浅黑色石头。

〔译诗〕

他送我一只木瓜，

我用琼琚美玉做回报。

并非是为了报答他，
为的是和他永远相好。

他送我一枚木桃，
我用琼瑶玉石做回报。
并非是为了报答他，
为的是和他永远相好。

他送我一颗木李，
我用琼玖玉石做回报，
并非是为了报答他，
为的是和他永远相好。

〔说明〕

这是一首描写情人之间赠答的诗。你送给我各样果品，我回赠给你各种珮玉。其实这算不上什么报答，不过是表示彼此之间永久相爱的意思。诗中的主人公投桃报李的情节，促使热恋中男女青年竞相仿效。

君子于役 (王风)

君子于役①，不知其期②。曷至哉③？
鸡栖于埘④，日之夕矣⑤，羊牛下来⑥。
君子于役，如之何勿思⑦！

君子于役，不日不月⑧。曷其有佸⑨？

鸡栖于桀⑩，日之夕矣，羊牛下括⑪。

君子于役，苟无饥渴⑫。

〔注释〕

①君子：古时妻子对丈夫的称呼。于：往。役：兵役，劳役。于役，就是服役。

②期：归期。

③曷（hé 何）：何时。曷至哉，什么时候回来啊？

④埘（shí 时）：墙里凿洞做成的鸡窝。

⑤之：将，其。

⑥下来，从高地走回。

⑦如之何：怎么。

⑧不日不月：无日无月，指没有准日子。

⑨佸（huó 活）：相会。这句是说，何时才能相会呢？

⑩桀：小木桩。

⑪括（kuò 扩）：与佸同义，这里指牛羊下山聚集在一起。

⑫苟：或，也许。这句是说希望丈夫不受饥渴。

〔译诗〕

丈夫在外面服役，

不知道他归来的日期。

什么时候他才能到家？

鸡儿走进墙洞小窝，

眼瞅着夕阳快要落下，

羊儿牛儿从山上下来。

丈夫在外面服役，
让我怎能不思念他！

丈夫在外面服役，
不知哪月哪日才能返回。
夫妻什么时候才能相会？
鸡儿落在木桩上安睡。
眼瞅着夕阳往山下坠去，
牛儿羊儿从山上跑回。
丈夫在外面服役，
但愿他不受饥渴和劳累。

〔说明〕

这首诗描述丈夫服役在外，妻子在家的怀念之情。每当家禽归窝、牛羊下山的黄昏，正是她想念丈夫最切的时刻。可是，她却不知道丈夫什么时候能够回来。她只能在心里暗暗地祝愿丈夫在外无饥无渴，平平安安。诗作对一些家庭琐事的描写，使作品更为真实感人。

采　　葛 (王风)

彼采葛兮①，
一日不见，如三月兮！

彼采萧兮②，
一日不见，如三秋兮③！

彼采艾兮④，
一日不见，如三岁兮！

〔注释〕

①葛：蔓生植物。

②萧：艾蒿，有香味。

③秋：此处指秋季。三秋，即三季。

④艾：草本植物，叶子制成艾绒可供灸法治病。

〔译诗〕

那个人去采摘藤葛哟，
一天不曾相见，
好像分隔三个月的时光！

那个人去采摘青蒿哟，
一天不曾相见，
如同离去三个秋季一样！

那个人去采摘香艾哟，
一天不曾相见，
恰似相别三年那样漫长！

〔说明〕

这是一首怀恋情人的诗。对方采葛、采萧、采艾去了，情人之间短时间的分离，都显得象三月、三季、三年一样长。对时间的体味，各有不同。只有处于热恋中的青年男女，才会发出"一日不见，如三秋兮"的感叹。反复的咏唱，有力的排比，使诗意的表述，达到了淋漓尽致的地步。

大　　车 (王风)

大车槛槛①，毳衣如菼②。
岂不尔思③？畏子不敢④。

大车啍啍⑤，毳衣如璊⑥。
岂不尔思？畏子不奔⑦。

穀则异室⑧，死则同穴⑨。
谓予不信⑩，有如曒日⑪。

〔注释〕

①槛槛 (kǎn 砍)：车行走的声音。

②毳 (cuì 脆)：古代冕服的一种，自天子至大夫都可穿用。一作车上的披毡。菼 (tǎn 坦)：初生的荻，淡青色。这里是以驾车那个小伙子的衣物来暗指他。

③岂不尔思：哪里是不想念你。尔，你，指驾车那个小伙子。

④畏：怕。子：指那个小伙子。不敢：这里是指不敢逃走。

⑤啍啍（tūn吞）：车行走迟重缓慢的样子。

⑥璊（mén门）：赤玉。

⑦奔：逃奔。

⑧穀（gǔ古）：活着。异室：指男女不能生活在一起。

⑨穴：墓穴。

⑩予：我。

⑪暾（jiǎo绞）：明亮。以上两句是说如果认为我不诚心，明亮的太阳可以作证。

〔译诗〕

大车发出隆隆的响声，
你穿着礼服一身淡青。
哪里是我不想念你啊，
只怕你缺少勇敢，顾虑重重。

大车行走迟重而又缓慢，
你穿着礼服，一身火红。
哪里是我不想念你哟，
只怕你不敢私奔，忧心忡忡。

活着时你我不能同室居住，
死了愿和你同葬一个墓坑。
如果你不相信我的忠诚，
天上的太阳可以为我作证！

〔说明〕

　　这首诗写一个姑娘爱上一个驾车的小伙子，但因故不能自由结合。姑娘大胆地提出要和小伙子一块逃走。她指着太阳发誓，向他表示自己对爱情的忠贞。作品中女主人公对爱情的表达，没有任何遮掩，这种火辣辣的爱情表白，使人信服，令人赞叹。

将仲子 (郑风)

　　将仲子兮①，无逾我里②，无折我树杞③。
　　岂敢爱之④？畏我父母。
　　仲可怀也⑤，父母之言，亦可畏也。

　　将仲子兮，无逾我墙，无折我树桑。
　　岂敢爱之？畏我诸兄。
　　仲可怀也，诸兄之言，亦可畏也。

　　将仲子兮，无逾我园⑥，无折我树檀⑦。
　　岂敢爱之？畏人之多言。
　　仲可怀也，人之多言，亦可畏也。

〔注释〕

　　①将（qiāng枪）：愿，请。仲子：男子的名字。

②无：毋。踰，（yú 于）：越过。里：先秦时以二十五家为里，这里指里外的墙。

③树杞（qǐ 启）：栽种的杞树。这句是说不要因为爬墙而过，折断树枝，留下痕迹。

④爱：爱惜，舍不得。之，指树。

⑤怀：怀念。

⑥园：园圃，这里指园墙。

⑦檀：檀树。

〔译诗〕

仲子啊，我请求你，
不要偷偷跨进我的乡里，
不要折断我栽种的杞树。
并非我舍不得这些东西，
是怕爹娘骂我没有出息。
仲子是值得我怀念的人，
爹娘的风言风语，
也让我感到畏缩恐惧。

仲子啊，我请求你，
不要爬过我家的围墙，
不要折断我栽种的桑树。
并非我舍不得这些东西，
是怕兄长说短道长。
仲子是值得我怀念的人，
兄长的闲言碎语，

也使我感到害怕心伤。

仲子啊，我请求你，
不要迈进我家的花园，
不要攀折我栽种的檀树。
并非我舍不得这些东西，
是怕外人的伤言恶语。
仲子是值得我怀念的人，
人们的流言蜚语，
也令我感到害怕心酸。

〔说明〕

　　这首诗写一个女子违心地拒绝情人来幽会，她怕那个小伙子爬墙过来时，弄断了树枝，被别人发现。这并不是她爱惜那些树木，而是怕引起一些闲话。诗作对女主人公的心理活动，描绘得十分细腻。

褰　　裳 (郑风)

子惠思我①，褰裳涉溱②。
子不我思③，岂无他人？
狂童之狂也且④！

子惠思我，褰裳涉洧⑤。

子不我思，岂无他士⑥？

狂童之狂也且！

〔注释〕

①子：指男子。惠：爱。这句是说蒙你见爱思念我。

②褰（qiān 铅）裳：提起衣裤。溱（zhēn 真）：水名。

③不我思：不思我。以下两句是说，你不思念我，难道再就没有其他的男子想念我吗？

④狂童：傻小子。且（jū 居）：语助词。这句是姑娘的玩笑话，如同说你这个傻子中的傻子啊！

⑤洧（wěi 委）：水名。溱水洧水是郑国两大河流。

⑥士：男子的通称。他士，指别的男子。

〔译诗〕

蒙你见爱，承你想我，

你就提起衣裳，涉过溱河。

假如你不把我放在心上，

难道就没有另一个小伙爱我？

你这个傻瓜中的傻瓜啊！

蒙你见爱，承你想我，

你就提起衣裳，涉过洧河。

假如你不把我放在心上，

难道就没有另一个小伙爱我？

你这个傻瓜中的傻瓜啊！

〔说明〕

　　这首诗，写一位活泼的姑娘，与他所爱的小伙子开玩笑。爽直的姑娘告诉那个小伙子，涉水来和她相会。假如小伙子不来，难道就没有追求我的男子了吗？姑娘是多么希望那个傻小子快来啊！诗中女主人公的形象，与其他诗作有很大区别，她敢于和男友开这样的玩笑，可见她性格上豁达与泼辣的特点，这是不同凡响的。

风　　雨 (郑风)

风雨凄凄①，鸡鸣喈喈②。
既见君子③，云胡不夷④？

风雨潇潇⑤，鸡鸣胶胶⑥。
既见君子，云胡不瘳⑦？

风雨如晦⑧，鸡鸣不已⑨。
既见君子，云胡不喜？

〔注释〕

　　①凄凄：寒凉的意思。
　　②喈喈（jiē 阶）：鸡鸣声。
　　③君子：女子对所爱之人的称呼。

④云：发语词。胡：怎么。夷：喜悦。

⑤潇潇：风雨急骤的样子。

⑥胶胶：鸡鸣声。

⑦瘳（chōu抽）：病愈。这里指心情舒畅，霍然去病。

⑧晦：天昏暗。如晦，昏暗如夜。

⑨已：止。

〔译诗〕

风雨送凉，凄凄清清，

小鸡儿的叫声，传向四外。

既然已经看见了你，

我的内心怎能不高兴起来？

雷电交加，风雨潇潇，

小鸡儿的叫声，越来越高。

既然已经看见了你，

我的病痛怎能不好？

风狂雨骤，云暗天低，

小鸡儿的叫声，不停不息。

既然已经看见了你，

我的心中怎能不欢喜？

〔说明〕

这首诗描述一个风雨交加的日子，鸡在不停地叫着，女子的心里焦躁不安。突然，她所思念的意中人回来了，这怎能不

使她高兴呢? 诗作借助对风雨和鸡鸣的描绘,生动而又形象地
反映出女主人公思念情人时的心理状态,十分真切而又感人
至深。

子　衿 (郑风)

青青子衿[1],悠悠我心[2]。
纵我不往[3],子宁不嗣音[4]?

青青子佩[5],悠悠我思。
纵我不往,子宁不来?

挑兮达兮[6],在城阙兮[7]。
一日不见,如三月兮!

〔注释〕

①青青:指颜色。子:指女子的情人。衿(jīn 今):衣领,这里借
指情人。

②悠悠:遥远的样子。这里是形容忧思深长。

③纵:即使。

④宁:岂,难道。嗣音:继续传递音信。

⑤佩:佩带。

⑧挑达:往来相见的样子。

⑦城阙(què 确):城门两边的观楼。

〔译诗〕

你这个穿青色衣领的人，
深长的忧思搅扰我的心。
纵然我不能到你那儿相会，
你何不给我捎个音信？

你这个戴青色佩带的人，
深切的思念充满我的心。
纵然我没有到你那儿去，
你为什么不能来临？

走来走去啊，心中焦急，
等你的人儿，在城门楼里。
要是一天没有相见啊，
好像三个月没见着你！

〔说明〕

这首诗写一位姑娘与情人约会，久等不来，急得她心神不安，心里一个劲埋怨情人，为什么不捎个信儿来呢？一天不见，真象三个月一样长啊。在对情人思念的深切感情上，这首诗与《采葛》有异曲同工之妙。

出其东门 (郑风)

出其东门，有女如云①。
虽则如云，匪我思存②。
缟衣綦巾③，聊乐我员④。

出其闉阇⑤，有女如荼⑥。
虽则如荼，匪我思且⑦。
缟衣茹藘⑧，聊可与娱⑨。

〔注释〕

①云：众多之意。

②思存：思念。

③缟（gǎo搞）：白绢。綦（qí棋）：青黑色。巾：佩巾。

④聊：且。乐我：使我快乐。员：语助词。

⑤闉阇（yīn dū 因都）：城外曲城的重门。

⑥荼（tū徒）：茅苇之类的白花。如荼，象荼花一样。

⑦思且：与思存同义。

⑧茹藘（rú lú 如驴）：茜草，其根可做绛色染料，这里指绛色佩巾。

⑨娱：乐。

〔译诗〕

慢步走出城东大门，
游玩的姑娘多如彩云。

虽然姑娘多如彩云，
都不是我思念的那个情人。
只有那个白衣黑巾的女子，
才中我的意，合我的心。

走出城外的重门，
游玩的姑娘多如白茶。
虽然姑娘多如白茶，
我心里从不为她们牵肠挂肚，
只有那个白衣红巾的女子，
才能和我一同欢娱相处。

〔说明〕

　　这首诗描述一个男子选择情人的专一。东门的游女虽然很多，却都不是他心目中的人。他只相中了那一位衣着朴素的女子。只有她，才是他最喜爱的姑娘。爱情上的专一，才能爱得更为深切，这是古人所尊崇的爱情观念。

野有蔓草 (郑风)

野有蔓草①，零露溥兮②。
有美一人③，清扬婉兮④！
邂逅相遇⑤，适我愿兮⑥！

野有蔓草，零露瀼瀼⑦。

有美一人，婉如清扬。

邂逅相遇，与子偕臧⑧。

〔注释〕

①野：野外。蔓草：象藤一样的草类。

②零：落。漙（tuán 团）：形容露水凝成水珠。

③有美句：有一个美人。

④清扬：清澈明亮，形容眼珠炯炯有神。婉：美丽。

⑤邂逅（xiè hòu 泄后）：偶然相遇。

⑥适：合

⑦瀼瀼（ráng 瓤）：露水多的样子。

⑧偕：同。臧：好。

〔译诗〕

荒郊野外蔓草生长，

露珠儿滴溜溜滚动在草叶上。

有一个年轻的好姑娘，

眉清目秀多么漂亮。

偶然相遇实在难得，

只有她才符合我的愿望！

荒郊野外蔓草生长，

露珠儿浓重，草叶水汪汪。

有一个年轻的好姑娘。

双目炯炯，神采飞扬。

不期而遇，机缘巧合，

你我同好，愉悦欢畅。

〔说明〕

　　这是一首求爱的情歌。野外蔓草上缀满了晶莹的露珠，小伙子在这里碰上了一个漂亮的姑娘，于是，向她倾吐了爱慕之情。爱美之心，人皆有之。诗作中的男子对此毫不掩饰，反映了他对美的挚着追求。

屈　原

　　屈原（约前339～前278），名平，字原。自称名正则，字灵均。战国时期楚国人，政治家，官至左徒和三闾大夫。他是我国古代伟大的浪漫主义诗人。

　　屈原学识渊博，曾得到楚怀王的信任。他一贯主张联齐抗秦。他因贵族政治集团的谗毁，竟被楚怀王疏远，被迫去到汉北。怀王听信张仪的话，同齐国绝交，在攻打秦国时惨败。怀王这时又起用了他，命他出使齐国。归国后任三闾大夫。但后来怀王背齐和秦，屈原又被流放。顷襄王即位后，屈原再次被放逐。在秦攻破楚国郢都后，他含愤投汨罗江而死。

　　屈原的诗作中充满强烈的政治热情和爱国主义精神，特别是《离骚》，更是我国古典文学中不朽的名著。

山　鬼①

若有人兮山之阿②，被薜荔兮带女罗③。
既含睇兮又宜笑④，子慕予兮善窈窕⑤。
乘赤豹兮从文狸⑥，辛夷车兮结桂旗⑦。
被石兰兮带杜衡⑧，折芳馨兮遗所思⑨。

余处幽篁兮终不见天⑩，路险难兮独后来⑪。
表独立兮山之上⑫，云容容兮而在下⑬。
杳冥冥兮羌昼晦⑭，东风飘兮神灵雨⑮。

留灵修兮憺忘归⑯，岁既晏兮孰华予⑰。

采三秀兮於山间⑱，石磊磊兮葛蔓蔓⑲。
怨公子兮怅忘归⑳，君思我兮不得闲㉑。
山中人兮芳杜若㉒，饮石泉兮荫松柏㉓。
君思我兮然疑作㉔。
雷填填兮雨冥冥㉕，猨啾啾兮狖夜鸣㉖。
风飒飒兮木萧萧㉗，思公子兮徒离忧㉘！

〔注释〕

①山鬼：指山中的女神。这是《九歌》中的一章。

②若：好似，仿佛。这里指山中女神的忽隐忽现，若有若无。阿（ē 婀）：山的深处。

③被：同"披"。带：衣带。带女罗，以女罗为衣带。

④睇（dì 弟）：斜着看。含睇，含情相视。宜：适宜，自然。

⑤子：你，是对情人的敬称。予：山鬼自称。善，赞美、欣赏之意。

⑥乘赤豹：用赤色的豹子驾车。从文狸：指带花纹的山狸跟随在后面推车。文同"纹"。

⑦辛夷：一种香木。结桂旗：桂枝编结的旗帜。

⑧石兰：一种兰草。杜衡：一种香草。衡亦作蘅。

⑨芳馨：指各种芳香的花草，遗（wèi 未）：赠与。所思：所思念的情人。

⑩余：山鬼自称。幽篁（huáng 皇）：深深的竹林。

⑪险难：艰险难行。后来：来迟了。

⑫表：突出的样子。

⑬容容：溶溶。这里形容云的流动如同水的流动一样。在下：在

脚下。

⑭杳（yǎo 咬）：深邃。冥冥：昏暗的样子。羌：发语词，无义。昼晦：白天象黑夜一样。

⑮神灵雨：神灵在下雨。

⑯灵修：指意中人。憺（dàn 旦）：安乐。

⑰岁既晏：指年龄已老。晏，晚。孰华予：谁再把青春年华还给我？孰，谁；予，给予；华，年华。

⑱三秀：灵芝草。灵芝草一年开三次花，故名三秀。於（古读 wū 巫）：通巫。於山，即巫山。

⑲磊磊：石头丛聚的样子。葛。蔓生植物。蔓蔓：形容纷乱缭绕。

⑳公子：指山中女神所爱的人。

㉑君：山鬼所爱之人。不得闲：不得空闲前来。

㉒山中人：山中女神的自称。杜若：香草。

㉓荫：庇护。

㉔然疑作：半信半疑。

㉕填填：雷声。冥冥：这里是形容细雨濛濛。

㉖：猨同"猿"。啾啾：猿鸣声。狖（yòu 又）：一种长尾猿猴。

㉗飒飒：凄厉的风声。萧萧：落叶声。

㉘徒：徒然，白白地。离：通罹，遭遇。

〔译诗〕

　　　　恍恍惚惚有一个人影哟，
　　　　飘动在大山的山坳。
　　　　身上披着薜荔衫哟，
　　　　腰间有女萝带子飞飘。

　　　　双目中闪动着爱火哟，

脸上挂着舒展的微笑。
啊，情人爱慕我哟，
欣赏我的身姿窈窕。

用赤豹拉着车子哟，
带花纹的山狸在车后推着。
辛夷香木制作的车子上哟，
结挂的桂旗迎风飘摇。

车上披盖着石兰香草哟，
杜蘅香带在车厢上飞飘。
折上溢着馨香的芳草哟，
赠给我所思念的相好。

我在竹林深处哟，
终日见不到苍天。
道路艰难险阻哟，
来到这里又太迟太晚。

我一人多么孤独哟，
站在大山的峰巅。
游动的一朵朵白云哟，
在脚下飘浮连绵。

深邃的天宇之间哟，
白天竟然像黑夜昏暗。

一阵阵东风徐徐吹来哟,
司雨的神灵布雨漫天。

等待着我的情人前来哟,
挽留住他,让他乐而忘返。
年华已悄然消逝哟,
谁能还给我青春华年?!

采摘灵芝仙草哟,
奔波在巫山之间。
一堆堆石块重重叠起哟,
一丛丛蔓草四处蔓延。

怨恨心中的情人哟,
惆怅中早已忘记归还。
你心里一定是想着我的哟,
未来赴约只是因为没有空闲。

我这山中的女子哟,
就象杜若一样香气飘散。
喝的是石缝中流出的泉水哟,
在松柏的庇荫下流连。

有情人想念我哟,
难道还能是疑信参半?
轰隆隆的雷声震天响哟,

哗啦啦大雨落下九天。

啾啾的猿猴昼夜鸣叫哟，
飒飒的风儿吹得树叶飞旋；
思念多情的心上人哟，
真让我白白地遭此忧难！

〔说明〕

　　《山鬼》是《九歌》较为出色的一章。这首诗所表现的是人神恋爱的神话故事。全诗分为三段。第一段写这位巫山女神打扮得漂漂亮亮去赴约会见情人的情景。她用鲜花香草做自己的衣饰，驾驶赤豹拉着的车子，香木车上插着桂枝，作为旗帜。她的风韵和气质和人间少女既相同又不一样。第二段描述了她乘兴而来，却不见情人赴约的身影，激起她内心复杂的感情波动。她站在高山上，迎着风雨，痴情地期望情人在她面前出现，发出青春一过难以再现的感慨。第三段则进一步刻画了女神失恋后的缠绵情怀。她心里产生了疑虑，她相信自己像杜若一样芳香，喝着山泉水，住在松柏下，为情人的违约而怅然若失。对情人既爱之深切，又深有抱怨。诗中写的虽然是女神，却完完全全是一个普通女子的同样情怀。神与人有机地溶为一体，情与景和谐地交融在一起。

西汉乐府

·

有 所 思

有所思^①，乃在大海南^②。

何用问遗君^③？双珠玳瑁簪^④，用玉绍缭之^⑤。

闻君有他心^⑥，拉杂摧烧之^⑦。

摧烧之，当风扬其灰^⑧。

从今以往，勿复相思！相思与君绝！

鸡鸣狗吠，兄嫂当知之。

妃呼豨^⑨！

秋风肃肃晨风飔^⑩，东方须臾高知之^⑪。

〔注释〕

①有所思：有一个我所思念的人。

②乃：是，就是。

③何用：用何，用什么。问遗：赠送。君：指女子的情人。这句是说，拿什么送给你呢？

④玳瑁（dài mào 代冒）：海龟的一种。双珠玳瑁簪，古代男女用来绾住头发或把头发别在帽子上的首饰，上面是用玳瑁的甲壳装饰的，两边各有一珠。

⑤绍缭：缠绕。

⑥他心：异心。

⑦拉杂：混杂，杂乱。摧：毁坏。

⑧当风：迎风。

⑨妃呼豨（xī 希）：这是一句象声词，无义。

⑩肃肃：风声。晨风：鹞子一类的鸟。飔（sī 思）：一种疾风。这里当为思。晨风飔，指晨风鸟求偶而悲鸣。

⑪须臾（yú 于）：不大一会儿。高：读为皓，白的意思，东方皓，即东方白。

〔译诗〕

在大海南边那个地方，
有一个小伙子为我所想。
拿什么东西赠送给你啊，
摘下双珠玳瑁银簪，
再把洁白的玉石缠上。

当我听说你已变了心，
便把那些东西堆集烧毁砸烂，
再把它的灰屑迎风扬散。
从今以后，
再也不想念你这负心人，
坚决和你把相思情绝断！

鸡在打鸣，狗在吠叫，
这件事儿兄嫂肯定知道。
哎呀呀，秋风飒飒，
晨风鸟叫得我心里乱糟糟。

东方很快发白了，

我纯洁的心地，太阳最明了！

〔说明〕

　　这首诗写一个女子，本来和情人十分要好，听说他变了心，便决心和他断绝，同时毫不犹豫地把这信物烧掉。但是，当她回想起当初定情时偷偷相会，惊动鸡犬那种提心吊胆的情景，又犹豫不决了。她心情是十分复杂的，但她对他的深情，仍然一如既往。她希望他回心转意。这里对她内心世界的描绘，是十分成功的。

上　　邪

上邪①！

我欲与君相知②，长命无绝衰③。

山无陵④，江水为竭⑤，

冬雷震震⑥，夏雨雪⑦，天地合，

　乃敢与君绝⑧！

〔注释〕

　　①上：指天。邪：同耶，语气词。上邪，天啊。

　　②相知：相亲相爱。

　　③长：永远。命：令，使。这句是说永远使这种情义不断绝不衰减。

　　④陵：高峰。这句是说高山变为平地。

⑤竭：枯竭。

⑥震震：雷声。

⑦雨（yù玉）雪：下雪。

⑧乃敢：这才敢。

〔译诗〕

> 天啊！天！
> 我要与你相亲相爱，
> 让这绵绵情意永不衰绝。
>
> 只有高山变为平地，
> 浩浩的江水变得枯竭，
> 冬天里雷声隆隆作响，
> 夏日里落下漫天大雪，
> 蓝天与大地合在一起，
> 我才敢与你把情意断绝！

〔说明〕

　　这是一首表达一位女子与情人永远相亲相爱的情诗。她发誓：只有高山化万平地，江水枯竭，冬天打雷，夏天降雪，天地合在一起，这才敢和你断绝情义。这一连串的排比句，如同江河直泻，对女主人公的心态，表达得淋漓尽致。实际上这是不可能的，这恰恰说明了她对爱情的坦率与真诚。

司马相如

　　司马相如（前179～前117），字长卿，蜀郡成都（今四川成都）人。西汉辞赋家，景帝时为武骑常侍，后因病免官。所作《子虚赋》为武帝赏识，因此而得到召见，又作《上林赋》，武帝用为郎官。曾奉命出使西南，后做过孝文园令。

　　相如在临邛结识了卓文君，两人私奔成都，后因生计，不得不复归临邛当垆卖酒。

　　有明人所辑《司马文园集》。

琴　　歌

　　　　凤兮凤兮归故乡①，遨游四海求其凰。
　　　　时未遇兮无所将②，何悟今夕升斯堂③。
　　　　有艳淑女在闺房④，室迩人遐毒我肠⑤。
　　　　何缘交颈为鸳鸯⑥，胡颉颃兮共翱翔⑦。

〔注释〕

　　①凤：凤凰，古代传说中的鸟王，雄鸟为凤，雌鸟为凰。这里，诗人以凤自喻。归故乡：诗人是蜀地人，归故乡即归蜀。

　　②时：时机。将：共。无所将，即无所与共。

　　③何悟：哪里想到。升斯堂：登进此堂。

　　④闺房：女子居住的内室。

　　⑤迩：近。遐：远。毒：强使。毒我肠：强迫使我心情痛苦。

⑥何缘：有什么办法。交颈为鸳鸯：鸳鸯鸟相亲相爱，脖颈相交，暗指男女结合在一起。

⑦胡：远。颉颃（xié káng 协抗）：形容鸟儿在天空飞翔的状态。

〔译诗〕

凤哟，凤哟，
又回到了蜀地故乡。
为了爱情而遨游四海啊，
我在追求美丽的凰。

可惜没遇到时机啊，
没有寻到情意相投的凰。
我哪里能想到啊，
今晚却来到这厅堂之上。

看见有一个漂亮姑娘，
就坐在她的内室中央。
居室虽近，两心相隔却远，
强使我的心情痛苦而又惆怅。

有什么办法啊，才能与她，
像鸳鸯交颈，匹配成双？
让我们翩翩飞舞振起翅膀，
共同在天空中自由地翱翔！

〔说明〕

　　在临邛的一次酒宴上，司马相如借琴曲抒情，打动了漂亮女子卓文君的心。两人私奔成亲。这时，相如对文君的感情是真挚的。他以凤求凰做比喻，表达了自己对文君的爱，他希望他们能象双飞鸟一样，与文君结成伉俪。这首诗写得情真意切，比喻又十分巧妙，难怪打动了文君的心。

卓文君

卓文君，西汉临邛（今四川邛崃）人，富豪卓王孙的女儿，司马相如的妻子。

白 头 吟

皑如山上雪①，皎若云间月。
闻君有两意②，故来相决绝③。
今日斗酒会④，明旦沟头水⑤；
躞蹀御沟上⑥，沟水东西流。
凄凄复凄凄⑦，嫁娶不须啼⑧。
愿得一心人，白头不相离。
竹竿何袅袅⑨，鱼尾何簁簁⑩。
男儿重意气⑪，何用钱刀为⑫！

〔注释〕

①皑：洁白。以下两句是说自己对丈夫的感情，如同山上的雪一样洁白，好像云中的月那样纯洁。

②两意：两条心。指丈夫变心。

③决绝：断绝。

④斗：酒器。

⑤旦：早晨。以上两句是说，今天是最后一次酒宴聚会了，明天早晨我们便要象沟头水一样分手了。

⑥躞蹀（xiè dié 泄迭）：小步走路的样子。御：封建社会里，与皇帝有关的事物，一般加御字。这儿的御沟，指流过御苑或环绕宫墙的水流。

⑦凄凄：悲伤的样子。复：又。

⑧嫁娶：出嫁和娶妻。这儿指女子出嫁。

⑨竹竿：竹钓竿。袅袅（miǎo 秒）：摇动的样子。

⑩篽篽（shāi 筛）：鱼尾不停摆动的样子。以上两句是借钓鱼比喻男女之间的互爱与和谐。

⑪意气：指情义。

⑫钱刀：古代马刀形的钱币。以上两句是说男子汉应该重情义，何以为追求金钱而抛弃了我呢？

〔译诗〕

我对你的感情像山上的白雪，
我对你的爱恋似云中的明月。
可是，听说你对我有了二心，
所以我要与你把关系断绝。

今天，最后一次聚会喝酒，
明晨，我们将像沟头水一样分手。
小步行走在御沟的岸边，
沟水也你东我西分道而流。

悲伤中再加一层悲伤，
出嫁的女子不要再哭哭啼啼。
但愿能得到一心相爱的男人，

　　　　白头到老，永远也不分离。

　　　　钓竿为什么慢慢地颤动，
　　　　鱼儿为什么在水中摇尾不停。
　　　　男子汉应当重感情、重义气，
　　　　为什么要让金钱污染自己的心灵！

〔说明〕

　　卓文君年轻的时候，丈夫便死了，在娘家寡居。后来，她和文学家司马相如相爱，二人定下终身，并一起私奔去成都。不久，他们又返回临邛以卖酒为生。后来司马相如想娶茂陵女为妾。于是，卓文君写下这首感情炽烈的诗，表明了她坚定的决绝的心情。

　　《白头吟》也有人认为是无名氏之作，为汉乐府古辞。

班婕妤

班婕妤（jié yú 捷于），楼烦（今山西宁武）人，东汉著名史学家班固祖姑，女文学家，才学十分出名，汉成帝时被选入宫中立为"婕妤"（汉代宫中妃嫔的称号），后因赵飞燕的诬陷而失宠。

作品仅存三篇。

怨　歌　行

新裂齐纨素①，鲜洁如霜雪。
裁为合欢扇②，团团似明月③。
出入君怀袖④，动摇微风发。
常恐秋节至⑤，凉飙夺炎热⑥。
捐弃箧笥中⑦，恩情中道绝⑧。

〔注释〕

①新裂：新裁剪。齐：齐地。纨素：纨与素，皆指上等丝绢，春秋时为齐地盛产。

②合欢扇：即团扇。男女相结合，意为合欢，故为扇名。

③团团：圆圆的。

④君：这里指君王。

⑤秋节：秋天。节，节令。

⑥凉飙：凉风。

⑦箧笥（qiè sì 怯四）：箱子。

⑧恩情：恩爱之情。中道绝：中途断绝。

〔译诗〕

刚刚裁出齐地盛产的丝绢，
洁白的颜色好像霜雪一般。
用它裁制一柄合欢团扇，
团团的形状比月亮还圆。

君王出入时把它揣在袖里，
摇动起来便有微风拂面。
可我却常常担忧秋天到来，
凉爽的风会把炎热吹散。

到那时再也用不着团扇了，
丢弃进箱子里，忘在一边。
原本是恩恩爱爱的情意啊，
半路上便无情地中断！

〔说明〕

这首诗，托物寄情，借助团扇，暗喻宫女的人生与爱情。诗人生活在宫中，对帝王比较熟知，作为一个宫中的妃嫔，说不定什么时候便会失宠。诗人以团扇自喻，命运多舛，天气炎热时伴君出入，而一旦天凉人冷，便要被君王抛弃了，恩爱之情也随即被无情地割断。短短的一首小诗，饱含着诗人的多少辛酸之泪啊！

秦 嘉

秦嘉，生卒年不详。东汉诗人。字士会。陇西（今甘肃临洮东南）人。桓帝时为郡上计吏，奉使洛阳，后在京任黄门郎。诗作今存有《赠妇诗》三首，载《玉台新咏》；《与妻徐淑书》、《重报妻书》载《艺文类聚》。

赠 妇 诗

其 一

人生譬朝露①，居世多屯蹇②。
忧恨常早至，欢会常苦晚③。
念当奉时役④，去尔日遥远⑤。
遣车迎子还⑥，空往复空返。
省书情凄怆⑦，临食不能饭⑧。
独坐空房中，谁与相劝勉？
长夜不能眠，伏枕独展转。
忧来如寻环⑨，匪席不可卷⑩。

〔注释〕

①譬（pì 辟）：比喻。

②屯邅（zhūn jiǎn 尊简）：屯与邅皆易卦名，是象征艰难与困苦的意思。

③苦晚：苦于来得太晚。

④奉：接受。时役：刚刚受命的职务。役，职务。

⑤去尔：离你而去。尔，你。

⑥遣：派遣。子：对对方的尊称，这里指妻子徐淑。

⑦省：察看。这里指阅览，观看。书：信函。指妻子徐淑的信。凄怆：凄惨而又悲伤。

⑧不能饭：不能吃饭。这里指因心情悲怆而吃不下饭。

⑨寻环：循环。

⑩匪席句：不能像席子那样，可以卷曲。比喻心志，坚不可屈。《诗经·柏舟》："我心匪席，不可卷也。"匪，非。

〔译诗〕

人的一生好似早晨的露水，
在世上生活有多少险阻艰难。
忧愁与怨恨常常早早到来，
欢乐的相聚苦于姗姗来晚。

想到该去接受刚授予的职衔，
又要离你而去，一天天遥远。
派车去迎接你回到我的身边，
空车子去了又是空车子回返。

看过你来信中表达的悲伤情感，
使我端起饭碗来也难以下咽。

独自坐在空荡荡的居室里面，
有谁能前来与我互相劝勉？

长长的夜晚，我不能入眠，
伏在枕上，一次次把身子翻转。
忧愁在我心中不断地循环，
我的心志不像席子那样可以翻卷。

其 二

肃肃仆夫征①，锵锵扬和铃②。
清晨当引迈③，束带待鸡鸣④。
顾看空室中⑤，仿佛想姿形⑥。
一别怀万恨，起坐为不宁。
何用叙我心，遗思致款诚⑦。
宝钗可耀首⑧，明镜可鉴形⑨。
芳香去垢秽⑩，素琴有清声⑪。
诗人感木瓜⑫，乃欲答瑶琼⑬。
愧彼赠我厚⑭，惭此往物轻⑮。
虽知未足报⑯，贵用叙我情⑰。

〔注释〕

①肃肃：快捷的样子。仆夫：驾车马的人。征：远行。
②锵锵：铃声。和铃：古代系于车横木上的铃。
③引迈：启程。
④束带：扎紧腰带。这里指穿好服装。

⑤顾看：四下看。

⑥想：想象。姿形：姿态容貌。

⑦款诚：真诚的心意。

⑧钗：古代妇女的首饰。耀：照射。

⑨鉴：照。

⑩芳香：香料。

⑪素琴：未加涂饰的琴。

⑫诗人：这里指《诗》三百的作者。感：感慨。木瓜：《诗经·木瓜》："投我以木瓜，报之以琼琚。匪极也，永以为好也。投我以木桃，报之以琼瑶。匪极也，永以为好也。"

⑬乃：是。答：报答。瑶琼：琼瑶，美玉。

⑭愧：惭愧。彼：你。这里指妻子徐淑。

⑮往物：送给对方的东西。

⑯报：报答。

⑰用：为。

〔译诗〕

车夫驾上快车就要远行，
锵锵地响起了车铃声声。
清晨的时候应当启程了，
束好衣带等待着公鸡打鸣。

四下观看空空的居室，
好像见到了你的身影。
这次分别心怀万千怨恨，
站起来坐下去心神不宁。

用什么言辞叙说我的心意，
只有赠送礼物表达我思念的真诚。
珍贵的首饰可以辉照头面，
明亮的镜子可以照出你的身形。

芳味的香料能除去污垢淫秽，
本色的古琴会发出清脆的乐声。
诗人们有感于"投我以木瓜"，
我想以这些东西当作回报的瑶琼。

愧对你回赠给我的厚礼，
羞渐地觉得我送你的东西太轻。
虽然知道这不足以作为回报，
可贵的是能表叙我的一片衷情。

〔说明〕

　　《赠妇诗》又名《赠妇》、《留郡赠妇诗》。这两首诗以及秦妻徐淑的《答夫诗》，记述了他们夫妇的一个生离死别的故事。秦嘉自郡里进京赴任，妻子徐淑正在娘家养病。秦派车子去接她回家，她因病势沉重不能成行。于是，她便给丈夫写了回信。秦读过妻子满含深情的信，重新寄书一封并诗三首，（这里所选为其中二首），叙说别离独居之苦，以及他的想念之情，还命人带去一些礼物，表示相爱的情意。妻子看到信和《赠妇诗》及赠物，便写下了《答夫诗》。

徐　淑

徐淑（生卒年不详），东汉女诗人。陇西（今甘肃临洮东南）人。秦嘉之妻。所作有《答夫诗》、《答夫秦嘉书》等。她的诗作被称作"徐淑体"，即四字中嵌一"兮"字，后人多有仿效。

答　夫　诗

妾身兮不令①，婴疾兮来归②。
沉滞兮家门③，历时兮不差④。
旷废兮侍觐⑤，情敬兮有违⑥。
君今兮奉命，远适兮京师⑦。
悠悠兮离别，无因兮叙怀⑧。
瞻望兮踊跃⑨，伫立兮徘徊。
思君兮感结⑩，梦想兮容辉⑪。
君发兮引迈⑫，去我兮日乖⑬。
恨无兮羽翼，高飞兮相追。
长吟兮永叹⑭，泪下兮沾衣。

〔注释〕

①不令：不善，不好。指有病。
②婴：缠绕。来归：这里指回到娘家。
③沉滞：耽搁。

④历时：经过很长时间。差（chāi拆）：同瘥，病愈。

⑤旷废：荒废，缺少。侍觐（jìn禁）：在跟前侍奉。

⑥情敬：真诚地相敬。有违：缺少的意思。

⑦适：去到。京师：京城。东汉时京城是洛阳。

⑧无因：无由，没有办法。

⑨踊跃：跳跃。

⑩感结：因有所感触而凝结于心。

⑪容辉：容貌有了光彩。

⑫引迈：启程。

⑬去我：离我而去。日乖：一天天远离。

⑭永叹：长叹。

〔译诗〕

我的身体哟，

一直是很不健康；

回到娘家哟，

被疾病纠缠。

在家门之中哟，

就这样耽搁拖延。

经过很长的时候哟，

这病情也不见好转。

我所缺少的是哟，

亲身侍奉在你身边；

对你的真诚相敬哟，

也少得十分可怜。

亲人你如今哟，
接到了新的使命；
就要远行哟，
去到遥远的京城。

这次离别哟，
悠长而又久远；
我已经没有办法哟，
和你倾心长谈。

远远地眺望你哟，
急得双脚又跳又蹿。
一会儿呆呆站立哟，
一会儿徘徊不安。

想念亲人你哟，
感触凝结在心里；
梦中想象的你哟，
脸上神采奕奕。

我的亲人哟，
此刻你就要启程；
离我而去哟，
一天比一天远离。

可恨我哟，
没有鸟儿的羽翼；
高高地飞翔哟，
紧紧地追赶你。

长长地吟咏哟，
长长地叹息；
泪水淌下来哟，
沾湿了我的衫衣。

〔说明〕

　　这首诗是作者在娘家养病期间，接到丈夫秦嘉的《赠妇诗》和礼物之后所作。诗中叙述了自己的病情及境况，表达了对丈夫的深挚情感。她深为自己不能和亲人生活在一起而感到遗憾。满腔深情，充溢于诗行之间。

古 诗

上山采蘼芜

上山采蘼芜①，下山逢故夫②。
长跪问故夫："新人复何如③？"
"新人虽言好，未若故人姝④。
颜色类相似⑤，手爪不相如⑥。"
"新人从门入，故人从阁去⑦。"
"新人工织缣⑧，故人工织素⑨。
织缣日一匹⑩，织素五丈余。
将缣来比素，新人不如故。"

〔注释〕

①蘼（mí 迷）芜：香草名，叶子可做香料。

②故夫：前夫。

③新人：新妇。复：又。

④未若：莫若。姝（shū 殊）：美好。

⑤颜色：指容貌。类相似：类似，差不多。

⑥手爪：指女子的手工活。不相如：不一样，比不上。

⑦阁（gé 格）：旁门，小门。以上两句说新人从正门迎娶进来，弃妇从旁门含泪离去。

⑧工：善于。缣（jiān 兼）：黄绢。

⑨素：白绢。

⑩匹：四文为一匹。

〔译诗〕

上山去采蘼芜香草，

下山时把前夫碰到。

跪在地上问他一声：

"新娶的女人好还是不好？"

"新人虽然说长得不错，

却不如前妻漂亮温和。

看容貌虽然不相上下，

女子的活计却相差太多。"

"新妇从正门欢笑而进，

旧妇含泪走出旁门。"

"新妇织的黄绢如同黄风，

旧妇织的素绢如同白云。

"织黄绢的每天能织一匹，

织白绢的却能织五丈有余。

拿来黄绢和白绢相比，

新人哪里赶得上旧人的手艺。"

〔说明〕

这首诗写一个被遗弃的女子，上山采香草归来途中，遇见了前夫。通过她和前夫的对话，反映出这个女子的不幸遭遇。谴责了她的前夫背弃爱情、喜新厌旧的行为。前夫经过比较，也认识到"新人不如故"。婚变常常给双方都带来痛苦。在一定的社会环境下，受害的常常是女方居多。这首诗讲述的婚变后双方重新认识这一变故的故事，发人深省。

青青河畔草

> 青青河畔草，郁郁园中柳①。
> 盈盈楼上女②，皎皎当窗牖③。
> 娥娥红粉妆④，纤纤出素手⑤。
> 昔为倡家女⑥，今为荡子妇⑦。
> 荡子行不归，空床难独守。

〔注释〕

①郁郁：浓密茂盛的样子。

②盈盈：形容女子姿态美好。

③皎皎：指女子肤色洁白。当：对着。牖（yǒu 有）：窗子。

④娥娥：形容装饰娇艳。

⑤纤纤：形容手指细长。

⑥倡家女：古时的歌舞女。不同于后来的娼妓。

⑦荡子：浪游不归的男子。

〔译诗〕

河边的青草一片葱笼，

园中的柳树茂盛地生长。

楼上的女子仪态轻盈，
站在窗前显得白净端庄。

装饰娇艳，红粉扑在腮上，
轻举双手，玉白细长。

她曾是一个能歌善舞的女子，
而今，是一个游子的新娘。

游子远行在外许久不回，
让她难以独守空床。

〔说明〕

　　这首诗写一个能歌善舞的女子，出嫁后丈夫外出，春天的日子里，她独自一个人在家，思念着远行的丈夫。作品对她充满了同情。

庭中有奇树

庭中有奇树①，绿叶发华滋②。
攀条折其荣③，将以遗所思④。
馨香盈怀袖，路远莫致之⑤。

此物何足贡⑥？但感别经时⑦。

〔注释〕

①奇：异常，罕见的。

②华（huā 花）：花。发华滋，花开得繁茂。

③荣：这里指花。

④将：拿。遗（wèi 位）：赠送。所思：所思念的心上人。

⑤莫：不能。致：送达。

⑥贡：献给。这句是说这种东西哪里值得送给你。

⑦经时：时间很久。

〔译诗〕

> 庭院里一棵棵奇树耸立，
> 绿叶婆娑，花儿茂盛繁密。
> 攀着枝条折下一朵花儿，
> 恋人啊，我要把它送给你。
>
> 怀揣花儿的衣袖馨香四溢，
> 路途遥远，怎能送到那里？
> 这种东西本来不值得奉献，
> 久别之后，是想用它表达情意。

〔说明〕

这首诗写一个女子怀念出门远行的情人，她在庭院中的树上，折下一枝花，想寄给他。因为路远无法送达。充分反映出这个女子对情人的一片痴情。

迢迢牵牛星

迢迢牵牛星①，皎皎河汉女②。
纤纤擢素手③，札札弄机杼④。
终日不成章⑤，泣涕零如雨⑥。
河汉清且浅，相去复几许！
盈盈一水间⑦，脉脉不得语⑧。

〔注释〕

　①迢迢（tiáo 条条）：遥远的样子。牵牛星：天鹰座中最亮的一颗星，隔银河与织女星相对。

　②皎皎：洁白明亮。河汉：银河。河汉女，指织女星。

　③纤纤：细小。擢（zhuó 卓）：举。

　④札札：织机的声音。杼（shū 抒）：织机的梭子。

　⑤章：纹理。这里指有花纹的纺织品。

　⑥零：落下。

　⑦盈盈：水清的样子。

　⑧脉脉：凝视的样子。

〔译诗〕

　迢迢千里的牛郎忧思忡忡，
　狡洁明亮的织女满怀苦痛。

织女舞动洁白如玉的双手，
在札札的织机旁辛勤劳动。

整天连一匹布都织不成，
泪水滴落如同雨水飘零。

天上的银河本来又浅又清，
两岸相距能有多远的路程?!

即使这清浅的一永之隔，
含情的话语也不能相通!

〔说明〕

　　这是根据牛郎织女的神话故事写出来的诗。织女与牛郎隔河相望。勤劳的织女整天坐在织机旁，但由于心中有所思念，却织不出布匹来，只能暗暗流泪。银河又清又浅，相距才几多远? 一水之隔，却不能互相通话。

结发为夫妻

结发为夫妻①，恩爱两不疑。
欢娱在今夕，燕婉及良时②。
征夫怀往路③，起视夜何其④。
参辰皆已没⑤，去去从此辞⑥。

行役在战场⑦，相见未有期。

握手一长叹，泪为生别滋⑧。

努力爱春华⑨，莫忘欢乐时。

生当复来归，死当长相思。

〔注释〕

①结发：束发。古代男二十、女十五开始束发，表示已经成年。

②燕婉：两情欢好的样子。

③征夫：应征赴役的男子。怀往路：想着出行的事。

④夜何其：夜晚何时。其，语助词。

⑤参（chēn 抻）辰：两个星宿名。没：落。

⑥去去：去的加重语。从此辞：从此分手。

⑦行役：远行赴役。

⑧生别：生离死别。滋：多。

⑨爱：珍惜。春华：指青春年华。

〔译诗〕

你我本是结发夫妻，

恩恩爱爱地生活两不猜疑。

欢娱的时刻只在今天夜里，

夫妻和美要趁着大好时机。

丈夫惦记着出征的事情，

为看时辰，半夜坐起。

参星辰星在天幕上悄悄隐去，

从此夫妻就要长久地分离。

远行服役驰骋在沙场，
再次相见不知在何日何时。
双手紧握一声长长的叹息，
泪水长流都只为这生别死离。

爱妻啊，青春年华要多加爱惜，
欢乐时的感情要永远牢记。
活着，我一定要重新回来，
死去，让我们一起把恩爱长忆。

〔说明〕

　　这首诗写一个即将赴役去的男子，行前向妻子告别。他勉励妻子要珍惜年华，不忘过去的恩爱。活着，他一定还要回来；死了，也要永远相思。

曹 丕

曹丕（187～226），字子桓，曹操次子。建安二十五年（220年）代汉称帝，即历史上的魏文帝。

曹丕与其父曹操、其弟曹植都是建安时期文学方面的积极创作者和热心提倡者。他的作品的思想内容与艺术成就不如曹操、曹植。他的诗现存四十首。有辑本《魏文帝集》，诗歌注本有黄节的《魏文帝诗集注》。

清河作①

方舟戏长水②，澹澹自浮沉③。
弦歌发中流④，悲响有余音。
音声入君怀⑤，悽怆伤人心。
心伤安所念⑥，但愿恩情深。
愿为晨风鸟⑦，双飞翔北林。

〔注释〕

①清河：洪水支流，在今河南省内黄县境内。

②方舟：两条小船并在一起。

③澹澹（dàn旦）：波浪起伏的样子。浮沉：起伏。

④弦歌：指琴瑟相和的歌。中流：河中间。

⑤音声：指歌声。君：指意中人。

⑥安：何。

⑦晨风鸟。又名鹯，青黄色的羽毛，燕倾钩喙。

〔译诗〕

方舟在长河戏着波浪，
顺流而下，起伏飘荡。

河中阵阵琴瑟相和的歌，
悲切的曲调余音回响。

歌声阵阵传到情人耳边，
曲调悽怆，令人心伤。

心里悲伤是在思念什么？
但愿这恩爱之情地久天长。

让我们化做晨风鸟吧，
双双在北林之上尽情飞翔。

〔说明〕

　　这首诗给人描绘出一幅十分清晰的画面，先是小船顺流而下，又听到悦耳的歌声，再见到主人忧心忡忡的表情，最后又对他的内心进行剖析。画面由远而近，完整地呈现在读者面前。

燕 歌 行

其 一

秋风萧瑟天气凉①，草木摇落露为霜②。
群燕辞归雁南翔，念君客游思断肠③。
慊慊思归恋故乡④，君何淹留寄他方⑤？
贱妾茕茕守空房⑥，忧来思君不敢忘⑦，
不觉泪下沾衣裳。
援琴鸣弦发清商⑧，短歌微吟不能长。
明月皎皎照我床⑨，星汉西流夜未央⑩。
牵牛织女遥相望⑪，尔独何辜限河梁⑫？

〔注释〕

①萧瑟：风吹树木发出的声音。

②为：变为。

③君：指客游在外面的丈夫。

④慊慊（qiàn 欠）：不满、不平的样子。这句是妻子想象丈夫在外思念故乡的样子。

⑤淹留：久留。他方：他乡。

⑥茕茕（qióng 穷）：孤独的样子。

⑦不敢：不能。

⑧援：取。清商：东汉以来在民歌基础上形成新的乐调。

⑨皎皎：洁白明亮。

⑩星汉：银河。西流：西转。夜未央：夜未尽。

⑪牵牛织女：牵牛星和织女星。

⑫尔：你。独：偏偏。何辜：何故。限：分隔。河梁：桥梁。借指分别之地。

〔译诗〕

萧瑟的秋风吹得天气凉爽，
草木凋零，夏露化为秋霜。
群燕辞别北园，大雁向南飞翔，
夫君客游在外，想断我的愁肠。
你一定也在想念家乡吧？
你何必久久地寄居在他乡！

我孤孤单单地守着空空闺房，
忧愁中对夫君念念不忘，
思念的泪水打湿了我的衣裳。
拿来古琴弹奏出凄婉的音响，
声声短歌怎能抒发我心中的忧伤！

皎洁的明月照耀着我的空床，
星汉西转，夜色还没有明亮。
牵牛与织女星远远地隔河相望。
牵牛与织女啊，为什么，
偏偏把你们分隔在河桥两旁？

〔说明〕

这首诗写一个女子对远行的丈夫的思念。秋天到了，大雁南飞，她想念着客游在外的丈夫，他在什么地方呢？孤独的生活，使她潸然泪下，拨琴低唱，难解愁怀，只能望着牵牛星与织女星发出一阵阵感叹。这种感叹恰恰是她对团聚的渴望。诗作中对秋风、秋霜、群燕、归雁、明月的描绘，起了反衬的作用，使人更深地理解了主人公的忧思。

其　二

别日何易会日难，山川遥远路漫漫。
郁陶思君未敢言①，寄声浮云往不还②。
涕零雨面毁容颜，谁能怀忧独不叹？
展诗清歌聊自宽③，乐往哀来摧肺肝。
耿耿伏枕不能眠④，披衣出户步东西，
仰看星月观云间。
飞鸧晨鸣声可怜⑤，留连顾怀不能存⑥。

〔注释〕

①郁陶：思念聚结的样子。未敢：不能，指无法诉说。

②声：音讯。

③展诗：展开诗篇。清歌：无伴奏的清唱。聊：姑且。

④耿耿：内心不安难以入眠的样子。

⑤鸧（cāng仓）：白顶鹤，也叫鸧鸡、鸧鸹。

⑥顾怀：眷顾怀念。留连：留恋不舍。存：思存，思念。

〔译诗〕

分别容易，相会艰难，

隔着悠远的山川，路途漫漫。

满怀忧郁想念夫君却无法叙谈，

给我捎话的浮云也一去不返。

泪雨洗面，毁掉了容颜，

谁能愁绪满怀而不长吁短叹？

为求宽心展开诗稿清唱一番，

欢乐逝去，悲哀又来摧肺折肝。

忧思忡忡伏在枕上，

使我展转反侧，不得安眠。

披上衣服外出徘徊在庭前，

仰头看星星月亮闪烁在云间。

飞鹄在清晨的声声鸣叫，

令人觉得凄怆而又可怜。

留恋不舍那关心照顾的深情，

过度悲伤使我不能再把你思念。

〔说明〕

　　这一首也是以一个游子之妻的口吻写的诗。在孤独与忧愁中，她吟咏着自己写的诗章宽慰自己，哀愁使她夜不能寐，披衣出门，仰看星月，鸪鸪哀鸣，使她痛楚得再也不能思念下去了，表现出她对爱情的忠贞。女主人公以泪洗面的形象，给人留下了深刻的烙印。

善 哉 行

有美一人①，婉如清扬。
妍姿巧笑②，和媚心肠③。
知音识曲④，善为乐方⑤。
哀弦微妙⑥，清气含芳。
流郑激楚⑦，度宫中商⑧。
感心动耳⑨，绮丽难忘⑩。
离鸟夕宿⑪，在彼中洲⑫。
延颈鼓翼⑬，悲鸣相求。
眷然顾之⑭，使之心愁。
嗟尔昔人⑮，何以忘忧?

〔注释〕

①有美两句，是《诗经·野有蔓草》中的句子，这里是引用。

②妍（yán 严）：美好。巧笑：甜美的笑容。

③和媚：和蔼而又温柔。

④音：音律。曲：曲调。

⑤乐方：音乐的法度。

⑥哀弦：是说琴弦上弹出的曲子带有哀伤的音调。微妙：精微巧妙。

⑦流、激：指乐声的流动和激扬。郑、楚：指古代郑、楚一带流行的曲调。

⑧度、中：合乎的意思。宫、商：古乐五音（宫、商、角、徵、羽）中的两个音。

⑨动耳：悦耳。

⑩绮丽：形容音调的美妙。

⑪离鸟：离群的鸟儿。

⑫中洲：洲中。洲，水中的陆地。

⑬延颈鼓翼：伸脖子，扇翅膀。

⑭眷然：回顾的样子。顾：回头看。

⑮嗟：感叹。昔人：前人。

〔译诗〕

有一个美丽的姑娘，

眉目清秀，容貌十分漂亮。

姿态美好，笑容甜美，

性情温柔而又善良。

她通晓音律，熟悉曲调，

演奏乐曲娴熟而又大方。

动人的琴声精微美妙，

清新的气息里带着芬芳。

乐曲流动而又激扬，

完全合乎音律的声响。

乐曲让人动心悦耳，

优美的旋律使你久久难忘。

傍晚，一只离群的鸟儿，
栖息在水中的沙洲之上。
伸着脖颈，扇动着翅膀，
渴求伴侣的啼鸣带着悲伤。

回过头去看一眼小鸟，
我的心里也顿增无限惆怅。
啊，先人们啊，你们
是怎样祥解失恋的忧伤？

〔说明〕

　　这首诗以清新的笔调，为人们描述了一个极为可爱的女子，她善长音律，弹出的曲调。令人回肠荡气，永久不忘。对这样才艺双全的美女，谁不想追求呢？可是，主人公却在悲叹自己，像一只离群的鸟儿呼唤伴侣一样，发出了追求的鸣叫之声，得不到任何回答。为此，希望前人告诉他解除失恋之忧的办法。至此，这个漂亮女子的形象，已经呼之欲出了。

钓　　竿

东越河济水①，遥望大海涯②。
钓竿何珊珊③，鱼尾何簁簁。

行路之好者④，芳饵欲何为？

〔注释〕

①越：这里是渡的意思。河：黄河。济：济水。古称江、淮、河、济为四渎。

②涯：水边。

③珊珊：原是玉佩声。这里是形容钓竿的漂亮。一说疑为"姗姗"，是形容钓竿随波而动的样子。

④好（hào 号）者：指喜欢钓鱼的人。

〔译诗〕

> 东渡黄河和济水，
> 远远望着人海涯。
>
> 漂亮的钓竿随波动，
> 鱼儿摆尾不理它。
>
> 喜欢钓鱼的行路人，
> 挂上香饵想干啥？

〔说明〕

这首诗中所写的钓鱼，完全是一种象征手法。古人写爱情诗常以钓鱼作比，并以此表达他们的爱情观念。尽管对女子爱慕之人，在钓钩上挂着芳香的钓饵，纯洁的女子也不为你的引诱所动。这充分表现了恋爱中的女子的贞洁品德。

曹 植

曹植（192～232），字子建，沛国谯（今安徽亳县）人，曹操之子，曹丕之弟。三国魏时最有才华的诗人。早年，其父对他十分宠爱，曾欲立为太子。曹丕登位后，因受其兄嫉恨，屡遭打击与迫害，四十一岁便郁郁而死。在诗歌创作上，他的成就极高，对五言诗的发展，起了推动作用。他的作品，为后人所倾倒。

作品有《曹子建集》，收诗、赋、散文二百余篇。

美 女 篇

美女妖且闲①，采桑歧路间②。

柔条纷冉冉③，叶落何翩翩④！

攘袖见素手⑤，皓腕约金环⑥。

头上金爵钗⑦，腰佩翠琅玕⑧。

明珠交玉体⑨，珊瑚间木难⑩。

罗衣何飘飘⑪，轻裾随风还⑫。

顾盼遗光彩⑬，长啸气若兰⑭。

行徒用息驾⑮，休者以忘餐⑯。

借问女安居⑰，乃在城南端。

青楼临大路⑱，高门结重关⑲。

容华耀朝日⑳，谁不希令颜㉑？

媒氏何所营㉒，玉帛不时安㉓？

佳人慕高义㉔，求贤良独难㉕。

众人徒嗷嗷㉖，安知彼所观㉗。

盛年处房室㉘，中夜起长叹㉙。

〔注释〕

①妖：艳丽。闲：文静。

②歧路：岔路。

③柔条：柔嫩的枝条。冉冉：形容摇摆的样子。

④翩翩：形容飞舞的样子。

⑤攘（rǎng 嚷）：捋起。见（xiàn 现）：现。素：白。

⑥皓：洁白。约：套着。金环：金手镯。

⑦金爵钗：饰有金雀的钗。爵，同雀。

⑧琅玕（láng gān 郎甘）：一种似玉的美石。

⑨交：缠绕。玉体：指美女洁白的肌肤。

⑩间（jiàn 见）：间杂。木难：一种碧色明珠。

⑪罗衣：丝罗的衣衫。

⑫裾：衣襟。还（xuán 旋）：通旋，转动。

⑬遗：留下。

⑭啸：撮口发出长声，打口哨。这里指啸歌。

⑮行徒：过路的人。用：因而。息驾：停车。

⑯休者：休息的人。以：通已，已经。

⑰安居：住在什么地方。

⑱青楼：显贵人家涂饰青漆的楼房。

⑲重关：关门用的两道横栓。

⑳客华：容颜。

㉑希：仰慕。令：善，美。

㉒媒氏：媒人。营：指做媒的活动。

㉓玉帛（bó 伯）：珪璋和束帛。这里指定婚的礼物。不时：没能及时。安：指行聘定婚。

㉔慕：敬慕。高义：高尚的品德。

㉕贤：贤德。良：确实。

㉖徒：徒然。嗷嗷：吵嚷声。

㉗安知：怎知。观：指着眼的目标。

㉘盛年：青春焕发的年华。

㉙中夜：半夜。

〔译诗〕

> 漂亮而又文雅的姑娘，
> 采摘桑叶在岔路旁边。
> 柔嫩的枝条微微颤动，
> 落地的桑叶飘舞翩翩。
>
> 捋起衣袖露出一双白手，
> 套在腕上的金镯光芒闪闪。
> 雀形的金钗戴在头顶，
> 青翠的玉石佩在腰间。
> 莹泽的身上佩着颗颗明珠，
> 珊瑚和木难珠夹杂中间。
>
> 丝罗衣衫轻轻飘起，
> 衣襟随风旋舞在身边。
> 顾盼的双眼留下迷人的光彩，
> 啸歌的气息象飘香的玉兰。
> 过路人看她，停下了车子，
> 歇气人为她，忘了吃饭。
>
> 若问姑娘家住哪里？

就是住在小城的南边。
一座青漆楼房临近大路，
高高的门楼有两道门闩。
姑娘的容貌象朝阳耀眼，
哪个人见了能不称羡！

说媒的人都忙什么去了？
为什么不把聘礼及时送到面前？
哦，姑娘敬慕的是品德高尚的人，
要想找一个贤德的情人实在是难！

人们在那里徒然地瞎叫乱喊，
怎知姑娘的心目中在把谁相看？
正当青春年华还独处闺房，
常常在半夜起来长吁短叹！

〔说明〕

这首诗写一个青春美好、年华正盛的漂亮女子，她心目中追求的目标，是一位品德高尚的情人，而寻找这样的情人，又是多么困难哪！尽管自己已到了出嫁的年龄，宁可独守空闺，仍然不肯屈就。这充分表现了她对美好爱情的追求。这首诗，历来被认为是一篇托喻之作，诗中所描绘的美貌无双的女子，尽以德才自负的诗人自比，诗中借美女对爱情的求之不得，恰是诗人怀才不遇的一种哀怨之情。

张 华

张华（232～300），字茂先，西晋文学家。范阳方城（今河北固安南）人。曾任中书监令，因伐吴有功封侯。后因拒绝参与赵王司马伦和孙秀的篡夺阴谋被害。

他的诗多浮丽的辞藻。今存诗三十多首。

情 诗

游目四野外①，逍遥独延伫②。

兰蕙缘清渠③，繁华荫绿渚④。

佳人不在兹⑤，取此欲谁与⑥？

巢居知风寒⑦，穴处识阴雨⑧。

不曾远别离，安知慕俦侣⑨？

〔注释〕

①游目：放眼观望。

②逍遥：自由自在，无拘无束。延：长久。伫（zhù 注）：立。

③蕙：兰的一种。缘：沿着。

④华：花。繁华，指兰蕙花众多。荫：遮住。渚（zhǔ 煮）：水中小块陆地。

⑤佳人：指妻子。兹：此。

⑥此：指兰蕙。谁与：与谁。

⑦巢居句：指鸟类。

⑧穴处句：指虫蚁类。

⑨慕：想念。俦（chóu 筹）侣：伴侣。

〔译诗〕

　　　　　　放眼观望茫茫的四野八荒，
　　　　　　逍遥自在，独自伫立久长。

　　　　　　兰花蕙叶沿着那渠水开放，
　　　　　　水中的绿洲全被繁花遮挡。

　　　　　　可惜美丽的妻子不在身旁，
　　　　　　摘兰采蕙又能给谁去欣赏？

　　　　　　栖在巢里的鸟儿知道风寒，
　　　　　　住在穴洞的虫蚁晓得雨凉。

　　　　　　没有远游别离娇妻的体验，
　　　　　　怎能理解思念爱人的情肠？

〔说明〕

　　这是一首游子想念妻子的诗。游子在外，放眼四野，独立沉思。爱妻不在眼前，折花又能给谁呢？住在巢里的鸟儿知道风寒，处在洞穴里的虫蚁知道阴雨，没有远别的亲身体验，怎能知道想念伴侣的心情呢？体贴入微，感情细腻。是这首诗的明显特色。

鲍 照

鲍照（414～466），字明远，南朝宋代东海（今江苏涟水北）人，家贫位卑，后来做过临川王刘义庆的国侍郎，还在临海王刘子顼处做前军参军。刘子顼作乱，他被乱兵杀害。他的作品充满对当时社会现实的不满和怀才不遇的愤慨，有的作品还反映了人民生活的疾苦。他的诗带有一定浪漫主义色彩。有《鲍参军集》。

代夜坐吟

冬夜沈沈夜坐吟①，含声未发已知心。
霜入幕②，风度林③，寒灯灭，朱颜寻④，
体君歌⑤，逐君音，不贵声，贵意深。

〔注释〕

①沈（chén 沉）沈：同沉沉。深沉。

②幕：帘幕。

③度：过。吹过。

④朱颜：女子漂亮的容颜。朱颜寻，寻找朱颜的意思。

⑤体：体会。

〔译诗〕

冬夜沉沉，

姑娘独坐长吟，
没等出声，
已经知道她的心。

严霜侵入帷幕，
北风吹过枯林，
寒灯灭了，
朱颜难寻。

体察你的歌声，
追逐你的琴音，
我并不看重这声音，
贵在含义深沉。

〔说明〕

这首诗写出了闺中女子寒夜独坐思念情人时的心态。诗作语言精美，情景交融。从第三句开始，诗句变为三字句，节奏明快，韵律齐整，令人读后耳目一新。

鲍令晖

鲍令晖，南朝宋代女文学家，东海（今山东苍山县南）人。她出身寒微，是著名文学家鲍照之妹。她的诗写得很好。

拟客从远方来[1]

客从远方来，赠我漆鸣琴[2]。
木有相思文[3]，弦有别离音。
终身执此调[4]，岁寒不改心。
愿作阳春曲[5]，宫商长相寻。

〔注释〕

①客从远方来：汉代无名氏所作古诗，写离妇思夫之情。此诗是拟作。

②鸣琴：古琴。漆鸣琴，涂有漆饰的古琴。

③文：纹的谐音字，这里是一语双关。

④此调：指相思的曲调。

⑤阳春：即阳春白雪，古时的一种高雅的曲调。

⑥宫商：古代五音包括宫、商、角、徵、羽五个音级。这里泛指音律。寻：连续，经常。

〔译诗〕

从远方到来的客人，

赠我一张漆木的鸣琴。
琴木上布满相思的花纹，
丝弦上弹出别离的声音。

一生一世都要弹这个曲调，
天寒地冻不改相爱之心。
但愿作一支高雅的曲子，
让音律中常有这美妙的琴音。

〔说明〕

　　这首诗借"客从远方来"作为起兴，写出了一个女子对情人忠贞不渝的美好感情。诗作从鸣琴写到琴音，又由琴音写到女主人公的心绪，顺理成章，表达得十分完美。

苏小小

苏小小，六朝时南齐著名歌妓，家住钱塘（今浙江杭州）。

苏小小歌

妾乘油壁车①，郎骑青骢马。
何处结同心②，西陵柏树下③。

〔注释〕

①油壁车：古代妇女乘坐的一种车子，系用油涂车壁，故有此名。

②同心：同心结。以锦带打成的连环式结扣，用来象征男女之间的
爱情。

③西陵：西山的陵墓。

〔译诗〕

我坐着油壁香车，
你骑着青骢骏马。
你我相爱。
在哪里才能结成良缘？
啊，只有死后，
在西陵的柏树之下！

〔说明〕

据传说苏小小生得聪明而又漂亮，名冠江南，求见者无数，千金难买一笑。一次，她乘车游览西湖，与阮郁一见钟情，遂结良缘。阮郁走后，她闭门谢客。而阮郁却一去不返。这对苏小小是一个极大的打击，抑郁而逝。死之前，人问其有何托付，她回答说："交，乃浮云也；情，犹流水也，随有随无，忽生忽灭，有何不了，致意于人?"又说："但生于西泠，死于西泠，埋骨于西泠，应不负我苏小小山水之癖。"可见她的为人。西泠，桥名，位于西湖孤山与苏堤之间，为西湖十景之一。苏小小生时好游之地，死后其墓也在此地。

江　总

江总（519～594），字总持，济阳考城（今河南兰考）人。梁时官至太子中舍人兼太常卿。入陈，官至宣威将军、尚书令。入隋为上开府。其诗今存近百首，有《江令君集》。

闺　怨　篇

寂寂青楼大道边①，纷纷白雪绮窗前②。
池上鸳鸯不独自③，帐中苏合还空然④。
屏风有意障明月，灯火无情照独眠。
辽西水冻春应少④，蓟北鸿来路几千⑤。
愿君关山及早度⑥，念妾桃李片时妍⑦。

〔注释〕

①青楼：泛指豪华精致的楼房。

②绮（qǐ启）窗：雕饰花纹的窗子。

③独自：只有一个。不独自，这里是成双的意思。

④苏合：香名。然：同燃。

④辽西：秦汉郡名。

⑤蓟：郡名，在今北京西北。

⑥关山：这里泛指关隘山川。

⑦妾：古时女子自称。桃李片时妍（yàn 艳）：比喻女子青春的易逝。妍，美丽。

〔译诗〕

　　　　寂静的楼房耸立在大道旁边，
　　　　纷飞的雪花飘落在绮窗窗前。
　　　　池上的鸳鸯成双成对地戏耍，
　　　　绣帐中的苏合香白白点燃。
　　　　屏风有意挡住了明亮的月光，
　　　　无情的灯火照着我独自睡眠。
　　　　辽西河水封冻春意一定很少，
　　　　蓟北鸿雁飞到这里路程几千。
　　　　但愿夫君及早度过千山万水归来，
　　　　免得我的青春象桃花一样很快凋残。

〔说明〕

　　这首诗写一个女子，在想念她远在辽西的丈夫。一个落雪的日子，窗外大雪纷飞，她独自一人想念着远方的亲人，成双成对的鸳鸯，空自燃烧的苏合香，都引起她无限哀怨。她希望亲人早日度过关山归来，免得自己青春消逝。

南朝乐府

子 夜 歌

其 一

落日出门前，瞻瞩见子度^①。
冶容多姿鬓^②，芳香已盈路。

〔注释〕

①瞻（zhān 毡）瞩：注视。子：这里同汝，你。度：走过。
②冶容：艳丽多姿的容态。

〔译诗〕

傍晚，来到临街的门前，
你从此走过，被我看见。
潇洒的身姿，漂亮的容颜。
飘散的芳香洒满了路面。

〔说明〕

这里所选《子夜歌》共十首，从不同的角度抒发了男女主人公对所爱恋的情人的深切感情。有的是情人之间的赠答，有的是对爱情不能如愿而表示的叹惜，有的是对负心人表示不满，有的是对即将远行的情人表白心曲。这些情诗，表达感情真挚而又缠绵绯恻，表现手法多用双关隐语，语意含蓄，联想丰富。这一首是写一个男子对路过门口的漂亮姑娘的赞叹。

其　二

芳是香所为^①，冶容不敢当。
天不夺人愿，故使侬见郎^②。

〔注释〕

　①香：指散发香气之物，如香囊等。
　②侬：吴地人自称。

〔译诗〕

芬芳发自香袋之上，
说我漂亮，可不敢当。
苍天不违背有情人的心愿，
才使我见到心爱的情郎。

〔说明〕

　这一首诗是女子对前诗中男子称赞自己漂亮的回答，以上两首诗，一赠一答，从不同的角度反映出男女青年相爱的情意。

其　　三

宿昔不梳头①，丝发被两肩②。
婉伸郎膝上③，何处不可怜④？

〔注释〕

①宿昔：如同说昨夜。昔，通夕。

②被（pī披）：披。

③婉伸：屈伸。指长发。

④怜：爱。

〔译诗〕

昨夜没有梳头洗脸，
如丝的浓发披满双肩。
长发屈伸在情郎的膝上，
哪儿不值得你爱恋?!

〔说明〕

这首诗中描述了一个慵散女子，在情郎面前的娇态，并想以此夺得情人的爱恋。诗的语句虽短，其中所描绘出的女子形象，却十分鲜明地呈现在读者面前。

其　　四

始欲识郎时，两心望如一①。

理丝入残机②，何悟不成匹③。

〔注释〕

①望：期望。望如一，怀着相同的愿望。

②残机：残破的织机。

③何悟：哪料到。不成匹：织不成匹缎。匹字是双关语，隐喻情人之间不能匹配。

〔译诗〕

刚刚结识情郎的时候，

两颗心都期望着同一个目的。

梳理蚕丝输入残旧的织机，

哪里料到不能匹配在一起。

〔说明〕

这首诗以一台残旧的织机，织不出匹缎作为比喻，隐示一对初恋时非常要好的情人，不知为什么却不能结合在一起。诗中发出了惋惜与感叹。

其　五

今夕已欢别①，合会在何时？

明灯照空局②，悠然未有期③。

〔注释〕

①欢：女子对所爱男子的称呼。

②明灯：隐示下句的"悠然"，悠然与"油燃"谐音。局：棋盘。空局，即没有棋子的棋盘。

③未有期：是"没有棋"的谐音隐语。

〔译诗〕

今天晚上与情人别离，

相会的时间又在哪里？

明灯映照着空空的棋盘，

久远得没有相逢的日期。

〔说明〕

这首诗用谐音的隐语，表达了一个女子与情人分别后的深切思念。谐音隐语，是乐府民歌中表现爱情内容时较为常用的一种手法。

其　六

郎为傍人取①，负侬非一事。

摛门不安横②，无复相关意③。

〔注释〕

①傍（páng旁）：旁。

②摛（lí离）：张开。横：指门闩。

③相关：以关门的关，隐示关心的关。以上两句意思是说，你的心像敞开的门一样，连门闩都不安装，就没有"相关"的意思了。

〔译诗〕

> 我的情郎已被别人夺取,
>
> 他何止在一件事上把我背弃。
>
> 他的心像无闩而洞开的门,
>
> 再也不会有"相关"的心意。

〔说明〕

这首情歌运用生活中常见的"关门"作为谐音隐语,表达了一个女子对负心的情郎所进行的谴责。

其 七

> 常虑有贰意①,欢今果不齐②。
>
> 枯鱼就浊水③,长与清流乖④。

〔注释〕

①贰意:三心二意。

②不齐:不专一。

③枯鱼:喻指男子。浊水:喻指夺走情人的女子。

④清流:自喻。乖:背离。

〔译诗〕

> 常常忧虑他会有三心二意,
>
> 如今果然变得用情不能专一。

他象一条枯鱼游进浊水之中，
永远与清澈的水流背离。

〔说明〕

　　这首诗描述一个女子对于情人用情不专的担忧，事实果然被她言中。诗中运用"清流"与"浊水"作为比喻，表达了她自视高洁的情感。比喻贴切而又生动。

<h1 style="text-align:center">其　　八</h1>

　　　　感欢初殷勤①，叹子后辽落②。
　　　　打金侧玳瑁③，外艳里怀薄。

〔注释〕

　　①殷勤：情深意厚。
　　②辽落：疏远冷落的意思。
　　③打金：制作金箔。侧：埋藏。玳瑁（dài mào 代冒）：一种爬行动物，类似龟，甲壳可做装饰品。
　　④薄：本指金箔，借用为薄情之薄。

〔译诗〕

　　　　感念你当初对我情意如火，
　　　　悲叹你后来又对我疏远冷落。
　　　　打制金箔嵌藏在玳瑁里边，
　　　　外表艳丽而内里情意轻薄。

〔说明〕

　　这首诗以制作金箔嵌藏在玳瑁里，外艳而里薄作为比喻，同时又以"薄"的谐音，表达了一个女子对始热后冷的薄情男子的谴责。

其　　九

　　　我念欢的的①，子行由豫情②。
　　　雾露隐芙蓉，见莲不分明③。

〔注释〕

　　①的的：分明的意思。
　　②由豫：即犹豫，迟疑的意思。
　　③莲："怜"的谐音。怜，爱。

〔译诗〕

　　　我对你的情意十分鲜明，
　　　你对我的情意却犹豫不定。
　　　大雾遮住了莲花朵朵，
　　　你到底爱不爱我却不分明。

〔说明〕

　　这首诗写的是一个正在热恋中的女子，对所爱的男子还有些摸不透。诗中以雾中看不清荷花作为隐喻，表达了她内心的忧虑。

其　十

怜欢好情怀，移居作乡里①。
桐树生门前，出入见梧子②。

〔注释〕

　　①乡里：邻居。
　　②梧子：隐示"吾子"，意即我的情郎。

〔译诗〕

　　　　爱恋你有美好情意一片，
　　　　搬家来此与你邻里相连。
　　　　梧桐树生长在我家的门前，
　　　　出来进去都能和我的情郎相见。

〔说明〕

　　这首诗中的女子，为了追求情郎。大胆地迁居做了情郎的邻居，以便长期相见。可见她的爱心之真切。

子夜四时歌

春 歌

春林花多媚，春鸟意多哀①。
春风复多情，吹我罗裳开②。

〔注释〕

　　①多哀：多动人的意思。
　　②罗裳：丝罗衣裳。

〔译诗〕

　　　　春天的树林里鲜花妩媚盛开，
　　　　春鸟的声声啼鸣动人心怀。
　　　　多情的春风带着情人的心意，
　　　　把我的丝罗衣衫轻轻吹开。

〔说明〕

　　这首春歌，描写男女之间的爱情，比春意还浓，活灵活现地描绘出一个痴情女子的情怀。

夏　歌

田蚕事已毕①，思妇犹苦身②。
当暑理絺服③，持寄与行人④。

〔注释〕

①田蚕：种田养蚕。

②思妇：出征人的妻子。犹苦身：身犹苦，即还很辛苦。

③絺（chī 吃）：细葛布。

④行人：指远行的爱人。

〔译诗〕

种田养蚕的活儿已经干完，
心中的思念却依然把我苦缠。
冒着暑热制做葛布夏装，
托人给远方亲人寄去深情一片。

〔说明〕

这首夏歌，描述桑田里的劳事完了以后，多情女子还在惦念远行的丈夫，她要冒着酷暑裁制夏装，托人寄给远方的亲人。把男女青年的爱情通过劳动场景表现出来，这是乐府民歌的又一特色。

秋　歌

秋风入窗里①，罗帐起飘飏②。
仰头看明月，寄情千里光③。

〔注释〕

①入：吹进。

②飘飏（yáng 扬）：即飘扬。

③千里光：指月光。是说希望月光把相思之情，传给千里之外的亲人。

〔译诗〕

飒飒的秋风吹进了南窗，
绫罗绣帐在轻轻地飘扬。
抬头望着月儿把亲人怀想，
托月光捎去我绵绵的情肠。

〔说明〕

这首秋歌，写一个女子在秋风飒飒的季节里，仰望明月，想到月光同时映照着千里之外的心上人，因此要托月光寄情给意中人。想象深远而又奇特，充分表达出她内心的一片真情。见景生情，情景交融，使这首乐府民歌达到完美的艺术效果。

冬　歌

渊冰厚三尺①，素雪覆千里②。
我心如松柏，君情复何如③。

〔注释〕

①渊：深水潭。
②素雪：白雪。覆：盖。
③何如：像什么的意思。

〔译诗〕

深渊里结冰厚度三尺还多，
白雪飘飘覆盖了千里荒漠。
我对你的情意像坚贞的松柏，
你对我的情意又像什么？

〔说明〕

这首冬歌中说，我的心像松柏一样，冬夏长青，对爱情坚贞不变。你的心又像什么呢？比喻确切而又鲜明。

华 山 畿

其 一

隔津叹①，
牵牛语织女，离泪溢河汉②。

〔注释〕

①津：渡口。
②河汉：银河。

〔译诗〕

隔着渡口传来声声叹息，
牵牛郎正在话别织女，
分别的泪水潸潸而下，
致使银河的河水四溢。

〔说明〕

这首诗以七夕牵牛与织女相会又分别的神话传说，来表达
情人依依惜别的悲伤心情。其夸张的手法，简洁的语句，形成
了独具的特点。

其　二

相送劳劳渚①，
长江不应满，是侬泪成许②！

〔注释〕

①劳劳渚（zhǔ 主）：地名。渚，水中的小块陆地。
②许：这样。

〔译诗〕

相送在劳劳渚这个地方，
长江水本来不该上涨，
是我为你分别的泪水，
才把长江涨成这个模样。

〔说明〕

这首诗写的是送别情景。女子把自己为分别而流下的泪水，夸张为把长江都涨满了，可见其感情之真切。夸张，在乐府民歌中，也是一种常见的艺术手法。

其　三

奈何许①！
天下人何限②，慊慊只为汝③！

〔注释〕

①许：语尾助词。

②限：阻隔。

③慊慊（qiàn 欠）：空虚的感觉。汝：你。指女子所爱恋的人。

〔译诗〕

怎么办啊，怎么办！
天下人为啥有这么多阻隔磨难！
我心里空空落落六神无主，
还不都是因为对你的爱恋。

〔说明〕

这首诗写一个女子对情人的思念之情。她神不守舍的那种神态，在简洁的字句中跃然纸上。

其　　四

夜相思，
风吹窗帘动，言是所欢来。

〔译诗〕

深夜，我仍在把你思念，
飒飒的风儿，吹过窗前。
窗帘被吹得左右摆动，

我还以为是你来到我身边。

〔说明〕

　　这首诗通过一个风吹窗帘的小小细节，对这个正在想念情人的痴情女子，描绘得栩栩如生。

其　　五

华山畿^①，
君既为侬死，独生为谁施^②？
欢若见怜时，棺木为侬开！

〔注释〕

　　①华山：在今江苏省西北部。畿（jī机）：周围地区。
　　②施：用。

〔译诗〕

　　高高耸立的华山，
　　山脚下附近就是我的家园。
　　情郎在这里为我而死去，
　　我还为谁独自活在世间。
　　情郎啊，你如果疼爱于我，
　　就打开棺木，让我也同赴黄泉！

〔说明〕

据说在宋少帝时，一个小伙子去云阳，路经华山，爱上了一个农家少女，却无法接近，便忧郁而死。当灵车经过姑娘家的门外时，牛停止不动。姑娘知道了事情的原委，并出来对棺唱起山歌，棺木应声而开，姑娘跳进棺内死去。据说这首诗就是那位农家少女所唱的歌。

读 曲 歌

其 一

柳树得春风①，一低复一昂②。
谁能空相忆③，独眠度三阳④？

〔注释〕

①柳树：比喻自己。春风：比喻情人。

②昂：抬起。

③忆：思念。

④三阳：即三春，指春季的三个月。

〔译诗〕

我似柳树得到春风的爱恋，

柳枝低垂又昂起在云间。
此刻谁能徒然地把你思念，
独自在睡梦中度过春天？

〔说明〕

　　这首诗中所写的女子，以柳树自喻，在春风的吹拂中，不能抑制思念情人的情感，形象十分逼真。

其　二

打杀长鸣鸡，弹去乌臼鸟①。
愿得连冥不复曙②，一年都一晓③。

〔注释〕

　　①弹（tán 谈），用弹丸射击。乌臼（jiù 旧）：鸟名，天亮时鸣叫。

　　②冥：夜。连冥，黑夜连着黑夜。

　　③一年句：意思是一年天亮一次。

〔译诗〕

打死长鸣鸡不让它报晓，
射飞乌臼鸟省得它喳喳乱叫。
但愿黑夜连着黑夜永无天明，
一年亮一次天那样才好！

〔说明〕

　　这首诗写一个痴情人，不愿意让黑夜过去，不愿让天光大亮，最好一年亮一次天才好。为什么如此？诗中没有说；这痴情人是男是女？也没有说。但，我们从诗中所表露的情绪上看，可以认为这痴情人可能是个女子，为了做一个与情人相会的好梦，因而才不愿让天亮得太快；或者说，只有在沉沉的夜里，才是她与情人欢聚的最好时间，只有欢娱才最恨夜太短啊！

其　　三

　　　　种莲长江边，藕生黄蘖浦①。
　　　　必得莲子时②，流离经辛苦③。

〔注释〕

　　①黄蘖（bò 柏）：即黄檗，也作黄柏。树心味苦，可做药用。
　　②莲子：莲开花后结的子实。这里与"怜子"谐音，暗喻"爱你"。
　　③流离：指路途艰难。

〔译诗〕

　　　　莲花栽种在长江江边，
　　　　莲藕生长在黄柏水浦。
　　　　倘若莲子和爱情一起成熟，
　　　　艰难的路途要经历千辛万苦。

〔说明〕

这首诗用双关的隐语揭示，真正的爱情必须经过艰难和曲折才能获得。

青 阳 渡

碧玉捣衣砧①，七宝金莲杵②。
高举徐徐下，轻捣只为汝③。

〔注释〕

①捣衣砧：捣衣时垫在下面的石块。
②七宝金莲杵：指非常珍贵的捣衣棒。
③轻捣：是"倾倒"的谐音。

〔译诗〕

碧玉凿成的捣衣玉砧，
缀满七宝的金莲捣衣棒，
高高举起又缓缓地落下，
轻捣只为我倾倒的情郎。

〔说明〕

这首情歌，表达了一个捣衣女子对意中人的一往情深。她把深深的爱与劳动结合起来进行表达，把爱融化于劳动之中。

那 呵 滩

闻欢下扬州，相送江津湾①。
愿得篙橹折，交郎到头还②。

〔注释〕

①江津：在今湖北江陵附近。
②交：同教。到：同倒。

〔译诗〕

听说情郎要去扬州，
相送来到江津水湾。
但愿那撑船的篙折橹断，
情郎就会调过头回到我身边。

〔说明〕

这首情歌写一个女子送别情郎依依不舍的心情。为了使情
人能够回来，她希望他的篙折橹断，那样，他就会调头而
还了。

拔　蒲

朝发桂兰渚^①，昼息桑榆下。
与君同拔蒲^②，竟日不成把^③。

〔注释〕

①桂兰渚：地名。

②蒲：水生植物，可以编席，嫩的可食用。

③竟日：终日，整天。

〔译诗〕

清早从桂兰渚出发，
午间歇息在桑榆之下。
你我本来是同去拔蒲草，
整整一天，没拔上一把。

〔说明〕

两个情人一起拔香蒲去，一天的时间，竟然没拔上一把，可见心不在拔蒲上。这又是一首青年男女在劳动中产生爱情的诗作。

作 蚕 丝

其 一

春蚕不应老①，昼夜常怀丝②。
何惜微躯尽，缠绵自有时③。

〔注释〕

①老：死去。这句是说春蚕不应因吐尽丝而死去。

②怀丝：是"怀思"的谐音。

③缠绵：双关语，春蚕吐丝与情人相恋，同为缠绵。

〔译诗〕

春蚕应当永葆青春的年华，
满怀情丝日夜把情人牵挂。
那怕微弱的身躯全都耗尽，
缠绵的情意自然能结出爱的萤花。

〔说明〕

这首诗以春蚕吐丝做比喻，表达为了真正的爱情，不惜献出生命的可贵思想。

其 二

素丝非常质^①，屈折成绮罗^②。
敢辞机杼劳^③，但恐花色多^④。

〔注释〕

①素丝：洁白的蚕丝。质：姿质。非常质，异乎寻常的姿质。

②屈折：屈身折节。绮罗：带花纹的丝织品。

③敢：歉词。如说冒昧。辞：推辞。机杼：指织机。劳：劳作。

④花色：双关语，等于说花样。

〔译诗〕

洁白的银丝不是一般的姿质，
屈身折节织成带花纹的绮罗。
我冒昧地推辞织机上的劳作。
是因为怕织出的绮罗花色太多。

〔说明〕

这首诗以洁白的丝织出了带花纹的丝罗作为比喻，说出了对耍花样的恋人的满怀忧虑。形象的比喻，使诗作表达的思想更为深刻。

西 洲 曲

忆梅下西洲①，折梅寄江北田②。

单衫杏子红③，双鬓鸦雏色④。

西洲在何处？两桨桥头渡⑤。

日暮伯劳飞⑥。风吹乌臼树⑦。

树下即门前，门中露翠钿⑧。

开门郎不至，出门采红莲⑨。

采莲南塘秋，莲花过人头。

低头弄莲子，莲子青如水⑩。

置莲怀袖中，莲心彻底红⑪。

忆郎郎不至，仰首望飞鸿⑫。

鸿飞满西洲，望郎上青楼⑬。

楼高望不见，尽日栏杆头⑭。

栏杆十二曲，垂手明如玉⑮。

卷帘天自高，海水摇空绿⑯。

海水梦悠悠⑰，君愁我亦愁⑱。

南风知我意，吹梦到西洲。

〔注释〕

①下：飘落。西洲：地名，未详所在，是这首诗中男女共同忆念的地方。

②江北：指男子所在之地。

③单衫杏子红：指女子所穿衣裳的颜色。

④鸦雏：小乌鸦。这句是指女子的头发象小乌鸦的羽毛一样黑亮。

⑤两桨桥头渡：这句是说划着双桨从桥头渡口出发，便可到西洲。

⑥伯劳：鸟名，喜单栖，五月开始鸣叫。

⑦乌臼（jiù 旧）：一种落叶乔木，夏天开小黄花。

⑧翠钿（diàn 店）：珠翠制成的花型首饰。

⑨莲：又名荷、芙蓉，生在浅水中。这里与怜谐音，怜，爱。

⑩莲子：是怜子的谐音。怜子，爱你。青如水：即清如水，指所爱男子的品行。

⑪莲心：是怜心的谐音，意即相爱之心。彻底红：形容相爱之深。

⑫飞鸿：大雁。望飞鸿：古人传说大雁可以传书，望飞鸿就是盼望书信的意思。

⑬青楼：这里指女子的居住之处。

⑭尽日：终日，整天。

⑮垂手明如玉：形容女子垂放在栏杆上白皙的双手。

⑯海水：如海水一色的夜空。摇：同遥。绿：这里指乌黑发亮的颜色。

⑰海水梦悠悠：这句是说思念情人的梦像天海一样悠长无边。

⑱君：指意中人。

〔译诗〕

　　　　回想起梅花飘落西洲的时光，

　　　　折一枝梅花寄给江北的情人收藏。

　　　　杏红的衣衫穿在我苗条的身上，

　　　　油黑的鬓发象小乌鸦的颜色一样。

　　　　要问西洲到底在哪个地方？

　　　　请乘上双桨小船从桥头渡启航。

伯劳鸟儿展翅飞进傍晚，
风儿吹得乌臼树摇摇颤颤。
树下就是姑娘家的门前，
门里露出佩戴的珠翠花钿。
推开门却不见情郎到来，
姑娘只好出门采摘红莲。

秋天，在南塘采摘莲花，
莲花嫣嫣，绽开在头顶。
低下头来抚弄莲子，
青青的莲子像水一样的清明。
把一株莲花放在袖口里面，
莲花的花心和我的爱心一样透红。

思念郎君啊，你却不能前来，
抬头看见鸿雁从高空飞走。
但愿鸿雁展翅飞遍西洲，
传书给情郎快回到我居住的青楼。
青楼虽高却仍然望不见你啊，
终日盼望你在栏杆的尽头。

曲曲弯弯的栏杆有十二道，
明洁如玉是扶栏低垂的双手。
卷起门帘来天空自然显得高远，
遥遥夜空如黑绿的海水奔流。
睡梦如同那海水悠悠绵长，

郎君忧愁传感得我也满怀忧愁。

南风啊，倘若你知道我的心意，

把我快快吹到梦中的西洲！

〔说明〕

这首诗，是描述一个女子对久别不归的情人的思念和追忆。开头两句说，回想起梅花落西洲那值得忆念的情景，便折一枝梅花捎给现在江北的情人，以唤起他和自己共同的回忆。以下又写到她从春到秋，从早到晚对自己所爱的男子的缠绵的思念。最后四句是这个女子自述痴情，祈望南风把梦境吹到西洲去，使她能和情人在梦中相会。

北朝乐府

折杨柳歌辞

腹中愁不乐，愿作郎马鞭。
出入揽郎臂①，蹀座郎膝边②。

〔注释〕

①揽（huàn 换）：套，环绕。

②蹀（dié 迭）：小步走动。座：坐位，这里指坐着。

〔译诗〕

闷闷不乐为情郎送行，
我的心中愁绪万端。
为了和你永远不分离，
宁愿做情郎手里的马鞭。
出去回来套在情郎的臂上，
行走静坐都在情郎的身边。

〔说明〕

这首乐府民歌，生动地描绘出一个愁思满怀的少女，在和情郎分别时的丰富想象，她希望自己像一支马鞭一样，与情郎形影不离。在运用比喻上，诗中的女主人公可以说是独出心裁，不落俗套。

张碧兰

张碧兰，隋代人。生平不详。

寄 阮 郎

郎如洛阳花，妾似武昌柳。
两地惜春风①，何时一携手？

〔注释〕

①惜：惋惜。

〔译诗〕

郎在洛阳好似一朵鲜花，
我在武昌恰如一枝绿柳。
身在两地共同惋惜大好春风，
何时才能团聚并肩携手？

〔说明〕

这首诗是作者写后寄给丈夫阮郎的，以花柳分生两地为比喻，形象地表达了她对丈夫的思念。

敦煌曲子词

鹊 踏 枝

叵耐灵鹊多谩语^①，送喜何曾有凭据^②？
几度飞来活捉取^③，锁上金笼休共语^④。

比拟好心来送喜^⑤，谁知锁我在金笼里，
欲他征夫早归来^⑥，腾身却放我向青云里^⑦。

〔注释〕

①叵（pǒ 筐）耐：不可耐，可恼。灵鹊：喜鹊。谩语：没有准儿的话语。

②送喜：报喜讯。迷信说法，喜鹊叫，是送喜讯来了。

③几度：几次。捉取：捉住。

④金笼：金贵的鸟笼子。休共语：不要同他说话，不要理睬它的意思。

⑤比拟：本来准备。以下是喜鹊的自述。

⑥他：她，指相思女子。征夫：远出在外的人。这里指捉喜鹊那个女子的丈夫。

⑦腾身：跃身而起。

〔译诗〕

怎能忍耐这可恼的喜鹊，

到处说些没边没沿的话语。
由它送来的喜讯，
哪里有什么真凭实据！
一次又一次飞来戏弄我，
我可要把它活活捉取。
锁在金丝编成的笼子里。
不再理睬它的胡言乱语。

喜鹊说："哎呀呀，
我本是一片好心前来送喜，
谁知她却不理解我的好意，
反而把我锁在金丝笼子里。
只有让她远出在外的丈夫，
早日归来和她重新欢聚，
才能把我放出笼子，
让我一直飞进青云里去。"

〔说明〕

　　这首词，写一个正在思念丈夫的女子，听到喜鹊的叫声，想到仍在远方没有回来的爱人，心情烦恼，气得捉住喜鹊，关在笼子里。喜鹊仿佛通人情，也不平地说，我本来是来送喜信的，她却把我关起来了，等到她爱人归来了，才能被放出去高飞呢。

菩 萨 蛮

枕前发尽千般愿①，要休且待青山烂②。
水面上秤锤浮，直待黄河彻底枯。

白日参辰现③，北斗回南面。
休即未能休，且待三更见日头。

〔注释〕

①愿：誓愿。

②休：罢休，断绝。这里是针对男女之间的爱情所说。

③参（shēn 申）辰：本是两个此出彼没互不相见的星宿名，此泛指
星宿。

〔译诗〕

枕席前千样誓愿说得好，
谁想绝情要等青山烂掉。

秤砣能在水面上漂浮，
滔滔黄河见底河水枯。

参星辰星见了太阳，
北斗星转向指向南方。

想要绝情也难以绝情，

得等到太阳升起在三更。

〔说明〕

这首诗中运用青山烂掉、秤砣浮水、黄河枯干等六种不能实现的自然现象，反衬爱情的坚定不移和永不绝情，是一曲热烈、真挚的爱的颂歌。在表现手法上，与乐府民歌《上邪》有着异曲同工之妙。

望 江 南

天上月，遥望似一团银。

夜久更阑风渐紧①，为奴吹散月边云②，

照见负心人。

〔注释〕

①更阑（lán 兰）：更尽。

②奴：古代女子自称。

〔译诗〕

远望天上的月亮，

好似一团白银。

夜深深，更已尽，

风儿一阵比一阵更紧。

风儿啊，快些吹吧，
为我吹散月边的阴云，
让它照见那个负心的人！

〔说明〕

　　这是一首反映女子被弃后的哀怨之词。负心人已离她而去
了，她仍然想让月亮照见他，为什么呢？或许他会在月光下感
到羞惭吧？或许月光会使他想起月下的幽会而回心转意吧？在
妇女没有社会地位的时代，这种怨歌的产生，就有着一定的代
表性。

望　江　南

莫攀我，攀我大心偏①。
我是曲江临池柳②，者人折去那人攀③，
　　恩爱一时间。

〔注释〕

　　①大：同太。
　　②曲江：池名，在长安东南，古代游览胜地。
　　③者：这。

〔译诗〕

　　不要用手攀折于我，

攀折我的人心眼太偏。
我是曲江池边的柳树，
这人折了，那人又攀，
恩恩爱爱只在一时之间！

〔说明〕

　　这首词以池畔垂柳比喻沦落风尘的女子，得不到人间真正的爱情，却受尽了蹂躏与折磨。女主人公对自身的遭遇，有着很深的哀怨，"临池柳"的比喻，更使她的悲惨身世得到极为深刻的表现。她对"恩爱一时间"是极为不满的，却无法得到解脱。

张九龄

张九龄（678～740），字子寿，又名博物，韶州曲江（今广东韶关）人，唐中宗景龙初进士，官至中书令。后因李林甫的排挤，罢相，贬荆州长史。

有《曲江集》二十卷。

望月怀远①

海上生明月②，天涯共此时③。
情人怨遥夜④，竟夕起相思⑤。
灭烛怜光满⑥，披衣觉露滋⑦。
不堪盈手赠⑧，还寝梦佳期⑨。

〔注释〕

①怀远：怀念远方的亲人。

②生：诞生，升起。

③天涯：天边，非常遥远的地方。

④遥夜：长夜。

⑤竟：从头至尾。竟夕，整整一夜。

⑥怜：爱惜。

⑦露滋：露水更多。

⑧盈手：满手。

⑨还寝：回屋睡觉。佳期：美好的日子，指情人相聚之时。

〔译诗〕

>
> 一轮皎洁的月亮，
>
> 升起在大海的波涛之上。
>
> 我在遥远的天边，
>
> 把这月色与你共同分享。
>
> 有情人怎能不责怪夜色太长，
>
> 整整一晚我都在把你怀想。
>
>
> 吹灭蜡烛，走出卧房，
>
> 多可爱啊，这满地的月光。
>
> 身上披着一件衣裳，
>
> 仍然感到夜露又重又凉。
>
> 可惜不能掬一捧月光赠你，
>
> 只有回房在梦中与你欢聚一堂。

〔说明〕

　　这首诗写诗人远在天涯，望着海上升起的一轮皎洁的月亮，心中顿时想起倾心的情人，她一定也在这月光中思绪翩翩吧？遗憾的是此刻两人不能欢聚在一起，若要相会，也只好是在梦中了。作品对两情的相思，写得淋漓尽致。

王　维

　　王维（701～761），字摩诘，唐代太原祁（今山西省祁县）人。做过右拾遗、尚书右丞等。后期参禅信佛，过着半官半隐的田园生活。

　　他多才多艺，绘画、音乐、书法等方面都有较高的造诣。他是我国唐代著名的山水田园诗人。

相　　思

红豆生南国①，春来发几枝？
愿君多采撷②，此物最相思。

〔注释〕

　　①红豆：又名想思子，朱红色，有的带黑斑。南国：南方。
　　②君：您。撷（xié协）：摘。

〔译诗〕

　　一颗颗红豆生长在南方，
　　春天到了，能有几枝生长？
　　但愿你在那儿多多采摘，
　　这颗颗红豆最能牵挂情肠。

〔说明〕

　　红豆，古代人们常把它作为爱情的象征，有很多传说故事，并常常被写入诗篇，这一首最为著名。具有象征意义的红豆，千百年来被无数痴情的青年男女所崇爱。

李　白

　　李白（701～762），字太白，号青莲居士，祖籍陇西成纪（今甘肃天水附近），生于中亚碎叶，后迁居绵州（今四川绵阳）。李白从青年时代起，就有"济苍生"、"安黎元"的远大抱负。他一生两次做官，但因权贵不满意他，不仅没有发挥才能，反而遭到排挤、贬官、流放。后病故于安徽当涂县。

　　李白是我国唐代伟大的浪漫主义诗人。他的诗歌不仅揭露和批判了统治集团的荒淫腐朽，抨击黑暗现实，蔑视权贵，反抗传统思想的束缚和压抑，而且对生活在水深火热灾难之中的人民，寄予了无限的同情和关注。他的诗，还歌颂了祖国的壮丽山河，内容丰富而又深刻，艺术上造诣很深。

　　李白现存诗歌近千首，有《李太白全集》。

白　头　吟

　　　　锦水东北流①，波荡双鸳鸯。
　　　　雄巢汉宫树②，雌弄秦草芳。
　　　　宁同万死碎绮翼③，不忍云间两分张④。
　　　　此时阿娇正娇妒，独坐长门愁日暮。
　　　　但愿君恩顾妾深，岂惜黄金买词赋⑤。
　　　　相如作赋得黄金，丈夫好新多异心。
　　　　一朝将聘茂陵女，文君因赠《白头吟》⑥。
　　　　东流不作西归水⑦，落花辞条羞故林⑧。
　　　　兔丝固无情⑨，随风任倾倒。

谁使女萝枝⑩，而来相萦抱⑪？

两草犹一心，人心不如草。

莫卷龙须席⑫，从他生网丝⑬。

且留琥珀枕⑭，或有梦来时。

复水再收岂满杯，弃妾已去难重回。

古来得意不相负，只今惟见青陵台⑮。

〔注释〕

①锦水：即四川境内的锦江。

②雄巢二句：是说这一对鸳鸯栖居在一起，不肯分离。汉、秦都是指陕西长安（今西安）一带。

③绮翼：指鸳鸯美丽的翅膀。

④分张：分离的意思。

⑤阿娇四句：汉武帝陈皇后的名字。据《长门赋序》载：陈皇后十分娇妒，后来失宠了，居住在长门宫，因以黄金百斤，请司马相如做《长门赋》献给武帝，武帝读后十分感动，陈皇后因此重新得到宠幸。

⑥一朝二句：据《西京杂记》载，司马相如准备娶茂陵的一个女子为妾，他的妻子卓文君作了一首《白头吟》以表达自己的哀怨，相如因此取消了娶妾的打算。

⑦东流句：东流水是不会向西流回来的。

⑧落花句：花从枝条上落下，羞于重回原来的树上，以上两句，是隐喻夫妇分离以后，便难以重新结合了。

⑨兔丝：一种寄生植物，靠蔓缠绕吸附在其它植物上。古人常以兔丝作为爱情的象征。

⑩女萝：地衣类植物，寄生在树木上。

⑪萦抱：缠绕在一起。

⑫龙须席：用龙须草编的席子。

⑬从：任凭。生网丝：蜘蛛吐丝结网。

⑭琥珀枕：镶嵌琥珀的枕头。

⑮青陵台：古代传说，先秦时人韩朋，娶妻贞夫，夫妻相爱。韩在宋国做官，六年不归。贞夫写信去表示思念，不料，信被宋王截去。宋王即派人诱骗贞夫到宋，想让她当王后。贞夫郁郁不乐。宋王听从臣子梁泊的献计，把韩朋抓去筑青陵台。韩朋自杀，贞夫请求礼葬，乘机跃入墓中亦死。贞夫死后，墓地上长出一株桂树，一株梧桐，枝叶相连。宋王又派人把它砍了，树的两枝落入水中，变成一对鸳鸯。

〔译诗〕

锦江水流向东北方向，

水波激荡着浮水的鸳鸯。

雄鸟在汉宫的树上作巢，

雌鸟也落在秦地的草上。

宁肯死在一处折断漂亮的翅膀，

不忍心在云霄里分飞各方。

这时的阿娇正在撒娇怀妒，

傍晚时坐在长门宫独理愁肠。

希望皇上对她的感情一如既往，

怎能吝惜黄金请人写《长门赋》的文章。

司马相如作赋得了千金重赏，

男人总是喜新厌旧多生离异心肠。

司马相如也要去娶茂陵的女子，

卓文君因而写《白头吟》表示哀伤。

东流水不会再向西流淌，
花儿落枝羞于回到原来的枝条。
兔丝本来就没有什么感情，
风怎样吹，它就怎样倾倒。
谁让那些附着女萝的树枝，
又来和兔丝在一起拥抱缠绕？
两棵小草尚且是一条心，
人心啊，却不如一棵小草。

莫要把龙须草席随意翻卷，
任凭蜘蛛的网丝挂在上边。
暂且留下琥珀的枕头吧，
或许能有做个好梦的时间。
收回泼出的水，难把杯子盛满，
离弃的女人重新归来难上加难。
自古以来人生得意决不能相互负心，
今天还有青陵台的故事广泛流传。

〔说明〕

这首诗，运用了一个又一个生动的比喻，描述了封建社会
女子被遗弃的悲哀和对坚贞爱情的追求。全诗充满了诗人对妇
女不幸遭遇的同情和关心，同时对这种不合理的现象，给予极
为深切的控诉；对封建统治者的荒淫无耻，给予无情的鞭挞。

历代浪漫爱情诗三百首

（二）

辛一村 著

时代文艺出版社

青少年古诗丛书——历代浪漫爱情诗三百首

责任编辑：戚积广

出　　版：时代文艺出版社

　　　　　（长春市泰来街 1825 号　邮编：130062　电话：86012927）

发　　行：时代文艺出版社

印　　刷：三河市灵山装订厂

开　　本：787×1092 毫米　32 开

字　　数：377 千字

印　　张：20

版　　次：2011 年 5 月第 2 版

印　　次：2011 年 5 月第 3 次印刷

书　　号：ISBN 978-7-5387-0921-6

定　　价：119. 20 元（全 4 册）

长 干 行①

妾发初覆额②，折花门前剧③。

郎骑竹马来④，绕床弄青梅⑤。

同居长干里，两小无嫌猜⑥。

十四为君妇⑦，羞颜未尝开⑧。

低头向暗壁⑨，千唤不一回⑩。

十五始展眉⑪，愿同尘与灰⑫。

常存抱住信⑬，岂上望夫台⑭。

十六君远行，瞿塘滟滪堆⑮。

五月不可触⑯，猿声天上哀⑰。

门前旧行迹⑱，一一生绿苔。

苔深不能扫，落叶秋风早。

八月蝴蝶黄，双飞西园草。

感此伤妾心，坐愁红颜老⑲。

早晚下三巴⑳，预将书报家。

相迎不道远㉑，直至长风沙㉒。

〔注释〕

①长干行：长干，地名，在今江苏省南京市。长干行，乐府旧题，来源于当地民歌。

②初覆额：刚盖住额角。指童年时代。

③剧：游戏。

④竹马：小孩游戏，拿竹竿当马骑。

⑤绕床：互相追逐。弄青梅：抛掷青梅。以上两句写幼时两人的嬉戏。

⑥嫌猜：嫌忌，猜疑。这句是说两人从小就没有什么不信任之处。

⑦为君妇：做了你的妻子。十四，指年龄。

⑧羞颜未尝开：这句是说由于年纪小，做了新娘还很害羞。

⑨暗壁：壁角暗处。

⑩不一回：连头也不回一次。

⑪展眉：双眉舒展，不再害羞的意思。

⑫愿同尘与灰：死后化为尘灰也要在一起。这句表示两人相爱之深。

⑬抱住信：古代传说，一个叫尾生的人，和情人相约在桥下会面。尾生到了，女子还没来，忽然涨水，尾生坚守信约，不愿离开这一约定的地点，抱住桥柱被淹死去。

⑭望夫台：古代传说，丈夫久出不归，妻子天天在台上眺望。另有望夫山，望夫石等传说，内容大致一样。

⑮滟滪（yàn yù 艳玉）堆：是长江三峡之一的瞿塘峡口的一块巨大的礁石，水浅则露出水面。水涨则没入水中。

⑯五月不可触：五月江水暴涨，淹没礁石，过往行船易触礁出事，因此说不可触。

⑰猿声天上哀：三峡两岸多猿，啼声哀切。以上两句表现女子对丈夫在外行旅安危的担心。

⑱行迹：脚印。以下两句是说丈夫在门前留下的脚印都长绿苔了。

⑲坐：因为。红颜：青春的美貌。老：衰老。

⑳早晚：何时。三巴：巴郡、巴东、巴西的总称。下三巴，由三巴顺流而下。

㉑不道远：不说远，不嫌远。

㉑长风沙：地名，在今安徽省安庆市长江边上。

〔译诗〕

我的头发刚刚遮住额角，

常常折一朵花儿在门前嬉闹。

你骑着竹竿马儿前来，

绕着床铺把青青梅子互抛。

你我同住在长干里一带，

两颗童心天真无邪地相好。

十四岁便给你做了媳妇，

带羞的面容像花儿含苞。

低下头来面对着暗壁，

千呼万唤也不回头一笑。

十五岁才开始舒展眉头，

化为尘灰也愿与你生死一道。

只要你常有抱柱而死的信念，

岂用我上望夫台把你远眺。

十六岁上你离乡远行，

滟滪堆迎击着瞿塘峡的波涛，

大水陡涨的五月可不能碰它，

两岸的猿声都令人心焦。

你旧日在门前留下的足迹，

——长满了苔藓和小草。

绿苔太深了，不能清扫，

秋风早来，落叶飞飘。

八月里的蝴蝶颜色杏黄，

双双飞进西园在草叶上落脚。

看到这些情景，真让我心伤，

因为犯愁，美好的容颜逐日衰老。

什么时候你由三巴顺流而下，

先捎封信回来把日期预报。

我去迎你不嫌那山高路远，

在长风沙那儿一定把你接到。

〔说明〕

　　这首诗用一个女子哀婉的口吻，写出她思念远行在长江上游的丈夫的心情。她回忆起童年时两小无猜的情景，回忆起初婚时的甜密和分别后的痛苦，盼望亲人早日归来，对幸福和爱情生活表示了炽烈的向往和追求。诗作品极为细腻的笔调，揭示出女主人公的内心境界。

夜 坐 吟

冬夜夜寒觉夜长，沉吟久坐坐北堂。

冰合井泉月入闺①，金釭青凝照悲啼②。

金釭灭，啼转多。掩妾泪，听君歌。

歌有声，妾有情。情声合，合无违。

一语不入愿，从君万曲梁尘飞③。

〔注释〕

①冰合句：是说月亮照进闺房的时候，寒冰把井泉里的水冻合在一起了。

②金釭（gāng 钢）：灯盏。青凝：青色的火苗好象凝住一样。

③梁尘飞：是说因歌声绕梁，灰尘飞起。

〔译诗〕

寒冷的冬夜，

夜寒令人觉得多么漫长，

久久地沉思低吟，

坐在孤寂的北堂之上。

寒冰冻合了井水，

月光照进我的闺房。

灯火仿佛凝住了，
伴着我哭泣悲伤。

金釭灯火突然灭了，
哭啼声声逐渐增多。
遮住腮上的泪痕，
听你唱一支歌。

你的歌里有相爱的声韵，
我的心里有相爱的情意。
声情合在一起，
你我才能永不分离。

假如你的歌声里，
有一句与我的心意不合。
我的心再也难以打动，
任你唱上一万支歌。

〔说明〕

　　这首诗告诉人们，真正的爱情只有建立在男女双方感情契合、互相了解、互相尊重的基础上，才能经久不衰。诗中所塑造的女子形象，是十分坚强的女性，结尾两句，正是她这种坚强个性的具体体现。

妾 薄 命

汉帝重阿娇[①]，贮之黄金屋。

咳唾落九天[②]，随风生珠玉。

宠极爱还歇[③]，妒深情却疏。

长门一步地[④]，不肯暂回车。

雨落不上天，水覆难再收。

君情与妾意，各自东西流。

昔日芙蓉花[⑤]，今成断根草。

以色事他人[⑥]，能得几时好？

〔注释〕

①汉帝：指汉武帝。据《汉武故事》载："武帝数岁，长公主（武帝的姑母）抱置膝上，问曰：'儿欲得妇不？'指左右长御百余人。皆云不用。末指其女：'阿娇好不？'于是乃笑对曰：'好！若得阿娇，当作金屋贮之也。'长公主大悦，乃苦要上（汉武帝的父亲景帝）遂定婚焉。"后世俗语"金屋藏娇"即由此而来。

②咳唾二句：说阿娇受宠之时咳出的唾沫从高处落地，都能随风化为珠玉。

③宠极二句：据《汉武故事》载，武帝即位后，长公主求欲很多，不得满足，武帝感到讨厌，对阿娇的宠爱也衰退了。阿娇很妒忌，企图挽回，叫女巫来做妖术。武帝知道了，废除了她，叫她退居长门宫。歇：止。疏：疏远。

④长门二句：长门宫离得很近，但武帝也不回车去看阿娇。

⑤昔日二句：以芙蓉花和断根草，比喻阿娇的过去和今天。

⑥以色二句：这是诗人含义极深的结语。

〔译诗〕

汉武帝宠重美女阿娇，

把她藏在黄金屋里养着。

她咳嗽一声唾沫从九天飞落。

在风中也能变成珍珠玛瑙。

宠爱过度，爱怜也会中断，

妒恨渐深，感情也会疏远。

长门宫的距离仅一步之遥，

他路过也不肯把车头调转。

雨点降落难以重回青天，

泼出去的水，回收更难。

男人的恋情与女人的爱意，

象水一样东西分流不再回返。

昨天还好像芙蓉吐蕊含苞，

今天就变成一棵断根的小草。

拿自己的姿色让他人迷恋，

怎能把好运气长远地得到?!

〔说明〕

　　这首诗借阿娇自身遭遇的故事，写出了封建社会妇女被遗弃的痛苦。阿娇与汉帝的结合，根本谈不上什么爱情的基础，色相衰落，爱则淡漠。诗的最后两句发人深思，无论对于古人或后人，都有着极为深刻的警世作用。

忆 秦 娥

箫声咽①，秦娥梦断秦楼月②。
秦楼月，年年柳色，灞陵伤别③。

乐游原上清秋节④，咸阳古道音尘绝⑤。
音尘绝，西风残照，汉家陵阙⑥。

〔注释〕

　　①咽：呜咽。

　　②秦娥：秦国的女子弄玉。传说她是秦穆公的女儿，喜爱吹箫，嫁给了仙人萧史。这里是指秦地（陕西一带）的女子。梦断：美梦中断。

　　③灞（bà 霸）陵：汉文帝刘恒的墓地，在今陕西西安市东，附近有一座灞桥，旁边多柳树，送别的人到这里折柳表示惜别。

　　④乐游原：在今西安市南，是一个游览的胜地。清秋节：指每年农历九月九重阳节。

　　⑤咸阳：今在陕西境内，曾是秦朝的京城。音尘：音信。

⑥汉家：指西汉。陵阙（què鹊）：皇帝的陵墓。

〔译诗〕

> 凄凉的箫声呜呜咽咽，
> 秦楼外高挂一轮惨白的明月。
> 从梦中醒来的秦娥，
> 望着月儿，心境无比凄切。
> 每年柳枝泛青的时候，
> 都要想起灞桥上的伤心离别。
>
> 繁华的乐游原上，
> 迎来一年一度的重阳佳节。
> 可在他走过的咸阳古道上，
> 归来的音讯早已断绝。
> 只有飒飒的西风漫卷大地，
> 如血的残阳照耀着汉家陵阙。

〔说明〕

　　这首词写的是一个居住在京城里的女子，自从丈夫远出之后，夜不安睡，从春至秋，年年音信全无，在思念他的痛苦中，对京城附近的游览胜地，一概觉得是一片凄凉。

长 相 思

长相思，在长安。

络纬秋啼金井阑①，微霜凄凄簟色寒②。

孤灯不明思欲绝，卷帷望月空长叹，

 美人如花隔云端。

上有青冥之高天③，下有渌水之波澜④；

天长路远魂飞苦，梦魂不到关山难。

长相思，摧心肝！

〔注释〕

 ①络纬：昆虫，俗称蟋蟀。金井阑：井上的漂亮栏杆。

 ②簟（diàn 电）：竹席。

 ③青冥：青指天色，冥形容天的幽远。

 ④渌水：清澈的水。

〔译诗〕

 我绵绵不绝的思念啊，

 是在那京城长安。

 秋日，蟋蟀的鸣叫声，

 响在漂亮的井栏旁边。

秋霜令人感到凄冷，
竹席的颜色也带着微寒。

面对着一盏孤灯，
我的思绪几乎绝断。
慢慢卷起帷帐，
望着明月空自长吁短叹。
姑娘虽然鲜花般漂亮，
却象隔在云端一样遥远。

头顶的一片蓝天，
青蓝而又幽远。
脚下清澈的水流，
涌起一阵阵波澜。
天长路远，我的神魂啊，
飞来飞去，苦不堪言。
即使在睡梦之中，
也越不过那遥遥的关山。

哦，绵绵不绝的相思情啊，
苦苦地煎熬着我的心肝！

〔说明〕

这首诗写的是对一位漂亮女子的思念之情。深秋季节，诗人伴着孤灯，望着明月，一声声发自内心的长叹，那个远离自己的漂亮女子，如同隔在云天之外一样，即使梦魂也难以飞到那个地方。这首发自内心的恋歌，也被解释为是诗人对美好理想的追求。

杜 甫

杜甫（712～770），字子美，祖籍襄阳（今湖北省），后迁居河南巩县。他的前半生在唐朝极盛时期度过，后半生则经历了安史之乱、吐番入侵和藩镇割据以及他们间的互相攻伐。中年时，他本想施展自己的宏大政治抱负，但很不得志。仕途的失意和生活的困苦，使他更深刻地认识了社会，因而在思想感情上更接近人民。

杜甫是我国唐代伟大现实主义诗人。他的诗，广泛而又深刻地反映了社会现实，揭示了人民的痛苦生活，发扬了崇高的爱国主义精神。他的诗在艺术造诣上很深，对后代产生了巨大的影响。

杜甫现存诗一千四百多首，有（杜少陵集》。

新 婚 别

免丝附蓬麻①，引蔓故不长。
嫁女与征夫②，不如弃路旁。
结发为君妻，席不暖君床。
暮婚晨告别，无乃太匆忙！
君行虽不远，守边赴河阳③。
妾身未分明④，何以拜姑嫜⑤？
父母养我时，日夜令我藏。

生女有所归⑥，鸡狗亦得将⑦。

君今往死地，沉痛迫中肠。

誓欲随君去，形势反苍黄⑧。

勿为新婚念，努力事戎行⑨！

妇人在军中，兵气恐不扬⑩。

自嗟贫家女⑪，久致罗襦裳⑫。

罗襦不复施⑬，对君洗红装⑭！

仰视百鸟飞，大小必双翔。

人事多错迕⑮，与君永相望⑯！

〔注释〕

①免丝：一种蔓生植物，藤蔓常带附在别的植物枝干上。蓬麻：蓬与麻是矮小的草本植物。免丝攀附其上，比喻女子的婚姻不得好依靠。

②征夫：从军出征的人。

③河阳：地名，在今河南省孟县。

④身：身份。古代习俗，女子出嫁，三天后祭祖宗，拜公婆，叫做成婚。婚礼未完成，因而女方的身份就不明确。

⑤姑嫜：古时称男方的母亲为姑，父亲为嫜。

⑥归：古时女子出嫁叫归。

⑦将：跟随。这句的意思就是：嫁鸡随鸡，嫁狗随狗。

⑧形势：指情形，境况。苍黄：慌乱。

⑨戎行（háng 航）：军队。事戎行，指从军打仗。

⑩兵气：士气。不扬，指军心不振。

⑪嗟（jiē 皆）：叹息。

⑫致：备办。罗襦（rú 儒）裳：丝织的短袄和裙子。这里指出嫁时

穿的衣裙。

⑬不复施：不再穿。

⑭洗红装：洗去脸上的红色脂粉。

⑮人事：人间的事。错迕（wǔ午）：错杂不顺。

⑯永相望：永远期待着。

〔译诗〕

> 免丝缠在蓬麻上，
>
> 牵藤引蔓必然不长。
>
> 女儿嫁给出征的人，
>
> 不如把她遗弃路旁。

> 与你做了结发夫妻，
>
> 新床的草席依然冰凉。
>
> 晚上结婚，清晨分别，
>
> 这岂不是过于匆忙。

> 你要去的地方虽然不远，
>
> 守卫边疆奔赴河阳。
>
> 我的身份还不明朗，
>
> 怎去拜见公婆二位高堂？

> 父母抚养我的时候，
>
> 整天深居在家里躲藏。
>
> 生个女儿早晚要嫁，

嫁鸡嫁狗都不得反抗。

今天你要去牺牲的沙场，
沉痛煎迫我的心肠。
发誓与你共同前往，
反而使情势变得反复无常。

不要为新婚的事多加挂念，
到了前线要努力冲锋打仗。
假如我这样一个女人到了军中，
恐怕士气也不能高昂。

我自叹息是一个贫家女儿，
好久才备齐了婚礼服装。
你走后我再也不穿它了，
当着你的面洗去脸上的粉妆。

仰头看见百鸟飞翔，
不论大小都是成对成双。
人间事常常并不顺心如意，
啊！你我要永远满怀团聚的期望。

〔说明〕

　　这首诗描述一个新婚的女子，丈夫被征去从军。行前，她述说了自己留家的困难，明知是永别，而又无法相随，但她仍然鼓励丈夫努力去保疆守土。为了表白自己对爱情的忠贞，她决心不再穿结婚的衣裙，并当面洗掉满面的脂粉，互相期待着团聚的一天。这首诗也有力地控诉了唐王朝大量征兵给人民带来深重苦难，反映了人民渴望平定安史之乱的意愿。

于 鹄

于鹄,唐大历、贞元(766~804)间人。荆南、襄阳一带常有他的游踪。《全唐诗》存其诗七十余首。

江 南 曲

偶向江边采白蘋①,还随女伴赛江神②。
众中不敢分明语,暗掷金钱卜远人③。

〔注释〕

①白蘋:生长在浅水中的一种植物。

②赛江神:古代人多在江边修建江神庙宇,为了祈求降福,每年都要举行迎接江神的赛会。

③金钱:古人用钱币卜卦,掷金钱于地上,以测吉凶或问卜亲人的归期。远人:远行的亲人,这里指丈夫。

〔译诗〕

偶尔来到热闹的江边,
把一朵朵白蘋采摘入篮。
江边上还有接神赛会,
随同女伴们来到庙前。

游人众多，熙熙攘攘，

不敢高声祷告为他祈安。

暗地里抛掷一枚金钱问卜，

远行的亲人啊，何日回还？

〔说明〕

　　这首诗写一个女子去采白蘋，又随同女伴来到接江神的赛会上。她不好意思说出自己思念丈夫的心事，只好偷偷掷一枚金钱于地上，占卜亲人的归期。诗作写出了她无可奈何的心情和处境。

开元宫人

　　开元宫人，唐开元（713～741）年间宫中使女，姓名及生平不详。

袍　中　诗

　　　　　　沙场征戍客^①，寒苦若为眠^②？
　　　　　　战袍经手作，知落阿谁边^③？
　　　　　　蓄意多添线，含情更著绵^④。
　　　　　　今生已过也，愿结后生缘^⑤。

〔注释〕

　　①征戍客：指镇守边防的士卒。

　　②若：怎样，如何。

　　③阿：名词词头，多用于亲属或人名前面。

　　④著（zhuó 灼）绵：加绵。

　　⑤后生：来世。缘：姻缘。

〔译诗〕

　　　　　　在沙场上征伐戍边的士兵，
　　　　　　寒冷凄苦的环境怎能安眠。
　　　　　　这件战袍是我亲手所作，

不知道能落在哪个勇士身边？

把满怀心意缝进一针一线，
把一片深情加进雪白的絮绵。
今生已过，我们不得相见，
来世再生，愿与你结下良缘。

〔说明〕

  开元年间，宫女作绵絮寒衣给戍边士卒，有人从衣袍中得到上面这首诗，禀报统帅。统帅上朝奏明此事。唐明皇把这首诗公布于宫内，这时，一个宫女自称万死，承认诗是自己所作。明皇大发慈悲，说："朕与你结今生缘也。"成全了这一对青年。这件事，无疑是极为偶然的。从这首诗中可以看出，一个被幽禁在深宫里的女子，执拗地渴求爱情自由的可贵精神。

天宝宫人

天宝宫人，唐天宝（742～756）年间宫女，姓名及生平不详。

题洛苑梧叶上

一入深宫里，年年不见春①。
聊题一片叶②，寄与有情人。

〔注释〕

①不见春：见不着春天。这里指宫女被幽禁宫中，得不到人身自由和爱情。

②聊：姑且。

〔译诗〕

自从进入深宫的庭院，
从来就没有见过春天。
姑且在桐叶上题一首小诗，
把它寄给一个有情的青年。

又　题

一叶题诗出禁城①，谁人酬和独含情②。
自嗟不及波中叶③，荡漾乘春取次行④。

〔注释〕

①禁城：古代皇帝居住之地。

②酬和：酬答唱和。

③嗟：感叹。

④乘：趁。取次：随意。

〔译诗〕

梧桐叶题诗飘出了禁城，

是哪一位的和诗如此多情？

可叹我都不如波中的桐叶，

它还能趁着春天任意飘行。

〔说明〕

天宝年间，落苑一个宫女在梧叶上题了这首诗，投御沟飘流宫外。诗人顾况拾到后，也题了一首诗于梧叶上，放在水流中。于是，宫女又题了第二首诗。这两首诗反映了这个宫女不甘于禁城中的孤寂凄苦的生活,她向往自由,渴求爱情,勇敢地在梧叶上题写了这两首诗。据传后来这个宫女梧叶题诗的事,被朝廷察觉,便将她遣出。

李 冶

李冶（？～784），字季兰，乌程（今浙江吴兴）人。唐天宝年间女道士。因是女子，其父虽然赏识她的才华，却又担心她有违礼教。她做了女道士之后，果然不受教规束缚，常与诗人交往，与隐士、道人往来并有诗赠答。唐玄宗宣她进京，赏赐甚厚，留宫中月余，放归山中。后因上诗叛将朱泚，被德宗处死。

今存《李季兰集》一卷。

相 思 怨

人道海水深，不抵相思半。
海水尚有涯，相思渺无畔①。
携琴上高楼，楼虚月华满②。
弹著相思曲③，弦肠一时断。

〔注释〕

①渺：遥远。畔，边沿。

②虚：空虚。华：光彩。

③著：着的本字。

〔译诗〕

> 人人都说大海的水很深，
> 却赶不上相思之情的一半。
> 浩瀚渺茫的海水还有边沿，
> 相思的深情却无际无边。
>
> 携带着琴瑟步上高楼，
> 月光在空间的楼房里洒满。
> 弹奏起一支相思的曲子，
> 激动得琴弦和情肠一同折断。

〔说明〕

在这首诗里，诗人以深切的感触，写出了相思之情，比喻贴切，情景交融，更加深了作品的感人力量。

明月夜留别①

> 离人无语月无声，明月有光人有情。
> 别后相思人似月，云间水上到层城②。

〔注释〕

①留别：分别时，被送的人写给送行人的诗，叫留别。

②层城：据《水经注》载：昆仑山有三级，最下一级称樊洞，又称板松；第二级称玄圃，又称阆风，最高一级称层城，又称天庭。层城是玉帝居住之处。

〔译诗〕

> 离别的人默然无语，
> 天上的月儿也沉寂无声。
> 明月有着皎洁的光辉，
> 离别的人有着难舍的感情。
>
> 分别后，你我的相思，
> 象天上的月儿一样光明。
> 从云间和那水上，
> 一起来到高高的天庭。

〔说明〕

这首诗写明月之夜，与心上人分别，两人依依不舍。看到天上的月亮，联想到别后的相思之情，无论走到哪里，都会永远想念着心上的人。

李 益

李益（748～827），字君虞，陇西姑藏（今甘肃武威）人。唐大历时进士。任郑县尉，久不升迁，弃官北游。曾参佐军幕，去过边塞。宪宗李纯时官至礼部尚书。他写过不少边塞诗和闺怨诗。有《李君虞诗集》。

江 南 曲

嫁得瞿塘贾①，朝朝误妾期②。
早知潮有信③，嫁与弄潮儿④。

〔注释〕

①贾（gǔ 古）：泛指商人。

②朝朝句：是说他一天天误了和我约定的归期。

③潮有信：涨潮落潮都有一定的规律。

④弄潮儿（ní 尼）：能在潮中戏水的青年。

〔译诗〕

自从嫁给在瞿塘峡奔忙的商人，

从不把归家与我团聚的日期说准。

早知道潮水的涨落如此有信，

还不如和弄潮的小伙子成婚。

〔说明〕

　　这首诗写一个女子的丈夫，远出经商，长期不归，引起了她的不满。这首诗同时还表达了她对夫妻爱情生活的向往。

孟 郊

　　孟郊（751～814），字东野，唐代湖州武康（今浙江武康）人，少年时隐居嵩山，四十六岁才中进士，曾任漂阳尉、协律郎等职。与韩愈交谊很深。他性情耿介孤直，一生穷困潦倒。他的诗风质朴而又深挚，善以白描手法写景抒情。他与贾岛齐名，有"郊寒岛瘦"之称。

　　有《孟东野集》。

古 怨

試妾与君泪①，两处滴池水。

看取芙蓉花，今年为谁死。

〔注释〕

　　①试：尝试。

〔译诗〕

　　　　试把我的泪水

　　　　　　你的泪水，

　　　　分别在两处

　　　　　　滴入清清的水池，

看那芙蓉花儿，

今年因谁的泪水

伤心而死！

〔说明〕

这首诗的主人公，是一个与丈夫别居两地的女子。她与丈夫都在苦苦地思念对方。于是，她大胆地设想，假如双方相思的泪水分别滴落在两处的池水之中，由于爱情的纯真，相思的情真，分离的痛苦，一定会使荷花也伤心地死去！那么，今年的荷花到底会因谁的泪水而枯死呢？这想象奇特而又新颖，不是相爱的情真，不是相思的情真，怕是难以有这种巧思的。

静 女 吟

艳女皆妒色①，静女独检踪②。

任礼耻任妆③，嫁德不嫁容④。

君子易求聘⑤，小人难自从⑥。

此志谁与谅⑦，琴弦幽韵重⑧。

〔注释〕

①艳女：轻浮的女子。色：美貌。妒色，嫉妒别人的美色。

②静女：文静贤惠的女子。检踪：检点行踪。

③任礼：以知礼守礼为己任。任妆：以梳妆打扮为己任。

④嫁德：嫁给品德好的人。

⑤君子：指品德高尚的人。

⑥小人：指品德低劣的人。

⑦谅：体谅，理解。

⑧幽韵：幽深的韵味。

〔译诗〕

轻浮妖艳的姑娘，

全都妒嫉别人的美丽；

文静贤惠的姑娘，

却能检点自己的行迹。

知礼守礼是女子的荣耀，

只知梳妆打扮令人羞臊。

宁可嫁给品德高尚的夫婿，

也决不选择浮华的容貌。

品德高尚的人前来求婚，

我轻易地就会应允；

品德低劣的人前来求婚，

我决不能违心地容忍。

我的这一婚恋准则，

谁能给以理解和体谅？

弹着琴弦诉说我的苦衷，

琴声沉重，音韵悠长。

〔说明〕

诗人笔下的这位静女，是一个在婚恋观上有着大胆的、独到的见解的女子。她对自己未来要选择的丈夫，提出了与众不同的标准。这里的"礼"与"妆"，"德"与"容"，应该包括更广泛的含义。在这位静女的心里，内心与外表、美与丑、善与恶的界限是十分鲜明的。她心志高洁，行为检点，自爱而又自重。这一切在封建社会里，真是难能可贵的了。

薛 涛

薛涛(约770～约832),字洪度,唐代长安(今陕西西安)人。幼时聪敏,八九岁时即能作诗。后随父入蜀。韦皋镇蜀时,召她侍酒赋诗,因此而为乐妓,四年后脱籍。在她三十八岁时,武元衡镇守西川,推崇她的诗才,故奏请皇帝授予她女校书的官职,虽然此事未成,人们也称她为"女校书"了。她曾居住在浣花溪,创制了一种可以写诗的红色小笺,人称"薛涛笺"。

著有(锦江集》五卷(已失),后人辑有《薛涛诗》等。

春 望 词

其 一

花开不同赏,花落不同悲。

欲问相思处①,花开花落时。

〔注释〕

①相思和处:相思时。

〔译诗〕

花儿开了不能一同欣赏，

花儿落了也不能一同悲伤。

若要问我最为相思的时候，

就是在花开花落的时光。

〔说明〕

这首诗从花开花落写起，面对盛开的春花，深为不能与心上人共同欣赏而感到遗憾。花儿的开落，会引起女子对青春易逝的哀怨，因而也是相思情最浓的时刻。

其 二

撷草结同心①，将以遗知音②。

春愁正断绝，春鸟复哀吟。

〔注释〕

①撷（lǎn揽）：同揽，采摘。结同心：打一个同心结。古人常用锦带或草打成连环结，以示男女的坚贞爱情。

②遗（wèi位）：赠给。

〔译诗〕

采来一根根小草结成同心，

用它赠送给我的知音。

春天里的忧愁纵然断绝了，

春鸟一声又一声发出哀吟。

〔说明〕

这首诗写一个女了采来一棵小草结成同心环，用它寄给心上人，寄托满怀希望。但是，春日相思的愁绪即使过去了，春鸟又悲哀地鸣叫起来，又添上一丝难耐的愁情。作品充分地表达了相思情难以排解的忧烦。

其　　三

风花日将老，佳期犹渺渺①。

不结同以人，空结同心草。

〔注释〕

①佳期：指男女约会的日期。渺渺：渺茫无期。

〔译诗〕

我像风中的花儿一天天衰老，

佳美的约会日期仍然没有来到。

不能与情投意合的人结合在一起，

岂不白白结下相爱的同心草。

〔说明〕

　　这首诗写出女子的青春如同风中之花，日渐凋萎，可与情人相会的日子却没有边际。为此，她发出了深深的感慨，同心人未结，结同心草有什么意思呢？

其　　四

　　　　那堪花满枝①，翻作两相思②。
　　　　玉箸垂朝镜③，春风知不知？

〔注释〕

　　①那堪：怎能承受。

　　②翻：反而。

　　③玉箸：玉做的筷子，这里指泪水。据《白孔六贴》载：魏文帝甄后面白，流泪时有如玉箸。

〔译诗〕

　　　　满枝的鲜花让我怎能承受，
　　　　反而让相思之情涌上心头。
　　　　清晨照镜时两行泪水流淌，
　　　　问一声春风这心镜你可知否？

〔说明〕

　　这首诗写花儿已开满枝头，见到春花反而引发相思之情，自已泪流满面，那传递信息的春风，可曾告诉给心上人呢？

太原女子

太原女子，姓名及生平不详。约唐德宗（779～783）时代人。

寄欧阳瞻

自从别后减容光，半是思郎半恨郎。

欲识旧来云鬓样①，为奴开取缕金箱②。

〔注释〕

①云鬓：象云彩一样浓密卷曲的发式。这里代指作者的容貌。

②奴：古代妇女自称。缕金箱：装饰着金线的箱子。

〔译诗〕

自从分别以后，

我的风采逐日减少。

一半相思一半怨恨，

忧愁如同滚动的浪潮。

假如，你想看一眼，

我原来的容颜风貌，

只有打开缕金箱子，

在我的发髻中寻找。

〔说明〕

　　这首诗是作者寄给唐代进士欧阳瞻的。欧阳瞻游太原时，结识了这位女子，并约定时间迎娶她。后来，欧阳瞻被免去官职，住在京师长安，未能及时相接，女子便剪下发髻和这首诗，一块寄给他，而后便抑郁而死。这首诗表达了她坚贞不渝而又执拗专一的爱情。

张 氏

张氏，生卒年不详，袁州（今江西宜春）人，唐代进士彭
伉之妻。

寄 夫

其 一

久无音信到罗帏^①，路远迢迢遣问谁^②？
闻君折得东堂桂^③，折罢那能不暂归^④！

〔注释〕

①罗帏：丝织的帏帐，这里指女子的住处。

②遣：差遣。遣问谁，即派谁去问。

③东堂：晋宫正殿。晋武帝时郤诜于东堂殿试得第，后因以为试院
的代称。折得东堂桂，古代以折桂比喻科举及第。

④那能：哪能。

〔译诗〕

很久没有音信传到我的家里，
路途迢迢，让谁去打听消息。

夫君啊，听说你已科举及第，

为什么考中了却不归来报喜？

其　二

驿使今朝过五湖①，殷勤为我报狂夫②：

从来夸有龙泉剑③，试割相思得断无④？

〔注释〕

①驿使：古代传递公文的人。

②狂夫：古代妇女对丈夫的谦称。

③龙泉剑：相传晋代张华见斗、牛二星之间有紫气
上升，后使人于丰城狱中掘地得到二剑，一曰龙泉，一
曰太阿。

④得断无：能断否？

〔译诗〕

驿使今天早晨要路过五湖，

请他捎个信儿告诉我的丈夫：

从来都夸口说有龙泉宝剑，

看它可能割断我相思的情愫！

〔说明〕

张氏的丈夫彭伉于贞元七年（公元791年）考中进士，在

洪州任评事官，很久没有归家，张氏便写了这两首诗给他，表达了自己对丈夫久出不归的深切思念。彭伉收到后，也答诗一首："莫讶相如献赋迟，锦书谁道泪沾衣。不须化作山石头，待我东堂折桂枝。"

刘采春

刘采春，淮甸（今江苏淮安淮阳一带）人。唐代伶工周季崇的妻子，善歌唱。

罗 唝 曲

其 一

不喜秦淮水①，生憎江上船。
载儿夫婿去②，经岁又经年③。

〔注释〕

①秦淮水：长江下游支流，在江苏省西南部。

②儿：女子自称。

③经：经历。

〔译诗〕

不喜欢秦淮河中的流水，
深恨江上远去的行船。
是它们载着丈夫离去，

经历了一年，又是一年。

〔说明〕

这首诗写女子对远行丈夫的思念，别具一格，她不埋怨不归的丈夫，却对载走丈夫的江水和江船，大声责怪起来，从中不难看出她对丈夫思念之深。这首诗的构思，十分新颖。

其　二

莫作商人妇，金钗当卜钱①。
朝朝江口望，错认几人船。

〔注释〕

①卜钱：卜卦的钱币。

〔译诗〕

千万不要做商人的妻子，
还得用金钗当做卜钱。
天天站在江口遥遥相望，
多少次认错了他归来的客船。

〔说明〕

这首诗反映了古代妇女重情轻利的思想。选一个商人做丈夫，总没有团聚的时间，只好以金钗代替卜钱，卜算丈夫归来的日期。她那种焦渴的心情，又在"错认"中反映得淋漓尽致。

晁 采

晁采，唐代大历年间（766～779）人，小字试莺。生平不详。

秋日再寄

珍簟生凉夜漏余①，梦中恍惚觉来初②。

魂离不得空成病③，面见无由浪寄书④。

窗外江村钟绝响⑤，枕边梧叶雨声疏。

此时最是思君处⑥，肠断寒猿总不如⑦。

〔注释〕

①簟：竹席。夜漏：古人漏水计时的器具。

②觉来初：刚刚醒来。

③魂离：据《离魂计》载：张倩女爱上书生王文举，张母从中作梗王只好赴京赶考。倩女痴情相恋，魂魄离体，前去追赶王文举，结为夫妻。

④浪寄书：乱寄书信。

⑤绝响：响声断绝。

⑥思君处：相念你的时候。

⑦寒猿：据《世说新语·黜免》载：桓公入蜀，一士卒捉到一只幼猿，锁在船上顺江而下，母猿在岸上追赶百余里，跳到船上死去。有人

剖开猿腹一看，肠子已断成寸长了。

〔译诗〕

珍贵的竹席上阵阵清凉，
漏水滴尽，天已大亮。
刚刚从浓睡中醒来，
恍恍惚惚走出了梦乡。

连魂儿也难与你亲近，
使我白白地大病了一场。
没有理由与你相会，
胡乱寄信表达我的衷肠。

就在我的窗户外边，
江村的钟声停止鸣响；
雨点击打梧叶的声音，
不断在我枕边回荡。

在这种气氛之中，
是思念你最厉害的时光；
我内心极度的悲伤啊，
那断肠的母猿怎能比上?!

〔说明〕

作者曾写过一首寄给邻居青年文茂的诗，文茂也写诗作答。这首诗是她再次寄给文茂的。作品抒发了心上人不能相见的无限悲伤情怀。她与文茂自幼就是邻居，两小无猜，青梅竹马。他们逐渐萌生了爱情，多次书信来往，诗文相赠，却苦于不得相会。这一年秋天，乘其母外出之机，二人终于见面。此后二人更加思念。她郁郁不乐，形容憔悴。其母从婢女处察觉了实情，终于成全了这一对有情人，把女儿嫁给了文茂。

雨中忆夫

其　一

窗前细雨日啾啾①，妾在闺中独自愁。

何事玉郎久别离②，忘忧总对岂忘忧③。

〔注释〕

①啾啾（jiū 究）：这里指象虫鸣声一样恼人的风雨声。

②玉郎：对所爱男子的美称。

③忘忧：前为草名，即萱草；后为心绪。古人认为，面对萱草可以忘掉忧愁。

〔译诗〕

　　　　细雨丝丝在窗前飘游，

　　　　整日间似虫儿鸣叫啾啾。

　　　　我自己愁苦地坐在家中，

　　　　阵阵孤独袭上我的心头。

　　　　亲爱的人儿啊，

　　　　为什么要别离这样长久?!

　　　　让我总是面对忘忧的萱草，

　　　　也难以忘掉这满怀的忧愁!

其　　二

　　　　春风春雨过窗东，忽忆良人在客中①。

　　　　安得妾身今似雨②，也随风去与郎同③。

〔注释〕

　　①良人：古代女子对丈夫的一种称呼。客中：作客在外。

　　②安得：怎么能让。

　　③同：指同在一处。

〔译诗〕

　　　　春风从窗东刮过，

春雨在窗东飘落，
望着春风和春雨啊，
忽然想起你还在外作客。

怎样才能化作春雨，
让春风携带着我，
飘到亲人的身边，
和你共同把风雨夜度过。

〔说明〕

　　作者的丈夫文茂远行在外，一日落雨，更加深了她对丈夫的思念。于是，她写下这两首诗，系于鹤足，给丈夫寄去一片深情。第一首写她难以忘掉分别后的满怀愁情。第二首写她看到落雨，忽生联想，希望自己也能像春雨那样，飘落到亲人的身边。

子 夜 歌

其 一

何时得成匹①，离恨不复牵②？
金针刺菡萏③，夜夜得见怜。

〔注释〕

①匹：匹配。

②牵：牵挂。

③菡萏（hàn dàn 汉旦）：荷花。

〔译诗〕

> 什么时候，
> 才能与你匹配成双？
> 让离别的怨恨，
> 不再牵肚挂肠。
>
> 金针刺出的荷花，
> 在眼前开放。
> 让我夜夜都能见到，
> 我爱怜的情郎。

〔说明〕

　　这首诗写这个女子和情人分离后，一直把他挂在心上，希望日日夜夜都能和他在一起。

其　　二

　　明窗弄玉指①，指甲如水晶。

剪之特寄郎，聊当携手行。

〔注释〕

　　①玉指：洁白的手指。

〔译诗〕

　　　　在明亮的窗前，
　　　　摆弄着我洁白的指尖；
　　　　那俊美的指甲，
　　　　像晶莹的水晶一般。

　　　　把这指甲剪下，
　　　　特意寄到情郎的身边。
　　　　姑且把这当作手挽着手，
　　　　行走在情郎的身边。

〔说明〕

　　这首诗写这个女子把指甲剪下，寄给情郎，为的是能和情郎携手同行。不是有情人是想不出这种办法的。

其　　三

　　　　金盆盥素手①，焚香诵普门②。
　　　　束生何所愿？与郎为一身。

〔注释〕

　　①盥（guàn贯）：洗。

　　②诵：诵颂佛经。普门：佛门。

〔译诗〕

> 在金灿灿的水盆里，
> 把白润的双手洗净；
> 去佛门烧一柱香，
> 再念诵一篇祈求的佛经；
>
> 若问我有什么愿望，
> 寄托在来生？
> 但愿与我的情郎啊，
> 两人把一个身子合成！

〔说明〕

　　这首诗写这个女子为了与情郎合为一身，不断地诵经念佛，表达自己的心愿。

其　　四

> 感郎金针赠，欲报物俱轻。
> 一双连素缕①，与郎聊定情②。

〔注释〕

①连素缕：连结在一起的两缕白丝线。

②与：赠与。

〔译诗〕

感激你啊，我的情郎，

感激你以金针相赠。

我想回报你啊，

任何礼物都嫌太轻。

这两缕洁白的丝线，

在一起紧紧把同心结成。

把它送给你吧，

姑且用它为你我定情！

〔说明〕

这首诗写情郎送给她一件珍贵的礼物，觉得用什么东西回报都显得轻薄，最后献上两缕相连结成同心的白丝线，以表示定情。

其　五

寒风响枯木①，通夕不得卧②。

早起遣问郎③，昨宵何以过④。

〔注释〕

①枯木：枯树。

②通夕：通宵，整夜。

③遣：派遣，派人。

④何以：怎样。

〔译诗〕

寒风吹拂着枯树，

风声树声在空中响彻；

整整一夜不得睡眠，

躺在床上辗转反侧。

清晨起床之后，

派人去问问情郎，

昨天夜里，

你是怎样度过？

〔说明〕

这首诗写这个女子在风吹枯树的响声中，一夜未能安睡，清晨起床后首先关心的却是情郎，不知他昨夜睡得如何。

其 六

轻巾手自制^①，颜色烂含桃^②。

先怀侬袖里，然后约郎腰^③。

〔注释〕

①轻巾：轻薄的丝巾，即腰带。手：亲手。

②烂：灿烂，鲜艳。含桃：樱桃。

③约：束扎。

〔译诗〕

这条轻盈的丝巾，

是我亲手缝好。

灿烂的色彩，

如同鲜艳的樱桃。

在我的衣袖里，

先把它揣好，

再用它来，

束扎情郎的身腰。

〔说明〕

这首诗写这个女子用一条丝巾，希望能让情郎扎在腰上，对她永不忘怀。

其 七

侬赠绿丝衣①，郎遗玉钩子②。
郎欲系侬心，侬思著郎体③。

〔注释〕

①侬：我。

②遗（wèi 味）：赠送。玉钩子：古人用玉做成的衣带钩。

③著郎体：穿在情郎的身上。

〔译诗〕

我赠给你——
绿色的丝衣；
你送给我——
衣带上的玉钩。

你想用玉钩，
系住我的心；
我想让绿衣，
像我一样与你永远在一起。

〔说明〕

　　这首诗是写这个女子与情郎以绿丝衣和玉钩子互相赠送，以表达两心相爱永不分离。

王 建

　　王建，字仲初，唐代颍（yǐng影）川（今河南许昌）人。曾任县丞、侍御史、司马等官职。他的乐府诗与张籍齐名。他的诗反映了社会矛盾和人民疾苦，但也有一部分写宫庭琐事的作品。有《王司马集》。

望 夫 石

　　　望夫处，江悠悠。
　　　化为石，不回头。
　　　山头日日风复雨，行人归来石应语①。

〔注释〕

　　①行人：指远行的丈夫

〔译诗〕

　　　远望丈夫的时候，
　　　江水悠悠深又长。
　　　望夫的女子化成石头，
　　　仍然在向前张望。

在这高高的山头，

日日夜夜风雨交加。

一旦远行人归来，

石头应该开口说话！

〔说明〕

　　这是以民间故事为题材写的一首短诗，描述一个女子对丈夫的爱情永恒不变。民间传说，一个女子在山头盼望远行的丈夫归来，天长日久化为石头，仍然保留着远望的姿态。古代妇女对丈夫的忠贞与痴情，从"望夫石"这一凝结的故事中，可见一斑。

张 籍

张籍（约768～830），字文昌。祖籍吴郡（今江苏苏州），后移居和州（今安徽和县）。唐贞元进士。任过太常寺太祝、水部员外郎、国子司业等职。

他出身贫寒，是一位关心人民疾苦的诗人，写过一些反映当时社会现实的作品。有《张司业集》。

节 妇 吟

君知妾有夫，赠妾双明珠；

感君缠绵意①，系在红罗襦②。

妾家高楼连苑起③，良人执戟明光里④。

知君用心如日月，事夫誓拟同生死⑤。

还君明珠双泪垂，恨不相逢未嫁时。

〔注释〕

①缠绵：情意深厚。

②红罗襦：红罗小袄。

③苑：园林。

④良人：指丈夫。戟：古代一种兵器。明光：汉代宫殿名。

⑤事：侍奉。

〔译诗〕

你已经知道我有了丈夫，

还把一对夜明珠赠我作礼。

感激你这一片深情厚意，

我把它在丝罗小袄上牢系。

我家的高楼连着园林升起，

丈夫在明光宫里当兵服役。

你的用心象日月一样磊落，

我也有与丈夫同生死的盟誓。

双眼里满含着热泪滴滴，

不得不把这珠子再还给你。

你我的相逢不在我未嫁之时，

使我感到悔恨而又惋惜！

〔说明〕

这首诗赞扬了一个忠于丈夫的已婚女子。她的丈夫是宫庭里的一个卫士。当另一个男子向她赠珠表示爱意时，被她拒绝了。但从诗中可以看出，她对丈夫没有什么感情。她所以"事夫誓拟同生死"，不过是封建思想的束缚罢了。相反，她对赠珠的男子是钟情的，只是相见恨晚，不得不发出"恨不相逢未嫁时"的叹息。

这首诗，据说是作者为拒绝李师道的拉拢而作。但从作品本身看，仍不失为一首爱情诗佳作。

妾 薄 命

薄命妇，良家子，无事从军去万里。
汉家天子平四夷①，护羌都尉裹尸归②。
念君此行为死别，对君裁缝泉下衣③。
与君一日为夫妇，千年万岁亦相守。
君爱龙城征战功④，妾愿青楼欢乐同⑤。
人生各各有所欲，讵得将心入君腹⑥。

〔注释〕

①汉家：实指唐代。四夷：泛指少数民族。

②护羌都尉：指东汉名将马援。马援任陇西太守时，曾带兵攻破先零羌。裹尸归：据《后汉书·马援传》记载，马援请北击匈奴、乌桓时说："男儿要当死于边野，以马革裹尸还葬耳，何能卧床上在儿女子手中邪！"

③泉下：指"阴间"。泉下衣，即寿衣。

④龙城：匈奴祭天的地方。

⑤青楼：女子居住的华美楼房。

⑥讵（jù巨）得：怎得。

〔译诗〕

薄命的女子嫁给良家的男子，

无缘无故便去万里之外服役从军。

皇上平定四边的夷民，

裹尸而还的是出征的军人。

感念你此行实为生离死别，

当着你的面缝制寿衣寿衾。

即使与你做一天的夫妻，

我也要千年万代为你守护忠贞。

夫君啊，你希望建功立业去龙城战场，

而我却想在家中与你把欢乐同享。

一生一世各人有各人的欲望，

可怎能把我的心装进你的胸腔?!

〔说明〕

这首诗是以女主人公的口吻写成的。长期的战乱，使许多女子过着独守门户的生活，给她们的感情世界带来极大的苦恼。因此，她们与丈夫之间，在观念上便产生了巨大的差异。

很显然，诗中的女子追求的是朝夕共处的恩爱生活，这恰恰违背了丈夫追求功名的意愿。为此，她发出了极大的感慨，也引出了她"将心为君腹"的大胆想象。

朱庆余

朱庆余（生卒年不详），名可久，唐代越州（今浙江浦阳江一带）人，宝历年间进士，曾任秘书省校书郎。其诗立意清新，描写细腻，很为张籍赏识。

有《朱庆余诗集》。

闺意献张水部①

洞房昨夜停红烛②，待晓堂前拜舅姑③。
妆罢低声问夫婿，画眉深浅入时无④。

〔注释〕

①张水部：即张籍，他担任过水部郎中的官职，故有此称。诗人在应考之前，写了这首假借闺房情长的诗，向主考官张籍探询。张籍读罢，十分欣赏作者的才华，回赠一诗："越女新妆出镜心，自知明艳更沉吟。齐纨未是人间贵，一曲菱歌抵万金。"

②停：停放，即燃烧了一夜之意。

③舅姑：这里泛指丈夫家的近亲、长辈。

④画眉：古代女子用黛色描眉。入时无：赶得上时髦吗。

〔译诗〕

在新婚的洞房，

有高烧的红烛停放。

等到天亮的时候，

还要去堂前拜见爹娘。

一番梳洗打扮，

悄声询问着新郎：

"我的眉毛画得是深是浅？

可能把时兴的潮流赶上？"

〔说明〕

　　这首诗以一个新婚少妇动情的口吻，在丈夫面前满面娇羞地发问：自己的眉毛描画得是深是浅？是不是合乎时宜，赶得上潮流呢？言外之意："丈夫是不是喜欢我呢？"一幅生动有趣的新婚画面，一个生动逼真的少妇形象，跃然纸上。古人常借爱情诗来表达心志，这首诗是一个典型的例子。诗中的新娘，是作者自喻，新郎喻考官张籍，画眉喻应试作文章。如此诙谐有趣地借用爱情诗，必使读者哑然失笑，难怪张籍对诗人十分赏识。

崔 护

崔护，生卒年不详。唐代博陵（今河北博野）人。中过进士，官至岭南节度使。

题都城南庄①

去年今日此门中，人面桃花相映红。
人面不知何处去，桃花依旧笑春风。②

〔注释〕

①都城：指唐王朝京都长安。
②笑春风：迎着春风盛开。

〔译诗〕

去年的今日，
就在这个柴门之中，
姑娘的面容，
和桃花相映而红。

姑娘啊，如今
你到哪里去了？

只有桃花依旧盛开，

含笑伫立在春风之中。

〔说明〕

　　诗人在清明节去京都南庄踏春时，口渴向一村女讨水，姑娘给了她一杯水，并依在桃树旁凝视着她。这情景，使诗人难以忘怀。第二年诗人又去那里，景物依旧，然而那姑娘却不知哪里去了。诗人在紧闭的门上写下这首诗。表示怀念，以致使这首"人面桃花相映红"的诗，得以流传开来。

刘禹锡

刘禹锡（772～842），字梦得，洛阳（今河南洛阳）人。唐贞元时进士，曾任监察御使。因参与王叔文等人的政治革新，失败后被贬为郎州司马。晚年又入朝任集贤殿学士，官至检校礼部尚书。

他是唐代著名诗人，写过不少带有浓重政治色彩的诗。他的诗语言生动，风格清新，有着比较浓郁的生活气息。他的部分作品，受民歌影响很深。

潇　湘　神

其　一

湘水流①，湘水流，九疑云物至今愁②。
君问二妃何处所③？零陵香草露中秋④。

〔注释〕

①湘水：湘水即湘江，是湖南最大的河流。湘水在零陵县西与潇水汇合，称为潇湘。潇湘神即湘水之神。为湘君。

②九疑：即九嶷山，又名苍梧山，在湖南宁远。云物：景物。

③何处所：在哪里。

④零陵：古地名，在今湖南宁远东南。传说舜巡狩死后葬在这里。

〔译诗〕

湘水奔流，湘水奔流，

九疑山上的景物愁绪缠绕。

你问娥皇与女英哪里去了？

请看零陵带着秋露的香草。

其　　二

斑竹枝，斑竹枝①，泪痕点点寄相思。

楚客欲听瑶瑟怨②，潇湘深夜月明时。

〔注释〕

　　①斑竹：湖南特产的一种带斑纹的竹子，斑纹似泪，故又名湘
妃竹。

　　②楚客：客游楚地的人。瑶瑟：装饰着美玉的琴。泛指华贵的
乐器。

〔译诗〕

斑竹千枝，斑竹千枝，

那点点泪痕上寄托着思恋。

楚地游客要听瑶瑟的怨情曲，

潇湘月夜便能把她们看见。

〔说明〕

这两首诗是根据古代关于湘妃的传说而写成的一个美丽而又动人的爱情故事。古代传说，舜做天子时，娥皇为后，女英为妃，舜巡视、狩猎时，死在苍梧山之野，娥皇与女英殉情死在潇湘之间，被人称为湘君。

淮 阴 行

何物令侬羡①，羡郎船尾燕。
衔泥趁樯竿②，宿夜长相见③。

〔注释〕

①侬：我。羡：羡慕。
②趁：追逐。樯竿：桅杆。
③宿夜：夙夜，早晚。

〔译诗〕

若问有什么让我歆羡？
羡慕情郎船尾的飞燕。
衔泥追逐远去的船桅，
早晚都能与你长久相见。

〔说明〕

　　这首诗以一个女子的口吻，写出了她对情郎的恋情。情郎乘船远去，姑娘出于对情郎的爱恋，想追随情郎远去却不能做到。因而，她想到自己愿意像翻飞的燕子，追逐那载着情郎远去的小船船桅，随郎远行，想象十分奇特。

竹　枝　词

杨柳青青江水平，闻郎江上唱歌声。
东边日出西边雨，道是无晴却有晴①。

〔注释〕

　　①晴：晴与情同音。无晴与有晴是无情与有情的隐语。

〔译诗〕

杨柳青青，江水平静，
江上传来你求爱的歌声。
东边日出，西边下雨，
说是无情，还是有情！

〔说明〕

　　对这首诗可做这样的推想：一个姑娘，也许是和自己的情人闹了点小误会，产生了隔阂。可是，当他听到情人在江上唱的情歌时，便清除了隔阂。"道是无晴却有晴"，利用"晴"与"情"的谐音，恰到好处地反映了女主人公的心态。

竹 枝 词

山桃红花满上头①，蜀江春水拍山流②。
花红易衰似郎意③，水流无限似侬愁④。

〔注释〕

①上头：指山的上面。

②蜀江：泛指四川的江。拍山流，波浪拍打着两岸的山岩，江水不断向前流去。

③郎：这里指女子所爱的人。

④侬：女子自称。

〔译诗〕

满山的山桃红花，

开遍了山梁的上头。

滔滔的蜀江春水，

拍击着山岩汹涌奔流。

薄情郎对我的情意，

像红花一样容易衰朽；

流不尽的一江春水，

像我心中失恋的忧愁。

〔说明〕

这首诗写一个女子，望着满山红花和流逝的江水，担心意中人变心，因而增加了无限惆怅。诗的头两句写实有之景桃花和春水，后两句紧接着由景而生情，衔接十分自然。

皇甫松

皇甫松，字子奇，号檀栾子，唐代散文家皇甫湜的儿子，睦州新安（今浙江建德）人。《全唐诗》存其诗十三首。

采 莲 子

船动湖光滟滟秋^①，贪看年少信船流^②。

无端隔水抛莲子^③，遥被人知半日羞。

〔注释〕

①滟滟（yán 艳）：秋水光闪闪的样子。

②年少：少年。采莲女所喜爱的男子。信：任凭。

③莲子：莲与怜谐音。即爱你之意。

〔译诗〕

秋天的湖面波光闪闪，

荷塘里摇过来一条小船。

划船少女向远处张望，

看不够岸上那个英俊少年。

无缘无故抛出一把莲子，

连同少女心中对他的爱恋。

真担心远处有人看见，

让初恋少女羞惭了半天。

〔说明〕

　　这首诗写一个情窦初开的采莲少女，偷偷地看着自己所喜欢的一个少年，都忘记了划船。她抛出一把莲子，表示爱意，又怕被人看见，羞得半天满面通红。诗中对少女含羞的情态，刻画得细致入微。

白居易

　　白居易（772～846），字乐天，号香山居士，下邽（guī
归今陕西渭南）人，唐贞元年间进士。曾任左拾遗。因好直言
极谏，触怒朝臣，一度被贬为江州司马。以后又做过忠州、杭
州、苏州等地刺史。官至礼部尚书。

　　白居易是唐代伟大的现实主义诗人。他对当时的社会黑暗
和人民的疾苦，有较为深刻的了解。他主张"文章合为时而
著，诗歌合为事而作"。他的作品内容十分丰富，形象生动鲜
明，语言通俗易懂，充分显示了他的艺术特色。

长　相　思

汴水流①，泗水流②，流到瓜洲古渡头③，
　吴山点点愁④。

思悠悠，恨悠悠，恨到归时方始休⑤，
　月明人倚楼。

〔注释〕

　　①汴水：古代河名。故道在今河南省境内，经安徽省入淮河。

　　②泗水：古代河名。源出今山东省泗水县，故道经今江苏省入
淮河。

③瓜洲：镇名。在今江苏省扬州市南，位于长江北岸。

④吴山：泛指江南群山。

⑤归：指所爱之人归来。方始休：方才罢休。

〔译诗〕

> 汴水奔流，
>
> 泗水奔流，
>
> 流到瓜州古渡头，
>
> 吴山见了满怀忧愁。
>
> 思念悠悠，
>
> 怨恨悠悠，
>
> 等你归来恨自休，
>
> 明月照我独倚高楼。

〔说明〕

　　这首词写一个女子倚楼远眺，河水远流，自己的所爱之人远去不归，引起自己象河水一样悠长的相思和离恨。词的上片写景，下片写情，浑然一体，紧扣题旨。

感 情

中庭晒服玩①，忽见故乡履②。

昔赠我者谁？东邻婵娟子③。

因思赠时语，特用结终始，

永愿如履綦④，双行复双止。

自吾谪江郡⑤，漂荡三千里。

为感长情人⑥，提携同到此⑦。

今朝一惆怅，反复看未已。

人只履犹双⑧，何曾得相似？

可嗟复可惜，锦表绣为里。

况经梅雨来⑨，色黯花草死⑩。

〔注释〕

①中庭：庭院。服玩：服装与玩赏的东西。

②履：鞋。

③婵娟子：漂亮姑娘。

④綦（jí吉）：鞋带。这以下两句，是说夫妻如同鞋与鞋带，走到哪里都永不分离。

⑤谪：贬谪。江郡：元和十年（815），诗人被贬谪为江州司马。

⑥长情人：情深谊长的人。指赠鞋的女子。

⑦提携：携带。

⑧只：单，独。

⑨梅雨：黄梅季节落雨，称为黄梅雨。

⑩色黯句：这里指鞋子的颜色与所绣花草，都黯淡无光了。

〔译诗〕

在庭院里晾晒玩物和衣裳，

忽然看见从故乡带来的鞋子一双。

从前它是谁赠送我的？

是东邻的一位漂亮姑娘。

它使我想起她赠鞋时的话：

"用它表示有始有终的情肠，

你我好比这双鞋子一样，

同行同止永远结对成双。"

自从我被贬谪为江州司马，

在三千里路程上漂泊游荡。

为了感激那位情意深长的姑娘，

一直把鞋子携带在身旁。

今天看到它使我心情惆怅，

愈看愈加思念那个姑娘。

人只我一个，鞋子还是一双，

人和鞋怎么才能一样？

多么可叹啊，多么可惜，

鞋里鞋面锦锻绣花手工精强。

经过黄梅季节连绵的阴雨，

鞋色已经暗淡，花草已经枯黄。

〔说明〕

　　这首诗写诗人年轻时，被故乡一个女子所爱，赠给他一双鞋。诗人几经忧患与坎坷。人尚在，鞋成双，可赠鞋的人却没能和自己在一起。往昔的赠物，随着时光的流逝，黯然无色了，引起诗人的叹惜。

长 相 思

九月西风兴①，月冷霜华凝。

思君秋夜长，一夜魂九升②。

二月东风来，草坼花心开③。

思君春日迟④，一日肠九回。

妾住洛桥北，君住洛桥南。

十五即相识，今年二十三。

有如女萝草⑤，生在松之侧。

蔓短枝苦高，萦回上不得。

人言人有愿，愿至天必成。

愿作远方兽⑥，步步比肩行。

愿作深山木，枝枝连理生。

〔注释〕

①兴：起。

②魂九升：心神不定的意思。

③草坼（chè 彻）：青草萌芽。

④春日迟：春季天长，好象太阳行动迟缓了。这里是指思念情人而嫌天长的一种感觉。

⑤女萝草：一种蔓生植物，多附生于松树上。

⑥远方兽：指传说中的一种比肩兽，一个善于觅食，却不会行走；另一个不能觅食，却善于行走。两兽合作，相依为命。

〔译诗〕

深秋九月刮起了西风，

霜花凝结，月光也带着风寒。

想念你时总觉得秋夜太长，

一夜间我总是心神不安。

二月里阵阵春风吹来，

小草萌芽，花苞儿开绽。

想念你总觉得春日迟缓，

一天里愁肠九回十转。

我家住在洛水桥的北面，

你家住在洛水桥的桥南。

从十五岁起我们就相识了，

到今年我已经二十有三。

我好似那蔓生的女萝草，
生长在高大的松树旁边。
草蔓太短而松枝又太高，
缠来绕去还是难以高攀。

听人说，人若是有了凤愿，
心愿至诚，老天也会给以成全。
我与你愿作传说中的远方兽，
行走时互相扶持携手并肩。
我与你愿作深山中的绿树，
枝枝叶叶在一起紧密相连。

〔说明〕

　　这首诗写一个女子从十五岁就爱上了一个男子，八年以后
仍然爱着他。她希望自己像蔓草一样，依附在高大的松村上，
因他不在身边，却攀援不得。但她仍然抱着极大的希望，但愿
与他得到美满的结合。全诗有叙事，有抒情，有比喻，做到了
有机的结合，使诗意得到完满的表述。

赠　内

漠漠暗苔新雨地^①，微微凉露欲秋天^②。
莫对月明思往事，损君颜色减君年^③。

〔注释〕

①漠漠：寂静无声。暗苔：生于阴暗处的苔藓。
②欲秋天：秋日将到的时候。
③颜色：指容貌丰采。年：指青春年华。

〔译诗〕

在新雨洒落的地方，
苔藓在稍稍地生长；
当秋天即将到来的时候，
夜露令人感到清凉。

月儿明亮的夜晚，
你切不要把往事回想，
那将使你面容憔悴，
青春年华变得黯淡无光！

〔说明〕

这首诗写诗人对远在家乡的妻子的怀念之情。天下起濛濛细雨，苔藓在悄悄生长着，带着微微凉露的秋天就要到了，每逢这种情景，都是诗人想念妻子最甚的时候。诗人寄语爱妻，不要为两人的分离而忧心忡忡，否则会使自己的容颜憔悴，丰采伤损，直至失掉美好的年华。诗人写给妻子的话语不多，却语重心长，关怀爱护备至，充分表达出夫妻间真挚的爱。

采 莲 曲

菱叶萦波荷飐风[1]，荷花深处小船通。
逢郎欲语低头笑，碧玉搔头落水中[2]。

〔注释〕

① 萦：缠绕。飐（zhǎn 展）：风吹颤动。
② 搔头：古代妇女插在头上的首饰，又名簪。

〔释诗〕

菱叶儿缠着水波摆动，
荷花颤微微摇着阵阵清风。
少女驾一叶小船，
在荷花开处往来划行。

突然间看见了情郎，
没等开口，早已满面飞红。

忍不住娇羞，低头含笑，

呀！碧玉簪失落水中。

〔说明〕

　　这首诗描绘出一幅动人的画面，在菱叶萦绕着清波的水面上，荷花盛开，一个少女坐着小船划行其间。突然，她看见了自己的情郎，真想上前与他攀谈几句知心的话，可又怕被人瞧见，一阵羞赧袭上心头，低头而笑，头上的碧玉簪不慎落水。诗中着意刻画少女见到情人时的娇羞神态，楚楚动人，栩栩如生地呈现在读者面前。

浪　淘　沙

　　　　借问江潮与海水，何似君情与妾心。

　　　　相恨不如潮有信①，相思始觉海非深。

〔注释〕

　　①潮有信：海水定时满涨叫信。潮有信是说潮水的涨和落，都是有规律的。

〔译诗〕

　　　　请问大江的潮水：

　　　　你为什么这样像他的情分？

请问大海的深水：
你为什么这样像我的恋心？

心上人不如潮水定时涨落有信，
我心中对他充满了怨恨！
可是当我想念他的时候，
才觉得大海也不算深！

〔说明〕

　　这首诗写一个痴情女子，对远离自己而去，又久久不归的情人的深切之爱。在恋人之间，常常出现爱与恨相交织的现象。痴女子看到涨落有序的潮水，联想到不讲信用、不如期而归的情人，便产生了怨恨的情绪。而这种怨恨，恰恰又是因为她仍在深深地爱他而产生的。因而，当她苦苦地思念他的时候，深不可测的大海，也不如她的思念情深了。

元　稹

元稹（779～831），字微之，河南汉内（今河南洛阳）人。幼年家贫，唐贞元进士。早年比较进步，后因得罪宦官被贬为通州司马。后期他热衷仕途，受宦官推荐，做过宰相。

元稹曾主张诗应反映民间疾苦，写了一些讽喻诗。他与白居易齐名，但成就不及白居易。有《元氏长庆集》。

离　思

曾经沧海难为水，除却巫山不是云①。

取次花丛懒回顾②，半缘修道半缘君③。

〔注释〕

①巫山：在今四川省巫山县东南。

②取次：随意。

③缘：因为。修道：指尊佛奉道。

〔译诗〕

曾经经过浩瀚的大海，

别处的水难以再作水看待；

除了巫山峰顶的流云，

别处的云算不上什么云彩。

信步经过美女如云的花丛，
我也懒得回头去把她们理睬。
这，一半是因为尊佛修道，
另一半是因为思念你的情怀。

〔说明〕

这首诗表达了作者对亡妻韦丛的深切怀念，同时也反映了他对妻子坚定不移的爱意。诗的前面气势不凡，比喻新颖，千百年来为人们广为传诵。

李 贺

　　李贺（791～817），字长吉，唐陇西成纪（今甘肃秦安）人，生长在福昌昌谷（今河南宜阳）。他一生不得志，仅做过奉礼郎的小官，死时年仅二十七岁。他的作品，抒发了个人的失意心情，表达了对时政的不满，同时对劳苦人民的悲惨生活也有所反映，寄托了他的深切同情。在创作上，他刻意追求艺术上的创新，充分发挥个人的才力与想象，使作品立意新奇，构思精巧，独成一家。

大 堤 曲

　　　妾家住横塘①，红纱满桂香②。
　　　青云教绾头上髻③。明月与作耳边珰④。
　　　莲风起⑤，江畔春，大堤上，留北人⑥。
　　　郎食鲤鱼尾⑦，妾食猩猩唇。
　　　莫指襄阳道⑧，绿浦归帆少。
　　　今日菖蒲花⑨，明朝枫树老。

〔注释〕

　　①塘：堤岸。横塘，指大堤。

　　②红纱：指夏季的衣衫。桂香：指衣衫上散发的香气。

　　③青云句。是说绾出的发髻象青云一样。绾（wǎn晚）：系。髻（jì

记）：束在头顶各种形状的头发。

④明月：一种珠子。珰（dāng 当）：妇女戴在耳上的饰物。

⑤莲风：从莲花丛中吹来的风。

⑥北人：这里指即将离别出走的人。

⑦郎：指女子所爱的人。鲤鱼尾：与下句中的"猩猩唇"都是珍贵的美味。

⑧莫指二句：是说希望所爱的人不要去襄阳了，因为岸边的船只去多归少。浦，水边。

⑨菖蒲：多年生水生草木，有香气，初夏开黄花。这里是用来比喻人生的盛华之年。

〔译诗〕

> 我家住在堤岸之上，
> 身穿的红纱上沾满桂香，
> 发髻绾得好似乌黑的青云，
> 耳环如同明朗的月亮。
>
> 阵阵春风吹拂着红莲，
> 江畔一片明媚的春光。
> 大堤上多情的少女，
> 留住了情人，不要北上。
> 你把鲤鱼尾海味进食，
> 我把猩猩唇山珍品尝。
>
> 不要再指那远行的襄阳大道，

你没见绿浦上船帆去多归少！
今日还是菖蒲花开的盛年，
明天枫叶凋零的时刻就要来到。

〔说明〕

这首诗写一个家住大堤上的女子，挽留自己所爱的人，不要匆匆离去，一旦分别，便不知归期。她还叮嘱对方，要珍惜自己的年华与爱情。诗作情景交融，健康明朗，给人以美的享受。

休 洗 红

休洗红①，洗多红色浅。
卿卿骋少年②，昨日殷桥见③。
封侯早归来④，莫作弦上箭。

〔注释〕

①休洗红：古词有"休洗红，洗多红色淡"的句子。这里的红，指红颜。以下两句是说，岁月消磨，红颜易老。

②卿卿：夫妻间的爱称，这里指男子。骋：尽情施展之意。

③殷桥：地名。

④封侯：帝王把爵位赐给臣子。这里指取得功名。

〔译诗〕

不要再洗红颜了，
洗多了，青春的红润就会衰减。
亲爱的人儿啊。
昨天在殷桥，曾见你，
尽情地层示自己的风华少年。

衷心地希望你——
功成名就之后，
千万要早一点归还。
切不要学那弦上的箭，
一去便永不复返。

〔说明〕

　　这首诗写一个女子，在送别她的情人的时候，忧心忡忡地对他进行勉励，希望他功名成就以后，早日归来，切不要忘记了她的一片痴情而一去不返。言短情长，这些话语，既有嘱托，更有深切的期冀，深刻地揭示出少女对情人深切的爱。

杜 牧

　　杜牧（803～852），字牧之，京兆万年（今陕西西安）人。唐大和时进士，曾做过州刺史。他早年思想比较进步，希望有所作为。但他一生不得意，理想落空。到了晚年，放荡不检，纵情声色。

　　他是晚唐时期的重要诗人，擅长写七言绝句，风格高雅雄健，鲜明自然，独树一帜。今存《樊川文集》。

赠　　别

多情却似总无情，惟觉樽前笑不成[①]。
蜡烛有心还惜别，替人垂泪到天明。

〔注释〕

　　①樽：酒杯。

〔译诗〕

你我相爱本来十分多情，
此刻看来好像毫无感情。
手里举着送别的酒杯，
就觉得脸上难露笑容。

照着你我的那枝蜡烛，
也懂得离别时的珍重。
一滴滴惜别的热泪，
替你我流到天将黎明。

〔说明〕

    这首诗是诗人赠别扬州歌女张好好的，写出了和她分别时的缠绵感情。诗作利用蜡烛流泪烘托惜别时的情感，十分贴切而又自然，读来耐人寻味。

秋　夕

    银烛秋光冷画屏①，轻罗小扇扑流萤②。
    天阶夜色凉如水③，卧看牵牛织女星。

〔注释〕

    ①银烛：白色的蜡她。冷画屏：有绘画的屏风。银烛光照在上面，带着寒意，给人以清冷的感觉。
    ②轻罗小扇：用轻薄的丝绸制成的小扇。
    ③天阶：皇宫里面的石阶。

〔译诗〕

    秋夜里，银烛高烧，

映照着七彩的画屏。
宫女挥着轻罗小扇，
在捕捉夜空的流萤。

踏着皇宫里的石阶，
夜色象水一样清冷。
她孤单地躺在石阶上，
羡慕地望着牛郎织女星。

〔说明〕

　　这首诗，写的是一个宫女的凄凉生活。在清冷的秋光里，她们深感自己的命运，还不如天上的织女。诗人对在深宫中失掉青春和爱情的宫女寄予深切同情。

李商隐

　　李商隐（812～858），字义山，号玉谿生，怀州河内（今河南沁阳）人。他所处的时期，唐代统治集团内部牛李两党的斗争十分激烈，而他和牛李两党都有关系，夹在中间处境困难，因而政治上一生不得意。

　　李商隐是晚唐时期的重要诗人。他的诗揭露了社会黑暗和动乱，表达了自己伤时忧国及怀才不遇的心情。他的爱情诗写得缠绵悱恻，哀婉动人。有《玉谿生诗》。

无　　题

　　　　昨夜星辰昨夜风①，画楼西畔桂堂东②。
　　　　身无彩凤双飞翼③，心有灵犀一点通④。
　　　　隔座送钩春酒暖⑤，分曹射覆蜡灯红⑥。
　　　　嗟余听鼓应官去⑦，走马兰台类转蓬⑧。

〔注释〕

　　①星辰：星。

　　②画楼：绘有彩画的楼。桂堂：华美的厅堂。这里是指女方住宅华丽。

　　③彩凤：有彩羽的凤。

　　④灵犀（xī西）：即犀牛角。古代把犀牛视为灵异之兽，彼此用角

互表心声，角中心有一线白纹盲通两端。以上两句是说，我虽无彩风的双翅飞到你的身旁，但我们的心象灵犀一样相通。

⑤送钩：在宴会上把钩藏在手中的游戏。

⑥分曹：分队。射覆：器皿下覆盖着东西让人去猜。射，猜。以上两句写宴会上的游戏情景。

⑦余：我。鼓：更鼓。应官：古代百官应卯时更鼓上班。

⑧兰台：借指秘书省。当时诗人在秘书省任正宇之职。类转蓬：类似蓬草随风乱转。

〔译诗〕

　　　　　昨夜里星辰缀满了夜空，

　　　　　时而吹来一阵阵清风。

　　　　　在你家的画楼和桂堂之间，

　　　　　我仿佛看见你做游戏的情景。

　　　　　身上没有彩凤的翅膀，

　　　　　怎能飞到你身旁畅叙衷情？

　　　　　但我心里却象灵犀一样，

　　　　　能够和你的心一脉相通。

　　　　　我仿佛看见你们畅饮着春酒，

　　　　　隔着座位把银钩传送；

　　　　　我仿佛看见你们分队猜射谜语，

　　　　　盏盏蜡灯把四壁映红。

啊，更鼓催我去点卯上班，
只好离去，留下叹息声声。
每天这样骑马来往于兰台之间，
我的生活就象那蓬草转动！

〔说明〕

　　这首诗写诗人看到意中人在家欢宴嬉戏的情景，而引起对自己游宦生涯的悲凉与孤独的感慨。在封建礼教的束缚下，尽管他们有着心心相印的默契，却仍然受到游宦生活的限制，使爱情不能美满，充满了失望。"身无彩凤双飞翼，心有灵犀一点通"，是为千古诵唱的名句。

无　　题

凤尾香罗薄几重①？碧文圆顶夜深缝②。
扇裁月魄羞难掩③，车走雷音语未通④。
曾是寂寥金烬暗⑤，断无消息石榴红⑥。
斑骓只系垂杨岸⑦，何处西南待好风⑧？

〔注释〕

　　①几重：几层。罗帐有复帐。

　　②碧文圆顶：罗帐有青碧花纹的圆顶。以上两句写一个女子在深夜里缝制罗帐。

③月魄：月亮无光的部分。这句是说月形的扇子难以遮掩满面的羞容。

④雷音：车行声音如雷。以上两句是写与意中人的一次相遇，对方驱车而过，女子以扇遮脸。羞赧满面。连句话都没说上。

⑤曾是：已是。金烬暗：蜡烛烧成残灰，暗淡无光。

⑥断无：绝无。石榴红：石榴开花。以上两句是说自己多少次伴着黯淡的残烛度过不眠之夜，盼到石榴开花，仍然杳无信息。

⑦斑骓（zhuī 追）：毛色黑白相间的马。这句是暗示意中人一定能回来。

⑧何处句：到哪里去等待西南好风，把自己吹送到意中人身边呢？

〔译诗〕

夜深深，独坐屋中，
薄薄的凤尾香罗帐能有几层？
一针一线连着我的思念，
无限的情意缝进碧文帐顶。

打开月形的小小圆扇，
也难以遮掩我含羞的面容。
想起他驱车从门前走过，
轮声如雷，连句知心话都没说成。

多少个夜晚独对燃尽的金烛，
在寂寞与空旷中苦伴寒灯。
日思夜想啊，望眼欲穿，

石榴开花了，他还是杳然无踪。

斑骓骏马在四野奔腾，
或许垂杨岸边已把它拴定。
啊，我真想飞到意中人身边，
可到哪里去寻吹送我的好风？

〔说明〕

这首诗写一个女子渴望与自己所爱的人相会，却得不到实现，她回想起与意中人的一次相遇，连句话都没说上，却留下了无穷的思念与失望。但她对爱情仍然充满憧憬，期望着刮一场西南风，把自己吹送到意中人身边。

无　题

相见时难别亦难，东风无力百花残①。
春蚕到死丝方尽④，蜡炬成灰泪始干③。
晓镜但愁云鬓改④，夜吟应觉月光寒⑤。
蓬山此去无多路⑥，青鸟殷勤为探看⑦。

〔注释〕

①百花残：指暮春时节百花凋残。

②丝：本为蚕丝，这里是双关语，隐含相思之意。

③蜡炬：蜡烛。这里以蜡烛流泪，比喻相思时的感伤。

④云鬓：指年轻女子如云的鬓发。改：指颜色改变。云鬓改，即容颜憔悴。

⑤月光寒：心境悲凉的人，觉得月光也是寒冷的。

⑥蓬山：蓬莱山，传说中的海上仙山，这里暗指意中女子的住处。无多路：没有多少路程。

⑦青鸟：神话传说，七月七日有青鸟飞来，停在殿前。东方朔告诉汉武帝说，西王母就要来了。不久，王母果然来到。后来，便借称青鸟为爱情的信使。探看（kān 刊）：探寻。

〔译诗〕

你我难得见一次面，
痛苦的离别更让人心酸。
暮春的东风软弱无力，
吹得百花一片凋残。

相爱的情意像春蚕一样，
直到死时，银丝才能吐完；
相思的心情如同蜡烛，
直到燃尽，热泪方能流干。

一个清晨照镜，愁绪万端，
乌黑的鬓发颜色改变；
一个夜晚吟诗，身影孤单，
冰冷的月光倍觉清寒。

你的家如同在蓬莱仙境，

离这儿的路程还不算太远。

爱的信使——青鸟啊，

快去探寻，带着我的思念。

〔说明〕

这首诗写了情人分别的悲哀，抒发了对忠贞爱情的渴望。暮春时节，他们就要分别了，互相表达着对爱情的坚贞不渝。分别后，女方一定会因相思而容颜憔悴，一定会感到孤独寒冷。他想象着女方的住处一定会像仙境一般，青鸟一定会替他去探看自己的情人的。诗中以春蚕之丝谐音相思之"思"，以蜡烛之泪，喻情人之泪，比喻新颖别致，也是人们为表达真挚的爱情而久诵不衰的千古佳句。

温庭筠

温庭筠（812～870?），原名岐，字飞卿，唐代太原祁（今山西祁县）人。屡考进士不中，仕途上一生不得意，生活上放荡不羁。他写过大量的词，是"花间"派的主要作家，对早期的词产生过影响。他的作品多写闺情，题材比较狭窄。有《温飞卿诗集》。

更 漏 子

玉炉香，红蜡泪①，偏照画堂秋思②。
眉翠薄③，鬓云残④，夜长衾枕寒⑤。

梧桐树，三更雨，不道离情正苦⑥。
一叶叶，一声声，空阶滴到明。

〔注释〕

①红蜡泪：红烛蜡油。

②画堂：华美的堂舍。秋思：指女子的愁思。

③眉翠薄：画在眉毛上的翠色很淡。翠，黛色。

④鬓去残：象浓云一样的鬓发很乱。

⑤衾（qīn 钦）：被子。

⑥不道：不管。这三句说风雨声不理会人的痛苦。

〔译诗〕

碧玉炉中香烟缭绕，
流泪的红蜡烛火苗闪跳。
独坐在画堂上满怀愁思，
幽暗的烛光偏偏把我映照。

眉上的黛色已经渐消，
如云的鬓发也逐日残凋。
难挨的夜晚如此漫长，
被子和枕上寒气料峭。

梧桐树在窗外迎风而摇，
三更雨下起来没完没了。
风雨啊，不管人的心境，
我的离情正苦，你可知道？

一片树叶上落一滴苦雨，
一声声雨滴打得我心烦意躁。
这悲凉的雨声一直滴到天明。
啊，我这空寂的心不知如何是好！

〔说明〕

这是一首写闺怨的词，作者用含蓄的手法，刻画了一个离别了爱人的女子，愁绪满怀，通宵不眠，听着雨打梧叶的悲凉声音。这首诗中客观景物的描写，对表达女主人公的心绪，起到了极为有效的烘托作用。

梦 江 南

梳洗罢，独倚望江楼。

过尽千帆皆不是，斜晖脉脉水悠悠①。

断肠白苹州②。

〔注释〕

①斜晖：夕阳的斜光。脉脉：默默相对的样子。

②肠断：伤心之极。白苹州：开满白苹花的水中陆地，古诗词中多用为分手的地方。

〔译诗〕

一番梳洗打扮，

独自倚楼望江面，

远眺归船。

江上驶过千张帆，

连他个影儿也不见。

夕阳闪闪落西山，

江水悠悠心事牵。

望着当年的白苹州，

令人肝肠寸断。

〔说明〕

这首诗描述一个远离丈夫的女子，依在楼上盼望丈夫乘船归来。但，从早至晚，一只只船儿过去了，却不见丈夫的身影。一次次的失望，使她陷入极度的悲伤之中。诗中望江这一细节，如同一幅凝重的水彩画，久久留在读者心中。

韦 庄

韦庄（836—910），字端己，长安杜陵（今陕西西安附近）人。唐乾宁时进士，任校书郎。王建在四川称帝，他做过宰相。他的诗词都很著名，是"花间"派的主要作家。有《浣花集》。

菩 萨 蛮

洛阳城里春光好，洛阳才子他乡老①。
柳暗魏王堤②，此时心转迷。

桃花春水渌③，水上鸳鸯浴。
凝恨对残晖④，忆君君不知⑤。

〔注释〕

①洛阳才子：西汉贾谊，洛阳人，年十八，能诵诗书并会写作，人称洛阳才子。这里指词中女子所思念的人。老：历时长久。他乡老，指在外地时间很长。

②魏王堤：古代洛水在洛阳溢成一个池子，成为名胜之地。唐太宗把池赐给魏王李泰，并筑堤和洛水隔开，称魏王堤。这两句说，她看到堤上的烟街，心中迷惘起来，引起对亲人的思念。

③渌：水清的样子。

④凝恨：凝集愁恨。残晖：指夕阳

⑤君：这里指女子的心上人。

〔译诗〕

> 洛阳城里春光一派美好，
> 洛阳才子久在他乡奔波辛劳。
> 在柳烟浓郁的魏王堤上远眺，
> 此时此刻使我迷惘而又心焦。
>
> 桃花盛开，春水清澈，
> 鸳鸯浴着翅膀在绿水中嬉闹。
> 面对残阳，心中凝聚着离恨，
> 我在思念你啊，你却不知道！

〔说明〕

这首诗写一个女子看到洛阳美好的春光，引起对远在他乡的亲人思念之情，她想念着自己的心上人。自己的这一片深情，却不能为他知道，岂不更为令人伤心？

小 重 山

> 一闭昭阳春又春①，夜寒宫漏永，梦君恩②。
> 卧思陈事暗消魂③，罗衣湿，红袂有啼痕④。

歌吹隔重阇⑤，绕庭芳草绿，倚长门⑥。

万般惆怅向谁论⑦？凝情立⑧，宫殿欲黄昏。

〔注释〕

①闭：关闭，禁闭。昭阳：汉宫名，这里是指王建之宫。春又春：如同说一春又一春。

②宫漏：古代宫中计时工具。永：长。君：这首词是作者代女子所拟，应是指自己。

③陈事：陈，旧。过去的事。

④红袂（mèi 妹）：红袖。袂，袖子。

⑤歌吹：歌声和乐声。重阇（huē 昏）：宫门。

⑥长门：汉宫名。汉武帝陈皇后失宠退居长门宫。这里是借用。

⑦惆怅：失意后的悲伤。

⑧凝情：神情凝滞。

〔译诗〕

我在昭阳宫中幽禁，

度过一春又一春。

宫中漏壶长滴，

伴着寒夜沉沉。

与你的恩爱之情，

只能在梦中重温。

卧床深思往年事，

神思茫然落魄失魂。

丝罗衣衫湿成片，

红衣袖上有泪痕。

歌声乐声齐鸣，
远隔重重宫门。
芳草环绕绿茵茵，
庭院深深似长门。
让我向谁去述说——
想念你的惆怅和苦闷？
神情呆滞站在庭院中，
宫殿已接近黄昏。

〔说明〕

　　王建据蜀称帝，韦庄在王建手下做官。韦庄有一个宠姬，才貌双全，王建知道后，强夺入宫，韦庄空自悲伤，代姬拟作了这首词，假借陈皇后退居长门宫的故事，寄托离别之情。后来，这首词为姬看到，姬抑郁寡欢，绝食而死。

女 冠 子

其 一

四月十七，正是去年今日。

别君时，忍泪佯低面^①，含羞半敛眉^②，

不知魂已断，空有梦相随。

除却天边月，没人知。

〔注释〕

①佯（yáng 羊）：假装。

②敛（liǎn 脸）眉：皱眉。

〔译诗〕

四月十七日，

去年，正是这一天。

和你分别的时候，

我强忍泪水，

假装低头来遮掩。

面带羞赧，

双眉半敛。

有谁知道，
我心里痛苦不堪！
即使做个好梦，
其实也是枉然。
除了天边的月亮，
没人知道，
我的相思情一片！

其　　二

昨夜夜半，枕上分明梦见：
语多时，依旧桃花面①，频低柳叶眉②。

半羞还半喜，欲去又依依。
觉来知是梦，不胜悲③。

〔注释〕

　　①桃花面：崔护《题都城南庄》诗有"人面桃花相映红"句，古人多以此指爱而不能相见的女子。

　　②柳叶眉：眉如柳叶。

　　③胜（shēng 声）：承受。不胜悲，就是承受不了这样的悲痛。

〔译诗〕

　　　　昨天半夜时分，

　　　　我睡在枕上，

　　　　清清楚楚把她梦见。

　　　　知心话唠了半天，

　　　　她红似桃花的容颜，

　　　　仍旧那样浓艳。

　　　　细长的柳叶眉，

　　　　频频低敛。

　　　　一半含羞，

　　　　一半欣喜冲冲。

　　　　想要离她而去，

　　　　又有点依依不舍之情……

　　　　突然醒来，

　　　　才知道是在梦境之中，

　　　　真经受不起啊，

　　　　这相思的悲痛！

〔说明〕

　　以上两首词合写一件事，称为联章体，是为追念宠姬而作。第一首回忆与恋人分手时的情景，即宠姬被王建夺去的那一天，因而记得这样清楚。两人情意绵绵，含泪而别；第二首写分别后的相思，梦中重逢依依不舍。当醒来之后，更难以承受这种别离的悲痛。

思 帝 乡

春日游，杏花吹满头。

陌上谁家年少，足风流①。

妾拟将身嫁与，一生休②。

纵被无情弃，不能羞③。

〔注释〕

①足风流：十分风流。

②休：止，结束。

③羞：羞愧。

〔译诗〕

春暖花开的日子，

去郊外野游，

春风吹拂着杏花，

落了我一头。

田间的小路上，

谁家的少年那般俊秀？

他英姿勃发，
透出十足的风流。

啊，我若能嫁给他哟，
这一辈子便也足够！
纵使被他无情地抛弃，
我也不会因愧悔而含羞！

〔说明〕

　　这首诗中所写的春游少女，对爱情的追求是执著而又大胆的。她看到了一个意中人，便勇敢地表白了自己的爱，并愿与之相许终身。还表示即使被抛弃，也决不为此而羞愧。一个活生生的少女形象兀立于读者眼前。当然，从这首小诗中也窥见了封建社会对女性的禁锢，使她们极少有自己选择情人的机会，因而使她对所遇之少年，一见钟情。

鱼玄机

　　鱼玄机（约 844～约 871），唐女诗人，一字蕙兰，长安（今陕西西安）人。姿色俏丽，才思敏捷。嫁与李忆为妾。后来出家于长安咸宜观做了女道士。常与当代文人赠答、交往。因打死侍婢绿翘，被判死刑。

　　有《鱼玄机诗》。

赠 邻 女

> 羞日遮罗袖，愁春懒起妆①。
>
> 易求无价宝，难得有心郎②。
>
> 枕上潜垂泪，花间暗断肠。
>
> 自能窥宋玉③，何以恨王昌④。

〔注释〕

　　①起妆：起身梳妆。

　　②有心郎：指能与之倾心相爱的情郎。

　　③宋玉：战国楚辞赋家，其《登徒子好色赋》中，说有一邻女，常趴墙对他偷看。

　　④王昌：唐代诗作中常有此人作为情郎的代名词出现，但究竟为何人不详。

〔译诗〕

你害羞的时候，
以罗袖遮住了面庞；
在春日里愁思满腹，
又懒得起身打扮梳妆。

人生在世，
无价之宝容易得到，
难以寻求的，
是与你倾心的情郎。

怨愤的泪水，
只有偷偷流在枕上；
痛苦的心滴着血，
在花丛间暗暗流淌。

但我毕竟还能像邻女那样，
偷偷地去把情人追求张望，
命运多舛，爱情坎坷，
何必去怨恨那无情的情郎。

〔说明〕

　　鱼玄机短暂的一生，充满坎坷，竟然集诗人、道士、凶手于一身。在爱情上的遭际，也是充满了辛酸。她先为人妾，后遭遗弃，便做了道士。在她和一些文人的交往中，也未能寻到贴心的知己。据说这首诗是她在狱中写下的。赠邻女，实际上也是写给自己的。诗中充满了对人生和爱情的深切感叹，表达了她内心的怨愤和痛苦，其中也有她的自慰与自勉。

江陵愁望有寄

枫叶千枝复万枝，江桥掩映暮帆迟①。
忆君心似西江水②，日夜东流无歇时③。

〔注释〕

①暮帆：暮色中行驶的帆船。

②西江：指长江。

③歇：停止。

〔译诗〕

红红的枫叶千枝万枝，
千枝万枝把江岸覆盖。
江桥披着溶溶暮色，
掩映着船帆缓缓归来。

想念你啊，我的亲人，

我的心情似江水澎湃。

日日夜夜向东方流去，

永远也流不尽我对你的爱！

〔说明〕

　　这首诗诗题一作《江陵愁望寄子安》子安即伞子安。诗人被李忆纳作妾，却为李忆夫人所不容，李忆无奈把她送到长安咸宜观，做了女道士。对此，诗人耿耿于怀，怨恨在心。经历上的波折，使诗人感情上起了变化，结识了许多文人学士，并和李子安产生了恋情。这首诗就是表达她对心上人深切思念的。

金昌绪

金昌绪，唐诗人，生卒年不详，临安（今浙江杭州）人。《全唐诗》仅录其诗一首。

春　　怨

打起黄莺儿①，莫教枝上啼②。
啼时惊妾梦，不得到辽西③。

〔注释〕

①黄莺儿（ní 尼）：黄鹂，又名仓庚儿。
②莫教：不要使。
③辽西：辽河以西，即今辽宁西部。

〔译诗〕

把树上的黄莺儿打得飞起，
不让它在那儿乱叫乱啼。
啼叫声惊醒了我的好梦，
不能和亲人相会在辽西。

〔说明〕

    这首诗写一女子怀念出征辽西的丈夫。不去直接写对丈夫的思念，写的是鸟儿的鸣叫惊了与丈夫相会的好梦，构思新颖别致，描摹细致入微。

崔 郊

崔郊，生平不详，《全唐诗》仅存其诗一首。

赠 去 婢①

公子王孙逐后尘②，绿珠垂泪滴罗巾③。
侯门一人深如海④，从此萧郎是路人⑤。

〔注释〕

①去婢：离去的婢女。

②公子王孙：指贵族子弟。逐后尘：跟在后边追赶。

③绿珠：西晋石崇的爱妾。赵王司马伦的亲信孙秀看中了她，想夺为己有。石崇坚决不让，并因此而坐牢。绿珠被逼跳楼自杀。这里，诗人以绿珠来比喻姑母家的婢女。

④侯门：指权贵之家。

⑤萧郎：古代女子对所爱情人的泛指，这里，诗人以萧郎自喻。路人：素不相识的陌路之人。

〔译诗〕

惊你的美貌，瞻你的风采，
公子王孙们都追逐而来。
叹你的身世，哀你的命运，

你象绿珠一样泪流满腮。

一旦进了权贵家的大门，
便如同进了汪洋大海。
哦哦，我在你的心目之中，
从此便像对陌路人一样不睬。

〔说明〕

这首诗是诗人对自己的一段真实爱情的回顾。诗人早年爱上了姑母家的婢女，婢女却不幸被卖入显贵于頔（dī笛）家里在一次郊游时，诗人与她邂逅相遇，回来后便写下了这首感情深挚的诗，倾诉了他对婢女的怀恋，同时也记述了他对侯门夺爱的感伤心情。据说于頔读过此诗，成人之美，让他领走了这个婢女。

薛　媛

薛媛，生卒年不详，善画，唐代南楚材之妻。

写真寄夫①

欲下丹青笔②，先拈宝镜寒③。
已惊颜索寞④，渐觉鬓凋残。
泪眼描来易，愁肠写出难。
恐君浑忘却⑤，时展画图看。

〔注释〕

①写真：画肖像画的传统名称，要求形神肖似，故名。

②丹青：两种可作绘画的颜料。也泛指绘画。

③拈：这里指用手指抹去。

④颜。面容，脸色。索寞：枯寂而没有生气的样子。

⑤浑：全。

〔译诗〕

想要落笔画一张肖像画，
先把宝镜上的寒气轻擦。
面容枯萎我已感到惊讶，
双鬓凋残剩下稀疏的头发。

流泪的两眼容易描绘，
忧愁的心情可怎样描画？
唯恐天长日久你把我全忘，
那就随时展开看看这幅图画。

〔说明〕

　　南楚材被薛媛的父亲相中，想以女儿许配给他，南楚材答应下来。但他借口有事，走后不归。薛媛会画画，也多少知道一点他的用意，便对着镜子自画肖像一幅并作诗寄给他。南楚材收到后十分惭愧，终于回去与她成亲，白头到老。

陈玉兰

陈玉兰。唐代吴（今江苏苏州）人，王驾之妻。

寄　夫

夫戍边关妾在吴①，西风吹妾妾忧夫。
一行书信千行泪，寒到君边衣到无②？

〔注释〕

①吴：吴地。这里指今江苏苏州一带。

②衣到无：衣服收到没有。

〔译诗〕

丈夫守卫着边关，

我居住在吴地。

寒冷的西风吹拂着我，

我却在担忧着你。

信中的一行字句啊，

有我千行的泪水凝聚。

当严寒降临到你的身边，

能不能收到我寄去的寒衣？

〔说明〕

　　这首诗是作者寄给守卫边关的丈夫王驾的。诗中充满了对丈夫的体贴与关怀的真情实感。

慎 氏

慎氏，毗陵（今江苏镇江）人。其夫严灌夫是唐代蕲（qí旗）春（今湖北境内）人。

感 夫 诗

当时心事已相关①，雨散云飞一饷间②。
便是孤帆从此去，不堪重上望夫山③。

〔注释〕

①相关：相通。

②一饷间：片时。

③望夫山：山名。有两处。一处在今辽宁绥中境内，相传为孟姜女望夫的地方。一处在江西德安境内，传说是因一位女子的丈夫服役未归，登山而望，每次都以藤箱运土，日积月累，山势渐高，因而得名。这里是泛指。

〔译诗〕

当时你我的感情互相交好，
转瞬间雨散云飞恩爱全消。
我乘上一叶孤帆从此远去，
再也不能上望夫山把你远眺。

〔说明〕

慎氏嫁与严灌夫后，多年不育，丈夫打算抛弃她。慎氏写下这首诗作为诀别。严灌夫受到感动，又与妻子重归于好。

姚月华

姚月华，唐人。船家女。其诗作收入《全唐诗》。生平不详。

怨诗效徐淑体[1]

妾生兮不辰[2]，盛年兮逢屯[3]。
寒暑兮心结，夙夜兮眉颦。
循环兮不息，如彼兮车轮。
车轮兮可歇，妾心兮焉伸[4]？
杂沓兮无绪[5]，如彼兮丝棼[6]。
丝棼兮可理，妾心兮焉分[7]？
空闺兮岑寂，妆阁兮生尘[8]。
萱草兮徒树[9]，兹忧兮岂泯[10]？
幸逢兮君子，许结兮殷勤[11]。
分香兮剪发[12]，赠玉兮共珍[13]。
指天兮结誓，愿为兮一身。
所遭兮多舛，玉体兮难亲。
损餐兮减寝[14]，带缓兮罗裙[15]。
菱鉴兮慵启[16]，博炉兮焉熏[17]？
整袜兮欲举[18]，塞路兮荆榛[19]。
逢人兮欲语，跆匝兮顽嚚[20]。

烦冤兮凭胸㉑，何时兮可论㉒。

愿君兮见察，妾死兮何嗔㉓！

〔注释〕

①徐淑体：见前徐淑《答夫诗》诗。

②不辰：没赶上好时辰。

③逢屯（zhūn 谆）：碰不上好的卦象。屯，六十四卦之一，象征艰难。

④焉伸：怎能舒畅？

⑤无绪：没有头绪，没有条理。

⑥棼（fēn 分）：纷乱。丝棼，乱丝。

⑦焉分：怎么梳理的意思。

⑧妆阁：梳妆台。

⑨萱草，忘忧草。徒树：白白栽种。

⑩岂泯：岂能消除掉。

⑪殷勤：情意恳切。

⑫分香：指插香盟誓。

⑬珍：珍爱。

⑭损：减少。

⑮带缓句：指因思念而身体瘦弱，衣带松缓了，衣裙肥大了。

⑯菱鉴：菱花镜子。慵启。懒得拿出来。

⑰博炉：博山薰炉。焉薰：哪里还能薰呢。

⑱整袜：穿好鞋袜。举：举步。

⑲塞路句：道路被荆榛堵塞了。

⑳鞈（gé 革）：坚硬的样子。匝，周围。顽嚚（yín 银），愚顽，愚妄奸诈。

㉑凭胸：填满胸膛。

㉒论：说一说。

㉓嗔（chēn 抻）：生气。

〔译诗〕

我来到这个世界上哟，

没能赶上一个好时光；

在我风华正茂的年华中哟，

却碰上艰难的卦象。

无论是寒来暑往哟，

我的心情无比惆怅；

不管白天还是夜晚哟，

我的双眉紧紧锁上。

去了又来的愁绪哟，

永远也不会停止来往；

就好似那车儿的轮子哟，

不停地转动一样。

车轮转动哟，

尚可以歇止下来；

我思念你的心中哟，

却怎能得到舒畅？

我的心绪哟，
乱纷纷没有条理；
就好象那丝线哟，
乱糟糟缠在一起。

乱糟糟的丝线哟，
还可以进行梳理；
我这惆怅的心绪哟，
怎么能得到慰藉？

空荡荡的闺房哟，
寂寞中没有一点声息；
梳妆台上哟，
任凭尘土留下踪迹。

忘忧的萱草哟，
白白地栽种在那里；
这无边的忧愁哟，
岂能清除在心地？

我与亲爱的人儿哟，
幸运地相逢在一起；
你我结好的许诺哟，
充满恳切的情意。

插香盟誓哟，
剪一绺头发表明爱心；
互送佩玉哟，
是共同珍爱的礼品。

指着苍天哟，
结成共同的誓愿；
但愿你与我哟，
亲亲密密如同一人。

我的遭遇哟，
是多么不幸；
我的身体哟，
难以让人亲近。

饭吃得越来越少哟，
睡眠时也不能安寝。
腰带松缓了哟，
肥大了身上的衣裙。

菱花镜子哟，
我已懒得拿来；
博山熏炉哟，
哪里还想打开？

穿好鞋袜哟，

本想举步前来；

满地的荆榛哟，

把道路堵塞。

碰见人的时候哟，

真想倾诉我的心怀；

周围的愚顽之人，

难以对我理解。

烦躁的心绪哟，

填满我的胸膛；

到了什么时候哟，

才能倾诉一下衷肠？

愿我心上的人哟，

能够洞察我的愿望；

我就是为此而死去的，

也不会嗔怪情郎！

〔说明〕

　　作者经年随父生活于江船之上，与邻船书生杨达偶有交往，听其诵读《昭君怨》，十分喜欢。随后。她瞒着父亲让侍女去借诗稿，杨随即附情诗两首，一并带去。此后二人唱和往来，交往极密。不久，姚父北上，姚羞于开口，只得与杨达别离，这首诗就是表达作者与杨达恋情的诗作之一。

崔仲容

崔仲容，唐代女子，身世不详。《全唐诗》收其诗三首。

赠 所 思

所居幸接邻①，相见不相亲。

一似云间月，何殊镜里人。

丹诚空有梦②，肠断不禁春③。

愿作梁间燕，无由变此身④。

〔注释〕

①幸：幸运。

②丹诚：赤诚。

③肠断：忧伤过度。不禁：难以忍受。

④无由：没有办法。

〔译诗〕

多么荣幸啊，

与你住在比邻，

每天都能相见，

却无法与你相亲。

你像云间的月亮，
可望而不可接近；
你何异于镜中的影子，
可见而不知你的心。

我满怀着赤诚啊，
空有好梦，没有回音。
过度的忧伤啊
空有春光、痛苦难禁。

我愿变作一只燕子，
在你的房梁上飞出飞进；
可叹我却没有办法啊，
去变化自己的人身。

〔说明〕

　　这首诗写一个女子与一个小伙子住邻居，每天相见，却不能一吐衷情。忧伤的心绪，使她难以忍受春情的折磨，她希望自己变做一只燕子，每天都能飞到心上人居住的屋里去。诗作真实、形象地反映了这一纯真少女的恋情。

周德华

周德华，唐代女子，生平不详。

杨柳枝词

清溪一曲柳千条，二十年前旧板桥。
曾与情人桥上别，更无消息到今朝。

〔译诗〕

清清的溪水旁柳枝千万条，
二十年前这里有座木板桥。
就在这座桥上与情人分别，
直到如今也没有消息来到。

〔说明〕

这首诗写一个痴情女子，对一别二十年的情人的思念。对心上人恋情的专一，被古代女子视为美德。然而，这二十年的青春流逝，又是何等的漫长啊！

牛 峤

牛峤，字松卿，一字延峰，五代十国前蜀词人，生卒年不详。陇西（今甘肃）人。他做过拾遗、补阙、校书郎等官职。王建镇西川时，他任判官，后来王建称帝，又拜为给事中。《花间集》中收录他的词三十余首。

忆 江 南

红绣被，两两间鸳鸯^①。

不是鸟中偏爱尔^②，为缘交颈睡南塘^③，

全胜薄情郎^④。

〔注释〕

①间：间隔，一个隔着一个。

②尔：你。这里指鸳鸯。

③为缘：因为。为与缘在这里重复。交颈：脖颈相交。

④薄情郎：负心的男子。

〔译诗〕

红绣被上，

绣着一对又一对鸳鸯。

不是鸟群里偏爱你，

都为你恩恩爱爱睡在南塘，

胜似那些薄情郎。

〔说明〕

　　这首词歌颂了鸳鸯鸟对爱情的忠贞专一。并借以谴责人间薄情负心的男人。这一比喻虽然常被人用，但抒写的情怀，还是十分真切的。

菩 萨 蛮

玉楼冰簟鸳鸯锦①，粉融香汗流出山枕②。

帘外辘轳声③，敛眉含笑惊。

柳阴烟漠漠，低鬟蝉钗落④。

须作一生拚⑤，尽君今日欢。

〔注释〕

①冰簟：凉席。簟，竹席子。

②山枕：绣有山水的枕头。

③辘轳：井上的汲水工具。

④蝉钗：蝉形金钗。

⑤拚（pàn 判）：舍弃，不顾惜。

〔译诗〕

　　　　玉楼上凉席铺在床上，

　　　　红锦被褥绣满了鸳鸯。

　　　　脸上的脂粉被汗水融尽，

　　　　汗水和脂粉沾满枕上。

　　　　一夜欢聚到了凌晨，

　　　　忽听帘外辘轳汲水的声响。

　　　　天亮即将分别，我双眉紧蹙，

　　　　脸上含笑掩饰着心中的惊慌。

　　　　柳阴如烟静悄悄，

　　　　低头时蝉钗滑落在身旁。

　　　　为了与你欢聚这一天时光，

　　　　不惜把一生全都搭上！

〔说明〕

　　这是一首写情人在一起欢聚的诗。在封建社会，这是被视为大逆不道的。为冲破这一束缚，他们明确地知道，必须付出极大的代价。诗中所表达的思想，是十分大胆而又直率的。

顾 夐

顾夐（xiòng），五代十国前蜀时词人，生卒年不详。前蜀时官剌史，后事孟知祥，当上太尉。今存词五十五首。

诉 衷 情

永夜抛人何处去①？绝来音。
香阁掩②，眉敛③，月将沉，
争忍不相寻④？怨孤衾。
换我心，为你心，始知相忆深⑤。

〔注释〕

①永夜：长夜。抛人：抛泊在外的人。
②掩：遮掩。
③眉敛：双眉紧蹙。
④争忍：怎忍。
⑤相忆：相思。

〔译诗〕

漫漫长夜，
抛泊在外的人去了哪里？
断绝音信。

香阁遮掩，
双眉蹙紧。
月儿将落，
夜已深沉。

怎忍心不把你追寻？
独自去埋怨，
孤被单枕。
把我这颗相思心，
换作你的心，
你才会知道，
我的情意有多深！

〔说明〕

　　这首词写一个沉浸在相思之中的女子，自意中人走后，音信皆无，留下她独自去度那漫漫长夜。她暗想，要是把自己的心给对方换上，你就会体会到这种相思的深切了，这想法独到而奇特。

张　泌

　　张泌，字子澄，淮南人，五代十国南唐诗人，生平不详。他的诗《全唐诗》存二十首，他的词《花间集》存二十七首。

浣　溪　沙

　　　马上凝情忆旧游①：
　　　照花淹竹小溪流②，钿筝罗幕玉搔头③。

　　　早是出门长带月④，可堪分袂又经秋⑤。
　　　晚风斜日不胜愁。

〔注释〕

　　①凝情：集中思绪和感情。旧游：旧日的游踪。
　　②淹竹：小溪涨水淹了竹子。
　　③钿筝，金翠宝石装饰的古筝。罗幕：丝织的帷幕。玉搔头：玉簪的别名。以上两句是回忆在竹丛花溪旁的小屋里，听那个女子弹筝。
　　④早是：已是。
　　⑤可堪：那堪。分袂：分手，离别。以上两句是写别后经常是披星戴月，到处奔波。忽已经年。

〔译诗〕

　　　马儿上神情凝聚，

想起旧时游地：

日照百花红，

竹林穿小溪；

红罗幕后玉簪摇动，

有一个弹筝少女。

只恨我披星戴月，

在外奔波不息。

经历多少春秋，

无缘重见，长久别离。

晚风夕阳相伴，

承受不了这满怀愁绪。

〔说明〕

　　这首诗写作者在马背上想念一位弹筝的女子，可惜分别以后，无缘再见，引发满怀惆怅之情。全词用的是叙事语言，颇具深情。

寄　人

别梦依依到谢家①，小廊回合曲阑斜②。

多情只有春庭月，犹为离人照落花③。

〔注释〕

①谢家。东晋宰相谢安之家，其侄女谢道韫，是一位有名的多才女子。这里是指诗人青年时代的恋人浣衣的婆家。

②阑（lán 兰）：走廊旁的栏杆。

③离人：离别的人。这里指诗人和浣衣。

〔译诗〕

> 分别后常常做梦，
> 梦里来到你的新家之中。
> 小小的廊道回转重合，
> 弯弯曲曲的栏杆伸向西东。
>
> 在这春天的庭园里啊，
> 只有月亮分外多情。
> 它仍然为别后的人儿，
> 照耀着凋谢的花红。

〔说明〕

这首诗写作者青年时代与邻女浣衣相爱，他们感情很深。后来，浣衣被家里阻挠另嫁。作者满怀依恋写信给浣衣并寄上这首诗。浣衣读后，悲痛异常。心心相印的情人从此天各一方，作者只能在梦中追怀相恋的往事和情人浣衣的衣影。全诗融缠绵的情感于特定的景物环境之中，给人打下深深的烙印。

江 城 子

碧栏干外小中庭。雨初晴，早莺声。

飞絮落花，时节近清明。

睡起卷廉无一事，匀面了^①，没心情。

〔注释〕

①匀面：女子擦粉。

〔译诗〕

碧玉栏杆外，

有小小的庭园一块。

初雨过后，

莺声早早传开。

满眼飞絮与落花，

清明节即将到来。

她刚刚从梦中睡醒，

卷起珠廉，忧思满怀。

就是擦过了脂粉，

也显得无精打采。

322223

a333333333333333333333333333333

江 城 子

浣花溪上见卿卿①。脸波明，黛眉轻②。
高绾绿云③，低簇小蜻蜓④。
好是问他来得么⑤？和笑道⑥：莫多情。

〔注释〕

①浣（huàn 唤）花溪：在四川成都西郊，锦江的支流。卿卿：男子对女子的爱称。

②脸波：眼波。黛眉：画眉。

③绾（wǎn 晚）：盘结。

④簇：丛聚。小蜻蜓：指女子上头上蜻蜓形状的金钗。

⑤好是：恰是。他：作者自指。

⑥和笑：和颜悦色地笑。

〔译诗〕

在浣花溪上，
与浣衣女初次相逢。
两眼炯炯有神，
黛色眉毛描画很轻。
高高盘结着浓发，
低插着一支金钗蜻蜓。
我恰是在问：

“他来得么？”

她和颜悦色地笑答：

“你莫要多情！”

〔说明〕

　　上面的两首词，都是作者追求青年时与浣衣女相爱的事。第一首写少女的住处；第二首写与她相见时的情景，一片初恋时的天真之情。两首词写得情意融融，情趣盎然。第二首结句的对话，更让人感到清新自然。

青少年古诗丛书

历代浪漫爱情诗三百首

（三）

辛一村　著

时代文艺出版社

青少年古诗丛书——历代浪漫爱情诗三百首

责任编辑:戚积广

出　　版:时代文艺出版社
　　　　　(长春市泰来街 1825 号　邮编:130062　电话:86012927)
发　　行:时代文艺出版社
印　　刷:三河市灵山装订厂
开　　本:787×1092 毫米　32 开
字　　数:377 千字
印　　张:20
版　　次:2011 年 5 月第 2 版
印　　次:2011 年 5 月第 3 次印刷

书　　号:ISBN 978-7-5387-0921-6
定　　价:119. 20 元(全 4 册)

牛希济

牛希济，五代词人，生卒年不详。陇西（今甘肃）人。先事前蜀后主王衍，官至翰林学士、御史中丞。前蜀亡，任后唐雍州节度使。他的作品传世不多。但在表现手法上很新颖。

生 查 子

新月曲如眉，未有团圞意①。
红豆不堪看②，满眼相思泪。

终日劈桃穰③，人在心儿里④。
两朵隔墙花，早晚成连理⑤。

〔注释〕

①团圞（luán 峦）：圆。以上两句暗喻情人的不团圆。

②红豆：又名相思子。见王维《相思》注释。

③穰（ráng 瓤）：指果核。

④人：仁的谐音。

⑤早晚：什么时候。连理：不同根草木的枝干连生为一体的，叫连理。古代人比喻夫妇为连理枝。这两句说何时才能团圆。

〔译诗〕

新月如眉一样弯曲，

没有一点儿团圆之意。

不能再看红豆了，

相思泪流出一滴滴。

整天劈桃核，

情人在我的心里。

隔墙有两朵钟情的花儿，

早晚能连生在一起。

〔说明〕

　　这首词带有民歌的情调，感情纯朴，写一个思念情人的女子，期望早日与意中人结成连理枝。连续利用新颖的比喻来表达女主人公的情感，是这首词的一个突出特色。

生 查 子

春山烟欲收①，天淡星稀小②。

残月脸边明，别泪临清晓。

语已多，情未了。回首犹重道③：

记得绿罗裙，处处怜芳草④。

〔注释〕

　　①烟。这里指如烟的晨雾。

②天淡：拂晓时，天空由暗而明的样子。

③重道：再说一遍。

④怜：爱惜。

〔译诗〕

> 春天的山峦，晨雾散去，
> 广漠的天空星儿渐渐稀少。
> 一弯残月照在脸上，
> 流淌着依依惜别的泪水，
> 迎来了一天的拂晓。
>
> 离别的话说得够多的啦，
> 你我的情意仍然未了。
> 回过头来再一次叮嘱你啊：
> 只要记住我绿色的罗裙，
> 到哪儿都会爱惜芳草！

〔说明〕

　　这首词写情人一夜欢聚，在天渐亮的时候，就要分手离别了。多情女子为此而泪流满面，分别的话说了多少啊，仍是意犹未尽，情犹未了。于是，她又一次回头嘱咐情人，让他记住自己所穿的绿色罗裙，这样无论走到哪里，只要见到芳草的颜色，就一定会想起那个穿罗裙的女子了。诗写得宛转动人，诗中女子临别之话，更是言简意深。

冯延巳

冯延巳（903～960），又名延嗣，字正中。五代十国南唐诗人。广陵（今江苏杨州）人。南唐中主李璟年少时在庐山筑读书堂，他随侍左右。李璟作皇帝后，几次任命他为宰相。后因用兵失败，被罢相。

他的作品清丽多彩，委婉情深，对北宋词人有一定影响。著有词集《阳春集》。

鹊　踏　枝

谁道闲情抛弃久①，每到春来，惆怅还依旧。
日日花前常病酒②，不辞镜里朱颜瘦⑤。

河畔青芜堤上柳④，为问新愁，何事年年有⑤？
独立小桥风满袖，平林新月人归后。

〔注释〕

①闲情：在这里是指掩藏在心里的爱情，而并非是那种闲逸之情。

②病酒：因喝酒过多而使身体不适。

③不辞：含有不惜的意思。

④青芜：丛生的青草。

⑤何事：为什么。

〔译诗〕

> 谁说相爱的情致，
> 抛弃的时间已经很长；
> 每当春天到来，
> 满怀惆怅仍和过去一样。
> 天天花前饮酒消愁，
> 不怕镜子里的容颜，
> 憔悴得不成模样。
>
> 河边草儿青青，
> 堤上绿柳成行。
> 为了询问我的愁绪，
> 为什么年年都在增长？
> 孤身独立小桥，
> 春风拂袖，心境凄凉。
> 归来之后，
> 新月升起在平林上。

〔说明〕

　　这首词描述春天到来，花红柳绿草青，而人却在为爱情而苦恼着，容颜憔悴，痛苦地喊出，为什么年年生出这么多愁闷呢？词作中这位多愁善感的女主人公形象，是十分鲜明的，给人留下深刻印象。

谒 金 门

风乍起①，吹皱一池春水。
闲引鸳鸯香径里②，手挼红杏蕊③。

斗鸭阑干独倚④，碧玉搔头斜坠⑤。
终日望君君不至⑥，举头闻鹊喜⑦。

〔注释〕

①乍（zhà 炸）：忽然。

②闲引：无聊地逗着玩。香径：花园里芳香扑鼻的小路。

③手挼（ruó）：两手揉搓。

④斗鸭句：是说独自依着圈养鸭子的栅栏，看鸭子斗着玩。

⑤搔头：一种簪的名字。这句是说，看得出神，致使斜插的簪子都要掉下来了。

⑥君：这里指女子的丈夫。

⑦举头句：抬起头来听见喜鹊的叫声，一定是丈夫要回来了，因此心里又高兴起来。

〔译诗〕

突然刮起的微风，

吹皱了一池春水。

在开花的小路上，

手里搓一把红杏花蕊，

抛入池中，引逗鸳鸯戏水。

倚着栏杆看鸭子嬉戏，

看得出神，碧玉首饰斜垂。

整天盼你却不见你归来，

抬起头来忽然听见，

喜鹊的叫声悦耳清脆。

〔说明〕

这是一首写女子闲愁的诗。她摘一把杏花儿揉碎抛入水中，逗着鸳鸯玩，看着鸭子嬉闹。都是因为丈夫没有回来，而显得百无聊赖。听见喜鹊叫，想到可能是爱人快回来了，心里又高兴起来。

长　命　女

春日宴，绿酒一杯歌一遍，再拜陈三愿①：

一愿郎君千岁；二愿妾身常健；

三愿如同梁上燕，岁岁长相见。

〔注释〕

①陈：陈述。

〔译诗〕

　　　　　春日里的宴席已经摆满，
　　　　　畅饮绿酒一杯，高唱情歌一遍。
　　　　　面对苍天，再一次跪拜，
　　　　　述说我暗藏在心中的夙愿。

　　　　　第一愿情郎永生千年，
　　　　　第二愿我也身体康健，
　　　　　第三愿我们象梁上的燕子一样，
　　　　　年年在一起永不分散！

〔说明〕

　　这首诗写一个痴情女子，在春天的一次宴席上，一边饮酒，一边唱歌，酒酣歌浓，乘兴拜天，并借此述说久藏于自己心中的三个夙愿。她殷切地希望情郎和自己都能有一个健康的体魄，以便两人永结千年之好，象梁上的燕子一样，永远一起飞翔。

李 煜

李煜（yù 玉）（937～978），字重光，号钟隐，初名从嘉，徐州（今江苏徐州）人，南唐中主李璟的第六子，史称南唐后主。他在位期间，苟安享乐，昏庸无能。降宋之后，受到软禁，过了三年屈辱生活，终被杀害。

李煜在艺术上有一定的修养。他的词带有鲜明的帝王生活的烙印。后期作品有所突破，多抒发亡国之恨。他的词传下来的有三十余首。

乌 夜 啼

无言独上西楼，月如钩。
寂寞梧桐深院锁清秋。

剪不断，理还乱，是离愁。
别是一般滋味在心头①。

〔注释〕

①别是：又是，另是。

〔译诗〕

无言无语独自登上西楼，

皎洁的月亮，弯如银钩。
秋天被闭锁在深深的庭院，
梧桐树也显得寂寞心忧。

剪不断啊，梳理更乱，
这是与心上人离别的忧愁！
这种有别于一般的滋味，
每到夜晚便袭上我的心头！

〔说明〕

　　这首词写一个满怀愁苦的女子，在寂寞的夜晚，独自一人登上西楼，望着一弯新月，更使她产生一种莫名的孤独清冷的感觉。想念着远离自己而去的心上人，这种离愁别绪真是说不清道不明，不晓得是一种什么滋味，时时侵袭纷扰着她的心房。这种离别的愁绪，越想剪断，越剪不断；越想梳理，越是纷乱。让她好苦恼、好心焦啊！作者是一个亡国之君，这首写闺中女子忧怨的词，正好隐喻他的亡国之痛。借助爱情素材抒发政治上的愤懑，这首词是一个典型的例子。

任 氏

任氏，生平不详。是五代十国时期蜀尚书侯继图的妻子。

书 桐 叶

拭翠敛蛾眉①，郁郁心中事。

搦管下庭除②，书成相思字。

此字不书石，此字不书纸；

书在桐叶上，愿逐秋风起。

天下有心人，尽解相思死；

天下负心人，不识相思字。

有心与负心，不知落何地。

〔注释〕

①拭：擦去。翠：青绿色。指眉上描的颜色。

②搦（nuò 诺）：捏着。管：指笔管。庭除：庭前阶下。

〔译诗〕

擦掉青翠，长眉紧蹙，

心中充满了忧郁的愁思。

捏着笔管走下庭院的台阶，

写出一篇相思的文字。

这些字不写在石头上面，
这些字不写在洁净的白纸；
我把它写在梧桐树叶上，
让它随着秋风飘游不止。

天下诚挚有心的人儿啊，
理解它能为相思而死；
天下狠心的负心人儿啊，
决不会认识这些相思的文字。
有心人与负心人到处都有，
它将落在哪里，怎能得知？

〔说明〕

这首诗写一个女子，在桐叶上写下相思的心事，祈祝能得到一个了解自己而又永远不负心的情人。诗人对有心人与负心人的评议，其含义岂是一枚小小的桐叶所能包容得下的？

无名氏

杂 诗

一去辽阳系梦魂①，忽传征骑到中门②。
纱窗不肯施红粉③，图遣萧郎问泪痕④。

〔注释〕

①辽阳：古地名，契丹天显十三年（938 年）置府，治所在今辽宁省辽阳市。这里指边塞。

②征骑：远征的骑士。中门：城廓的第二道门。

③纱窗：镶纱的窗户。这里指女子自身。

④图：为了。遣：让。萧郎：姓萧的男子。这里泛指女子所爱恋的男子。

〔译诗〕

自从你去到边塞辽阳之后，
日夜在梦中牵着我的心魂。
今天，你回来的消息，
忽然传进第二道城门。

我在绣房里的纱窗之下，

偏偏不去梳洗打扮、浓施脂粉。

为的是让亲爱的人进门以后，

第一句话先问我为什么满面泪痕。

〔说明〕

　　这首诗写一个女子相恋的男子远征边塞，回到了家乡，此时此刻，她百感交集，心里顿时产生了一个念头，她不做任何梳洗打扮，保留着往日因思念他而残留的泪痕，要让他看看她因相思而憔悴的面容，由此而希望他能对她深切地相爱，并有更深的了解。这真是一个不同凡响的女子。

寇 準

寇準（961～1023），字平仲。华州下邽（今陕西渭南）人。北宋政治家，诗人。太宗太平兴国五年进士。真宗时，曾任同中书门下平章事。景德六年，辽军大举侵宋，寇準力主抵抗，并促使真宗渡河亲征，起到隐定局势的作用。不久，被大臣王钦若排挤罢相。晚年曾再度起用。后因陷害遭贬，远徙道州、雷州。

现存《寇莱公集》七卷、《寇忠愍公诗集》三卷。

踏 莎 行

春色将阑①，莺声渐老②。红英落尽青梅小③。
画堂人静雨濛濛④，屏山半掩余香袅⑤。

密丝沉沉，离情杳杳。菱花尘满慵将照⑥。
倚楼无语欲销魂⑦，长空黯淡连芳草。

〔注释〕

①阑（lán 兰）：残尽。
②莺声句：指黄莺的鸣唱已不如早春时节动听。
③红英：红花。
④画堂：如画的厅堂。这里指女子的居处。

⑤屏山：屏风。古人常以山水雕饰于屏风上，故名。袅：形容香气缭绕上升。

⑥菱花：镜子。古人所用铜镜，背面常有菱花饰纹。

⑦销魂：形容内心的痛苦。

〔译诗〕

> 浓郁的春色，
> 已逐渐地淡化；
> 黄莺的鸣唱，
> 失去了清脆的音调。
>
> 鲜艳的梅花，
> 纷纷从枝头落下；
> 青青的梅子，
> 还很小很小。
>
> 华丽的堂舍前，
> 濛濛细雨飘飘；
> 一排饰着山水的屏风，
> 半遮着炉烟袅袅。
>
> 你我当年的秘密约会，
> 已经变得那样遥远；
> 你我今日的离情别绪，

又是如此幽远缥缈。

菱花镜上，
尘土已把镜面笼罩；
我也懒得再去镜前，
照看自己的容貌。

倚着楼栏凭空远眺，
默默无语，悲伤使我灵魂出窍。
暗淡无光的长空啊，
连接着望不尽的芳草。

〔说明〕

这首诗写一个女子，在春色将尽的时候，想念情人的情景。残春的景色，使她的心绪更加忧郁；回忆过去的密约，对比今日的离别，使她的情怀更加惆怅。她对情人的依恋，对爱情的期望，令读者加深了对她的理解。一个忠于受情的纯真女子形象，跃然纸上。

林 逋

林逋（967～1028），字君复，钱塘（今浙江杭州）人。宋初名士。曾漫游江淮一带，后隐居在杭州西湖孤山二十年。他喜欢种梅养鹤。死后，仁宗赵祯赐谥"和靖先生"。

他的咏梅词很出色。有《和靖集》。

长 相 思

吴山青①，越山青②，
两岸青山相对迎，谁知离别情？

君泪盈，妾泪盈，
罗带同心结未成③，江边潮已平④。

〔注释〕

①吴山：在杭州市钱塘江北岸。春秋时这里属吴国。

②越山：指钱塘江南岸的山峦。春秋越国在这一带地方。

③罗带：丝织的带子。同心结：把罗带打成结，表示男女之间定情。

④潮已平：江潮已经涨满。

〔译诗〕

> 左岸是青青的吴山，
> 右岸是青青的越山，
> 两岸的青山迎面相对，
> 却不懂我们离别的辛酸。
>
> 你泪水盈盈溢落江边，
> 我泪水盈盈溢落江边，
> 没等定情的罗带打出同心结啊，
> 江中的潮水已经涨满。

〔说明〕

这首诗写一个女子洒泪送别情人的情景。这位生活在钱塘江畔的女子，对心上人一往情深，在即将分手之际，泪水盈眶，无限的辛酸涌上心头。诗虽短小，却是情景交融。

柳 永

柳永（987？～1053？），原名三变，字景庄，又字耆卿，北宋崇安（今福建崇安）人。晚年方中进士。他对功名本来很热心，但遭遇坎坷，一生不得志，仅做过屯田员外郎等小官。柳永精通音律，写了很多能唱的词。他的词吸收生活中通俗生动的语言，反映下层市民的生活。在他失意后，便沉沦于都市繁华之中，写了大量反映这种绮靡腐烂社会生活的词，有的情调很不健康。有《乐章集》。

雨 霖 铃

寒蝉凄切，对长亭晚①，骤雨初歇。
都门帐饮无绪②，留恋处，兰舟催发③。
执手相看泪眼，竟无语凝噎④。
念去去千里烟波⑤，暮霭沉沉楚天阔⑥。

多情自古伤离别，更那堪冷落清秋节！
今宵酒醒何处？杨柳岸晓风残月。
此去经年⑦，应是良辰好景虚设。
便纵有千种风情⑧，更与何人说。

〔注释〕

①长亭：古时设在路旁供人休息的亭子。

②都门：指京城。这里指汴京（今河南开封）。帐饮：在郊外设帐，摆宴送别。无绪：没有兴致。

③兰舟：画船的美称。催发：催着开船。

④无语凝噎：悲伤得说不出话来。

⑤去去：不断远去。烟波：烟雾弥漫的水面。

⑥暮霭（ǎi 矮）：傍晚的云雾。楚天：战国时，楚国占有南方的大片土地，所以古人泛称南方的天空为楚天。

⑦经年：年复一年。

⑧风情：这里指相爱之情。

〔译诗〕

寒蝉凄切地悲鸣，
暮色笼罩着长亭。
一场倾盆大雨，
刚刚歇止平静。

京城郊外的送别酒。
哪还有畅饮的心情。
正在依依不舍留恋的时候，
船儿已在催人远行。

双手紧紧相握在一起，

相视的泪眼充满深情。
心中的千言万语全都凝结了，
此刻竟连一个字也述说不成。

不忘你远去一程又一程，
千里烟波浩渺，浪涛不平。
眺望四野，暮霭沉沉，
无垠的楚天，雾气蒙蒙。

多情的人儿啊，
自古以来都有离别的悲痛，
更难忍受的是这——
深秋时节的清清冷冷。

啊，今夜一醉，
在哪儿酒力方醒？
只见杨柳依依的岸边，
残月伴着晨风。

此去一年又一年，
白白抛弃了良辰美景。
即便有千种风流情意，
又能与谁人说明？

〔说明〕

这首词写了一对恋人在郊外离别时难舍难分的情景，进而对离别远去的人的孤寂生活做了生动的描述。通过对即将分手的情人内心活动的描绘，说出了他们的心里话。词作哀婉动情，是为柳词的代表作。

蝶 恋 花

伫倚危楼风细细①，望极春愁，黯黯生天际②。
草色烟光残照里，无言谁会凭阑意？

拟把疏狂图一醉③，对酒当歌，强乐还无味④。
衣带渐宽终不悔⑤，为伊消得人憔悴⑥。

〔注释〕

①伫：久立。危楼：高楼。
②黯黯：形容伤别的样子。以上两句说，远望天边，心头涌上伤春惜别的愁绪。
③拟：打算。疏狂，生活散漫不检点。
④强（qiǎng抢）乐：勉强作乐。
⑤衣带渐宽：人消瘦了，衣带就更宽松。
⑥伊：她。消得：值得。

〔译诗〕

身在高楼倚栏立，
春风吹来声细细。
远望天边，
惜别春愁生心底。
草色青青烟光暗，
笼在夕阳残照里。
心事不说，
谁能理解凭栏相思意？

啊，我要放纵一回，
为的是得到一醉，
对酒应当高歌，
勉强作乐更无味。
身体瘦弱，衣带渐肥，
最终也不后悔。
只要是为了她啊，
我甘愿瘦削憔悴！

〔说明〕

　　这首词写了一个倚楼怀念情人的痴情男子，饮酒唱歌都解
不了他的愁怀，以致一天天消瘦下去，表明了他对爱情的专一

诚挚。词的末两句不说人瘦,而说衣带渐宽,这种写法很有新意。

定 风 波

自春来,惨绿愁红①,芳心是事可可②。

日上花梢,莺穿柳带,犹压香衾卧。

暖酥消③,腻云嚲④。终日厌厌倦梳裹。

无那⑤!恨薄情一去⑥,音书无个⑦。

早知恁么⑧,悔当初、不把雕鞍锁⑨。

向鸡窗⑩、只与蛮笺象管⑪,拘束教吟课⑫。

镇相随⑬、莫抛躲。

针线闲拈伴伊坐,和我,免使年少光阴虚过。

〔注释〕

①绿:绿叶。红:花。这句是说因思念爱人,眼里的红花绿叶带有凄惨忧愁的情调。

②是事可可:指什么事都不在意。

③暖酥消:肌肤消瘦。

④腻云嚲(duǒ 躲):形容女子头发散乱。嚲:下垂的样子。

⑤无那(nuò 诺):无可奈何。

⑥薄情:薄情郎。

⑦无个：没有。

⑧恁（rèn任）么：这样。

⑨雕鞍：雕花的马鞍。这句是说没有阻止心上人骑马远行。

⑩鸡窗：书窗，书房。

⑪蛮笺：彩色的纸笺。象管：象牙笔管。

⑫拘束：管束。吟课：吟咏背诵功课。

⑬镇：镇日，整日。

〔译诗〕

自从春天到来，
绿叶红花愁眉不展。
我的心绪十分低落，
什么事都不愿去管。

旭日升上繁花枝头
黄莺穿飞在柳树之间。
虽然说被香帐暖，
在这上躺着，
也让我心中十分厌烦。

浑身的肌肤瘦削，
一头乌发散乱。
整天价无精打采，
懒得去梳洗打扮。

真是无可奈何啊！

可恨那心上人薄情无义，

竟然一去不复返，

连封书信都不曾见。

早知如此，

后悔当初，

没有锁住他的马鞍！

书房的窗前，

只给他笔管纸笺，

管束他把吟咏的功课作完。

整日在一起，

不再抛离躲远。

闲来我拈针走线，

坐在他身边相伴。

让他和我在一起，

免得枉费青春，

虚度流年。

〔说明〕

　　这首词是柳永的代表作。描述一个思念情人的女子，一副倦怠的容貌，愁苦的表情。情人离去后音信皆无，悔当初不该放他远去，不然就能整天和自己相伴在一起，免得让青春抛舍，光阴虚度。把爱情写得大胆而又直露，这在封建社会的文人中，是不合传统的。

晏 殊

晏殊（991～1055），字同叔，临川（今江西临川）人。于四岁时以神童入试，赐同进士出身。宋仁宗时官至宰相。他很能引用贤人。范仲淹、欧阳修都出自他的门下。他是一个达官贵人。他的著作很多，但流传下来的很少。有《珠玉词》。

菩 萨 蛮

高梧叶下秋光晚，珍丛化出黄金盏①。
还似去年时，旁阑三两枝②。

人情须耐久，花面长依旧③。
莫学蜜蜂儿，等闲悠飏飞④。

〔注释〕

①珍丛：形容碧绿的叶丛。化：生。黄金盏：形容一种形如酒杯的黄色菊花。

②旁（bàng 傍）阑：靠近栏杆。

③人情二句：菊开花年年一样，赏花人的情意也应经久不变。

④等闲：轻易，随便。悠飏：飘忽不定。

〔译诗〕

深秋时节，

高高梧桐树下，

绿叶丛中金杯高举，

那是盛开的朵朵菊花。

傍倚栏杆三两枝，

花似去年无变化。

赏花人的情意要持久，

金菊年年都开一样花。

莫学三心二意的小蜜蜂，

一会儿飞到这儿，

一会儿飞到那儿。

〔说明〕

　　这首词以年年依旧盛开的菊花，比喻对待爱情也要永恒专一，而不要像蜜蜂那样轻浮多变。这首词比喻贴切，语意明快。

欧阳修

　　欧阳修（1007～1072），字永叔，号醉翁，晚号六一居士，庐陵（今江西吉安）人。他幼年丧父家贫，发愤苦学，二十四岁时中进士。官致参知政事。

　　欧阳修是北宋古文运动的倡导者，著名散文家。他的词誉也很高。著有《六一词》等。

生 查 子

元 夕

去年元夜时①，花市灯如昼。
月上柳梢头，人约黄昏后。

今年元夜时，月与灯依旧。
不见去年人②，泪湿春衫袖。

〔注释〕

①元夜：即元宵。阴历正月十五日叫上元节，这天晚上叫元宵。唐代以来有在这一天晚上观灯的习俗，故又叫灯节。

②去年人：指去年在元夜相会过的情人。

〔译诗〕

去年元宵节的夜晚，
花市上灯火辉煌亮如白天。
月儿升上柳梢的时候，
你我相约在黄昏后见面。

到了今年元宵节的夜晚，

月光与灯光像去年一样灿烂。

可惜不见了去年相会的情人，

思念的泪水湿透了衣衫。

〔说明〕

　　这首词回忆了一年前元夜与情人的约会，而一年之后，景物依然，情人不见，不由得产生了一种旧情难续的悲伤情怀。这首词又见于朱淑贞的《断肠集》。

玉 楼 春

别后不知君远近，触目凄凉多少闷。

渐行渐远渐无书，水阔鱼沉何处问①。

夜深风竹敲秋韵②，万叶千声皆是恨。

故敧单枕梦中寻③，梦又不成灯又烬。

〔注释〕

　　①水阔鱼沉：古代有鲤鱼传书的传说，这里是没有音信的意思。

　　②夜深句：秋夜的风，吹动着竹叶。发出飒飒的声响。

　　③故敧（qī欺）句：故意依靠在枕上，急切地希望能在梦中找到情人。敧，同倚。

〔译诗〕

> 自从你我分别以后，
> 不知你离得是远还是近。
> 每当看到那些凄凉的景色，
> 心里就生出无穷的烦闷。
>
> 你越走离我越远了，
> 越来越得不到你的音信。
> 传书的鲤鱼沉入水底，
> 让我上哪儿去找它询问？
>
> 深沉的夜色已经降临，
> 一阵阵秋风吹进了竹林，
> 竹叶发出飒飒的声响，
> 千声万声全是我心头的怨恨。
>
> 心上的人儿你在哪里？
> 故意倚着绣枕到梦中追寻。
> 唉，想做梦也做不成了，
> 灯芯烧成灰，灯油又燃尽！

〔说明〕

这首词描述了一个夜不成寐的女子，想念没有音讯的情人，在萧索的秋风中，梦又不成，灯也灭了，只有凄凉的环境，伴着凄凉的心绪。

玉　楼　春

去时梅萼初凝粉①，不觉小桃风力损②，
梨花最晚又凋零，何事归期无定准③？

栏干倚遍重来凭④，泪粉偷将红袖印。
蜘蛛喜鹊误人多⑤，似此无凭安足信⑥。

〔注释〕

①梅萼：梅花。初凝粉：刚刚放苞吐蕾。

②风力损：被风吹得损伤、败落。

③何事：什么原因。

④凭：倚靠。

⑤蜘蛛：这里指俗称的喜蛛，说它能预报喜事。

⑥无凭：言而无信。安足信：怎能令人相信。

〔译诗〕

你离我而去的时光，

梅花的花苞刚刚开放；

不觉之间桃花也败落了，

春风吹得那花瓣受到损伤。

花期最晚的梨花也开了，
花树下一片凋零的景象。
时间过去这么长久，
为什么你的归期变化无常？

九曲栏干全倚遍了，
只好再倚一遍把你怀想。
偷偷流下思念的泪水，
沾着脂粉拭在红衣袖上。

喜蛛报喜误了多少人哪，
喜鹊报喜也变得荒唐！
像你们这样言而无信，
让我怎能信赖你的衷肠?!

〔说明〕

　　这首词写一个女子在梅花初绽的时候，送别了情人。分手
时，他们一定有约在先，不待花落，便会归来。然而，梅花开
过，桃花谢了，就连花期最晚的梨花也凋零败落，不知为什么
情人还是迟迟未归。于是，她心里产生了埋怨情绪，怪他不守
信用。她的埋怨，仍是一种挚爱的反映。

王安石

王安石（1021～1086），北宋政治家、思想家、文学家。字介甫，号半山，抚州临川（今江西临川）人。庆历进士。曾任知县、知州等职。宋神宗时做过宰相，积极维护新法，革新政治，以期富国强兵。因保守势力的强烈反对，新法推行受阻，因而辞相，后再相再辞。

王安石的诗文多有揭露时弊、反映社会矛盾之作；散文为"唐宋八大家"之一。著有《王临川集》、《临川集拾遗》等。

君 难 托

槿花朝开暮还坠①，妾身与花宁独异②？
忆昔相逢俱少年，两情未许谁最先③。
感君绸缪逐君去④，成君家计良苦辛⑤。
人事反复那能知⑥，谗言入耳须臾离⑦
嫁时罗衣羞更著⑧，如今始悟君难托⑨。
君难托，妾亦不忘旧时约⑩。

〔注释〕

①槿花：木槿，落叶灌木，夏秋开花。这里指易凋谢的花。

②妾身：古代女子对自身的谦称。宁：岂，难道。

③两情句：这句是指两个人在初恋时感情的产生，不知道谁先

谁后。

　　④绸缪：情意缠绵。

　　⑤家计：家庭生计。这句是指女子过门后，为夫家操持家务。

　　⑥人事：这里指夫妻感情。

　　⑦谗言：毁谤离间的坏话。须臾：片刻，转眼之间。

　　⑧更著：重新穿着。

　　⑨悟：明白。君：你。难托：难以依托，靠不住。

　　⑩旧时约：指从前的誓约。

〔译诗〕

　　　　　木槿的花儿在清晨开放，

　　　　　黄昏时便坠落在地上。

　　　　　我这样一个苦命的女人，

　　　　　难道与那花儿有什么两样?!

　　　　　我和他相逢的时候，

　　　　　正是翩翩少年的时光，

　　　　　两个相亲相爱的感情，

　　　　　分不出来早晚与短长。

　　　　　感激你的深情厚意，

　　　　　便跟随着到了你的身旁。

　　　　　为了完成你家的家务，

　　　　　很多辛苦由我亲自体尝。

人情上的反复多舛，
我哪能得知它的变化无常？
你听到别人说我的坏话，
很快便把我离弃在一旁。

出嫁时的丝绸服装，
再也不好意思穿在身上，
直到今天才算明白过来，
原来你是个靠不住的情郎！

尽管你是个靠不住的情郎，
难以依托，难经风浪。
可我对当年誓约，
至今依然念念不忘。

〔说明〕

　　这首诗以同情的笔调描述了一个被遗弃女子的形象。她与丈夫两小无猜，婚后却因流言蜚语而致使丈夫离弃了她。而她在被弃之后，仍然不忘旧情。相比之下，那个变心的男子，就显得极为残忍。诗作如泣如诉，读来极为感人。

（略）

晏几道

晏几道（1030？～1106？），字叔原，号小山，晏殊幼子。他在政治上没有什么地位，但不趋炎附势、依傍权贵。

他的词写好以后，即让沈廉叔、陈君宠家的歌女演唱，得以流传。他的词风与晏殊接近，但多感伤情调。有《小山词》。

临 江 仙

梦后楼台高锁[1]，酒醒帘幕低垂。

去年春恨却来时[2]，落花人独立，微雨燕双飞。

记得小蘋初见[3]，两重心字罗衣，琵琶弦上说相思。

当时明月在，曾照彩云归[5]。

〔注释〕

①梦后二句：梦觉酒醒之后，只见楼锁帘垂，透露出作者心情的寂寞。

②春恨：指春日伤别的愁思。却来：再次涌上心头。

③小蘋：当时一个歌女的名字。

④彩云：比喻小蘋。以上两句说，当时照着小蘋归来的明月仍在，而小蘋却不见了。

〔译诗〕

　　　　睡梦后，
　　　　楼台高锁；
　　　　酒醒时，
　　　　帘幕低垂。
　　　　去年春天的离愁，
　　　　今天重又涌上心扉。
　　　　此时此刻，
　　　　落花处我一人站定，
　　　　微雨中燕子双飞。

　　　　曾记得，
　　　　初次见到小蘋姑娘，
　　　　身穿心心相印的罗衣，
　　　　轻弹瑟琶声声，
　　　　诉说相思情。
　　　　当年照她回家的明月，
　　　　今夜依然挂高空，
　　　　月下啊，
　　　　却不见了她的踪影。

〔说明〕

　　这首词是作者为怀念歌女小蘋而写的，作者是宰相的儿子，却爱上了一个普通人家的歌女，在门第观念极强的封建社会，这必然会给他们的爱情蒙上阴影，也必然会给他们带来痛苦。

鹧 鸪 天

彩袖殷勤捧玉钟^①，当年拚却醉颜红^②。
舞低杨柳楼心月^③，歌尽桃花扇底风。

从别后，忆相逢，几回魂梦与君同^④。
今宵剩把银釭照^⑤，犹恐相逢是梦中。

〔注释〕

①彩袖：指穿彩色衣裙的歌女。玉钟：珍贵的酒杯。

②拚却：甘愿、不惜。

③舞低二句：描绘彻夜不停地狂歌艳舞。月亮不是自己落下树梢，而是"舞低"；扇子不是自己停下来没风了，而是"歌尽"。由此可见，歌舞时间之长久，次数之多。扇底：扇里。

④同：欢聚在一起。

⑤剩把：尽把。釭：（gāng 刚）：灯。

〔译诗〕

当年，你漫舒彩袖，

情意恳切捧来碧玉酒钟。

承你美意，我甘愿畅饮，
不顾醉后脸色飞红。

杨柳环绕的楼顶，
明月被狂舞的彩袖拂下云层；
歌声清脆动人心弦，
唱得桃花扇里失去了清风。

自从你我分别以后，
我心里念念不忘相逢。
多少次神魂颠倒进入梦境，
总是和你在梦中相逢。

今夜尽量把那银灯高挑，
让它照亮你的面容。
即便如此，我仍然害怕——
这回相逢是不是在梦中！

〔说明〕

这首词写作者同他思念已久的歌女的重逢。由追忆当年欢歌艳舞的情景，描述别后思念的深情，进而写到相逢时的心绪，层次分明，比喻巧妙。上片"舞低杨柳楼心月，歌尽桃花扇底风"两句，对仗工整，久传不衰。

阮 郎 归

旧香残粉似当初，人情恨不如。
一春犹有数行书①，秋来书更疏。
衾凤冷②，枕鸳孤③，愁肠待酒舒④。
梦魂纵有也成虚，那堪和梦无⑤。

〔注释〕

　①书：书信。

　②衾凤：凤衾，绣有凤凰的被。

　③枕鸳：鸳枕，绣有鸳鸯的枕。

　④舒：舒解。

　⑤那堪：那里经得起。

〔译诗〕

　　　残留的脂粉香气如初，
　　　可恨人的感情逐渐荒疏。
　　　春天时他还写几行字寄回，
　　　到秋来便极少有他的来书。

　　　被子上的凤凰清清冷冷，
　　　枕套上的鸳鸯孤孤独独。

满怀的愁闷得不到舒展，
只有拿酒来把它排除。

纵然游魂能进入梦境，
梦醒了也还是一片虚无。
啊，真难以让我忍受哟，
就连这样的梦也不来光顾！

〔说明〕

　　这首诗写一个女子受到遗弃，男子一去不返书信渐无，留下自己过着冷清愁苦的生活，慨叹人情的变化莫测。

苏 轼

苏轼（1037～1101），字子瞻，号东坡居士，眉州眉山（今四川眉山）人。二十岁中进士，官至翰林学士、礼部尚书。他一生在政治上很不得志。在北宋统治集团内部的政治斗争中，他左右碰壁，屡受排挤与迫害。他做地方官期间，做了许多好事，获得人民的好感。

苏轼是北宋杰出的文坛领袖。在散文方面，他是"唐宋八大家"之一；在词的发展史上，他占有突出地位。在诗歌方面，也是北宋的代表人手之一。有《东坡集》、《东坡乐府》。

江 城 子

乙卯正月二十日夜记梦①

十年生死两茫茫②。不思量③，自难忘。
千里孤坟④，无处话凄凉。
纵使相逢应不识⑤，尘满面，鬓如霜。

夜来幽梦忽还乡。小轩窗⑥，正梳妆。
相顾无言⑦，惟有泪千行。
料得年年肠断处⑧，明月夜，短松冈⑨。

〔注释〕

①乙卯：宋神宗熙宁八年（1075）。

②十年：指作者之妻王弗逝世已经十年。生死：生者和死者。茫茫：空虚渺茫。这里指互相之间无所知的样子。

③思量（liáng 凉）：想念。以下两句是说：即使不去想念她，也是忘不了的。

④千里二句：是说妻子的坟远在千里之外，自己有话到哪儿去说呢？

⑤纵使三句：是说死别十年，满脸尘土，头发斑白，纵使相见，也不会认得我了。

⑥轩：小室。以下四句写作者梦中情景。

⑦相顾：相互看。

⑧料得：预料，猜想。

⑨短松冈：栽着矮小松树的小山冈，这里指作者妻子王弗的墓地。

〔译诗〕

> 死别十年，岁月漫长，
> 你我的音信全都渺茫。
> 即使心里不去思念，
> 夫妻的恩爱怎能遗忘。
>
> 你的孤坟远在千里之外，
> 无处诉说我满怀的凄凉。
> 纵使你我今日重逢，

也会像陌生人相见一样。
都只因为十年间风尘满面，
鬓发斑白，落满了秋霜。

夜晚，幽幽一梦，
忽然间又回到了家乡。
就在小屋的窗前，
你仍坐在那里梳妆。
我与你默默无言地相看，
唯有两腮的泪水流下千行。

早就料到每年最伤心的一刻，
便是那明月高悬的时光，
啊，我将与你梦中相见，
在那埋着你幽魂的短松冈上。

〔说明〕

　　这是一首描写作者追悼亡妻之词，苏轼的妻子死去十年，在此期间，作者经常迁调，四方奔走，饱经风霜。忽然夜间梦见亡妻，又给他带来无限悲伤。这首词反映了作者对亡妻真挚深沉的怀念之情。

水 龙 吟

次韵章质夫杨花词①

似花还似非花②，也无人惜从教坠③。

抛家傍路④，思量却是，无情有思。

萦损柔肠⑤，困酣娇眼⑥，欲开还闭。

梦随风万里⑦，寻郎去处，又还被莺呼起。

不恨此花飞尽⑧，恨西园落红难缀。

晓来雨过⑨，遗踪何在？一池萍碎。

春色三分⑩，二分尘土，一分流水。

细看来，不是杨花，点点是离人泪⑪；

〔注释〕

①次韵：依照别人所用的韵来做诗词。章质夫：苏轼的朋友，与苏同在京中为官。杨花：柳絮。

②似花句：是说杨花又象花，又不象花。

③惜：爱惜。从：任。教：使。

④抛家三句：是说从枝头坠落的杨花，像沦落的女子一样，离开家室，靠在路侧，细一想看似无情，实际上是有愁思的。

⑤萦损：愁思郁结而憔悴。以下三句，是用拟人化笔法写柳。

⑥困：倦。酣：浓。

⑦梦随三句：在梦中去寻找意中人，却又被黄莺儿啼醒，这恰同杨花随风飘远，又被风吹回一样。

⑧不恨二句：是说杨花飞尽到没有什么，遗憾的是园花已谢，难以重回枝头了。缀：连结。

⑨晓来三句：经雨水冲洗，落花踪影皆无，只剩下一池破碎的浮萍了。

⑩春色三句：三分春色，二分落花变为尘土，一分落花化为浮萍。

⑪离人：指思念意中人的女子，也是指惜春的人。

〔译诗〕

象花，又不象花，

无人爱惜，任凭坠落飘零。

离开杨枝，傍依路边，

细想来，看似无情，

却有愁思重重。

伤损了愁苦的心肠，

困倦正浓，双眼想睁难睁。

梦中随风飘去万里，

追寻情郎足迹，

却又被莺啼惊醒。

杨花飞尽无遗憾，

可叹那西园里，

落地红花有枝难回。

拂晓一阵风雨过，

哪儿去找遗踪，

早已化作一池浮萍破碎。

三分春色里——

二分落花化尘土，

一分杨花逐流水。

仔细看来，

那水中不是杨花哟，

点点都是情人离别的眼泪。

〔说明〕

这首词写的是杨花，通篇寄托了诗人对像杨花一样沦落人世间的女子的同情。她的身世是悲惨的，在愁苦的境遇中生活，为了寻找意中之人，抛家傍路，随风远去，一旦遇到风雨，便化作水中浮萍，连个踪迹都难以留下，再也不能焕发青春了。

李之仪

李之仪，（1040？～1120？）字端叔，自号姑溪居士，沧州
无棣（今属山东）人。宋神宗时中进士，做过枢密院编修官。

著有《姑溪词》，存八十余首。

卜 算 子

我住长江头，君住长江尾。
日日思君不见君，共饮长江水。

此水几时休①，此恨何时已②？
只愿君心似我心，定不负相思意。

〔注释〕

①几时：何时。休：停，这里指江水停止流动。

②已：罢休，停止。

〔译诗〕

我住在长江之头，

你住在长江之尾。

天天想你却又见不到你，

你我同饮一江之水。

江水长流几时罢休？
难以相见的怨恨何时停止？
但愿你的心像我的心一样，
这才能不辜负我苦苦的相思。

〔说明〕

　　这首诗中的女子，见到眼前的长江之水，便想起了远在长江下游的情人，联想大胆而又奇特，表达了她对情人的一片真心。

秦 观

秦观（1049～1100），字少游，号淮海居士，扬州高邮（今江苏高邮）人。宋神宗时进士。曾任太学博士，兼国史院编修官。他在政治上屡遭打击。被贬斥到遥远的西南。

秦观十分推崇苏轼，也颇得苏的赏识。系"苏门四学士"之一。他的词长于写景抒情，音律谐美，语言雅淡，委婉含蓄。

著有《淮海词》或称《淮海居士长短句》。

水 龙 吟

小楼连苑横空①，下窥绣毂雕鞍骤②。
朱帘半卷，单衣初试③，清明时候。
破暖轻风④，弄晴微雨，欲无还有。
卖花声过尽，斜阳院落，红成阵⑤，飞鸳甃⑥。

玉佩丁东别后⑦，怅佳期参差难又⑧。
名缰利锁⑨，天还知道⑩，和天也瘦⑪。
花下重门⑫，柳边深巷，不堪回首。
念多情但有⑬，当时皓月⑭，向人依旧。

〔注释〕

　　①连苑：连接着园林。横空：横在空中。

②毂（gǔ谷）：车轮的中心圆木。绣毂，指雕绘华美的车子。雕鞍：装饰漂亮的马鞍，这里指马。骤：奔驰。

③初试：刚刚穿上。

④破暖三句：是说清明前后刚暖的时候，风雨不定。

⑤红成阵：是说落花如同阵雨。

⑥甃（zhòu咒）：井壁。鸳甃：指用互相对称的砖石砌成的井。以上两句是说花在井台纷纷飘落。

⑦玉佩：系在情人衣带上的玉制饰物。丁东：玉佩碰击发出的音响。

⑧佳期：情人的约会。难又：难再。这句是说因有种种阻隔，而不能再去和那个女子相会了。

⑨名缰利锁：名利像马缰与铁锁一样束缚着人。

⑩还：如其。

⑪和：连带。

⑫重门：一道道门。

⑬但有：仅有。

⑭皓月：明月。

〔译诗〕

紧连着一片园林，

有座横空而立的小楼。

放眼向下望去，

有宝车骏马急骤奔走。

半卷红色门帘，

刚刚换上单衣，

正是清明节到来时候。

带着寒意的轻风，
侵扰着融融的暖流。
戏弄晴天的细雨，
一会儿停歇，一会儿又有。
卖花声已经飘远，
夕阳照射庭院，
落花如阵阵红雨，
井台上花瓣儿渐稠。

自从她身戴丁冬玉佩，
在这里和我别离以后，
再也难以和她相逢了，
心中充满惆怅忧愁。
名缰利锁绊住双脚，
老天若是知情，
连他也要消瘦。

那重门前的红花，
条条深巷的翠柳，
都使我不堪回头。
思念多情的人儿啊，
只有当时那轮明月，
光芒照人依旧。

〔说明〕

　　这首词写作者对一个女子的思念。作品中描绘了他和那个女子相会处的景物和气候变化。他们一别之后，因自己为名利所羁绊，一直不得重逢。这种情形假如让老天知道，也会愁得消瘦下去的。只有多情的明月，仍在光灿灿地照人。

<h1 style="text-align:center">鹊　桥　仙</h1>

　　　纤云弄巧①，飞星传恨②，银汉迢迢暗度③。
　　　金风玉露一相逢④，便胜却人间无数。

　　　柔情似水，佳期如梦⑤，忍顾鹊桥归路⑥！
　　　两情若是长久时，又岂在朝朝暮暮⑦

〔注释〕

　　①纤云弄巧：片片彩云弄出巧妙的花样。

　　②飞星：这里指牵牛星和织女星。传恨：流露出终年不得相见的离恨。

　　③银汉：银河。迢迢：遥远的样子。暗度：夜间渡过。

　　④金风：秋天的风。玉露：晶莹的露珠。这句指在七夕相会。

　　⑤佳期：佳会之时。

　　⑥忍顾：不忍回头看。

　　⑦朝朝暮暮：日日夜夜。这里指日夜相聚。

〔译诗〕

彩云戏弄出纤巧的图形，

牛郎星织女星传递着久别的愁情。

宽阔的银河上浪涛滚滚，

渡河相会，夜色朦胧。

披金风踏秋露的七夕一次相会，

胜过人间那无数次相逢。

相爱的柔情好似流水，

相会的佳期恰如美梦。

刚刚相会又要匆匆离别，

怎忍看鹊桥上归去的路径！

两人的恋情若是天长地久，

决不在那朝朝暮暮相聚之中。

〔说明〕

这首词借牛郎织女悲欢离合的神话故事，歌颂了坚贞诚挚的爱情。他们虽然一年相会一次，彼此更能珍惜在一起的时光。词的下片末两句，是说爱情贵在真挚持久，而不必朝夕相伴，可算推陈出新。

贺 铸

贺铸（1052～1125），字方回，原籍山阴（今浙江绍兴），生长于卫州（今河南汲县）。宋哲宗时做过下级武官，后来曾任泗州通判等职。一生不得志，晚年退居苏州。

贺铸的词兼具婉约与豪放的风格。著有《东山寓声乐府》和《庆湖遗老集》。

鹧 鸪 天

重过阊门万事非①，同来何事不同归②？
梧桐半死清霜后③，头白鸳鸯失伴飞。

原上草，露初晞④，旧栖新垄两依依⑤。
空床卧听南窗雨⑥，谁复挑灯夜补衣！

〔注释〕

①阊（chāng 昌）门：苏州城门名。

②同来句：作者与爱妻在苏州寄寓，回去时妻子已死，因此说同来不同归。

③梧桐半死：指作者妻子已故，如同梧桐半死，与下句鸳鸯失伴义同。

④晞（xī 西）：晒干。以上两句比喻人的死亡。

⑤旧栖：过去同居的住所。新垄：指死者的坟墓。依依：恋恋不舍的样子。

⑥空床：妻子睡过的床，人去床空。

〔译诗〕

重游苏州阊门旧地，

啊，一切都变得面目全非。

当年我和爱妻同来这里，

为什么不能同时返回？

梧桐半死在一场清霜之后，

白头鸳鸯失伴孤飞。

荒原的青草上，

露珠儿已经晒干。

旧居和新坟，都有我

对她满怀深情的依恋。

躺上空床听着南窗外的雨声，

谁能再来为我挑灯缝补衣衫？

〔说明〕

这首词是悼念亡妻的，写得哀恸沉痛，表现了作者夫妻之间的深厚感情，抒写了作者对妻子的深切怀念。作者的妻子死在苏州，现在他旧地重游，心头无比哀痛。

捣 练 子

其 一

收锦字①，下鸳机②，净拂床砧夜捣衣③。

马上少年今健否④，过瓜时见雁南飞⑤。

〔注释〕

①锦字：用锦织成的字。据《晋书》载，窦滔妻苏氏，曾织锦为《回文璇玑图》诗，寄给远方的丈夫。此指妻子寄给丈夫的信。

②鸳机：带有鸳鸯图饰的织机。

③床砧：带支架的捣衣石。

④马上少年：指女子的丈夫。

⑤瓜时：瓜代之时。《左传·庄公八年》："齐侯使连称、管至父戍葵丘，瓜时而往，曰：'及瓜而代。'"是说明年瓜熟时节派人接替。后因称任职期满由他人接替为瓜代。

〔译诗〕

把写给丈夫的书信收起，

走下刻着鸳鸯图饰的织机，

把捣衣石拂拭得干干净净，

趁着夜色，为你捣衣。

　　骑在马上的那位少年啊，
　　如今是否还有一个健壮的身体？
　　接替你的日子已经过期，
　　却仍在空望北雁向南飞去！

〔说明〕

　　这首诗写一个女子，丈夫久出不归，而她却愁绪满怀，夜不能寐。在丈夫该回来的时候，空见大雁南飞，却没有丈夫的音讯。

其　二

　　砧面莹①，杵声齐②，捣就征衣泪墨题③。
　　寄到玉关应万里④，戍人犹在玉关西。

〔注释〕

　　①砧：捶衣服时垫在下面的石头。莹：光洁。
　　②杵（chǔ 楚）。捣衣棒。
　　③泪墨题：用和着泪水的墨汁写信。
　　④玉关：玉门关。在今甘肃敦煌县西。应万里，应该有万里之遥。
　　⑤戍人：防守边关的军人，这里指女子的丈夫。

〔译诗〕

　　光洁的玉砧上，

　　捶衣声十分整齐。

　　泪水研出浓墨，

　　把心里话写上捶好的征衣。

　　征衣寄到玉门关去，

　　应该有一万里的距离。

　　可是我的亲人哪，

　　还在玉门关以西！

〔说明〕

　　这首词，写一个女子，一边捣衣，一边怀念远征的亲人。衣服捣好后，又一边流泪一边给亲人写信，要一同寄给远在边关的丈夫。

其　三

　　斜月下，北风前，万杵千砧捣欲穿。

　　不为捣衣勤不睡，破除今夜夜如年①。

〔注释〕

　　①夜如年：夜长如年。形容难以入眠。

〔译诗〕

　　月儿斜斜地挂在天边，

北风呼啸着吹过面前。

衣杵捣在砧面上，

千下万下差点儿捣穿。

连夜捣衣不去睡眠，

不是因为活儿忙不完。

今夜，为的是破除——

这漫长如年的夜晚。

〔说明〕

    这一首诗写捣衣女子连夜捣衣，并不是因勤劳而去捣的，而是因为心中思念远去的丈夫，而夜不能眠，只好以捣衣来度过这漫漫长夜。

谢 逸

谢逸（？～1113），字无逸，号溪堂。宋代临川（在今江西省）人。屡次参加科举考试不中，一生没做过官。他曾做过蝴蝶诗三百多首。

著有《溪堂词》。

花 心 动

风里杨花①，轻薄性；银烛高烧心热②。
香饵悬钩③，鱼不轻吞，辜负钓儿虚设。
桑蚕到老丝长绊④，针刺眼⑤，泪流成血。
思量起，拈枝花朵⑥，果儿难结。

海样情深忍撇⑦，似梦里相逢，不胜欢悦。
出水双莲⑧，摘取一枝，可惜并头分折。
猛期月满会姮娥⑨，谁知是初生新月。
折翼鸟，甚是于飞时节⑩。

〔注释〕

①杨花二句：用随风飞舞的杨花比喻情人的感情飘浮不定。

②银烛句：这句是说自己的感情炽烈，象银烛一样燃烧着。

③香饵三句：是说自己如同设饵钓鱼，结果是枉费心机，对方全不

理睬。

④丝：思的谐音。绊：束缚。这句是暗喻自己摆脱不了相思之情。

⑤针刺二句：形容自己像以针刺眼一样痛苦。

⑥拈：用手指轻取。以下两句是以折下的花枝不能结果，比喻自己的努力没有结果。

⑦忍：这里是不忍心的意思。撇（piē）：丢弃。

⑧出水双莲：指并蒂莲。以下三句是比喻自己和情人如同并蒂莲被分别折走一样分离。

⑨猛期：迫切希望。月满：满月。姮娥：嫦娥。以下两句是说自己和情人不能象满月一样永在一起团圆。

⑩于飞：古时指凤和凰一起飞翔。这句是指自己比作折断翅膀的鸟儿，不知道什么时候才能与情人比翼齐飞。

〔译诗〕

春风里的杨花柳絮，
它的性情飘浮不定。
点燃高高的银烛，
我心里也燃起炽热的感情。

鱼儿见了香饵也不轻易吞咽，
枉费了我的心机一片。
桑蚕到死也不忘吐丝，
我怎能不把他思念。

针刺双眼，泪流成血，

我心中比这还痛苦不安。
仔细想来，折下的花儿，
再想结果也实在是难。

我对他的恋情深似大海，
怎能忍心撇在一边？
我们好似在梦里相逢了，
欢乐的情绪在心中充满。

并蒂莲开花露出水面，
折走一枝，这分离令人遗憾。
多么期望月儿早一点圆，
谁知夜空中则是新月一弯。

我好像一只鸟儿，
把翅膀不幸折断。
何时才能像凤与凰那样，
与情人比翼飞上蓝天。

〔说明〕

　　这首词描述一个女子利用种种形象的比喻，说明自己失去恋人之后，不能和情人团圆的痛苦心情，她的爱，大胆泼辣，情真意切，十分感人。

周邦彦

　　周邦彦（1087～1121），字美成，号清真居士，北宋钱塘（今浙江杭州）人。曾任地方官职多年。他精通音律，能自度曲。他的词多写男女恋情和离愁别恨，有一定的局限性。有《片玉集》。

蝶 恋 花

早 行

月皎惊乌栖不定，更漏将阑①，辘辘牵金井②。
唤起两眸清炯炯⑤，泪花落枕红绵冷。

挈手霜风吹鬓影，春意徘徊。别语愁难听④。
楼上阑干横斗柄⑤，露寒人远鸡相应。

〔注释〕

　　①漏：古代计时的器具。阑：残尽。这句是说更深漏尽，天快亮了。

　　②辘辘（lì lù 厉鹿）：指井上的辘轳转动声。金井：井的美称。

　　③眸：眼里的瞳仁。炯炯：明亮的样子。

　　④别语：分别的话。

⑤阑干：纵横交错的样子。斗柄：北斗星第五、六、七颗星，如同古代酌酒的斗把，因称斗柄。这里指北斗星。

〔译诗〕

月光皎洁，

照得乌鸦栖息不定。

天快亮了，

井上传来辘轳声声。

唤醒了她——

那一双清亮亮的眼睛，

泪水立即涌出，

浸得红棉枕湿冷。

她紧握我的手，

鬓发上掠过阵阵寒风。

离去的心意徘徊不定，

分别的话语更是愁苦难听。

楼顶斜挂着北斗，

披着寒露，人已远行。

公鸡的阵阵啼叫，

遥相呼应，为之送行。

〔说明〕

这首词描述一对恋人在秋季的早晨，即将离别时难舍难分的情态，月光灼灼，栖鸦惊飞，天快亮了，阵阵辘轳声唤醒了一对恋人，四目相对，泪湿红枕，他们扯着手儿，欲说又止，别愁满怀。送走了恋人，天色已是大亮，传来一阵阵鸡鸣。

早 梅 芳

别 恨

花竹深，房栊好^①，夜阒无人到^②。
隔窗寒雨，向壁孤灯弄余照。
泪多罗袖重，意密莺声小^③。
正魂惊梦怯，门外已知晓。

去难留，话未了，早促登长道。
风披宿雾^④，露洗初阳射林表^⑤。
乱愁迷远览^⑥，苦语萦怀抱^⑦。
谩回头^⑧，更堪归路杳^⑨！

〔注释〕

①栊（lóng 龙）：窗上的格子。

②阒（qù 趣）：寂静。

③莺声：形容所别女子说话的声音。

④宿雾：夜雾。

⑤表：外。林表，树林之外。

⑥乱愁：作别人心绪愁乱。览：看。是说因心绪愁乱，至使双眼迷蒙看不清远处的景物。

⑦苦语：指作别人说的话，这句是说，离别的话萦绕于胸怀之间。

⑧谩：慢。

⑨更堪：更加。杳：遥远得没有尽头。

〔译诗〕

花丛竹林幽深，

房屋窗棂美好，

寂静的夜晚无人来到。

窗外淅淅沥沥落着寒雨，

孤灯的余光向墙壁照耀。

泪水沾湿了她的衣袖，

情意缠绵，话语像莺声微小。

正神魂不定，睡不安寝，

门外天已破晓。

离去之意难以挽留，

知心的情话还没说了，

时光督促早点登上远行道。

晨风披着茫茫夜雾，

树林外旭日初照。

愁肠使我看不清远处景物，

离别的话语在胸间萦绕。

缓缓回头望去，

归来的路更加虚无缥缈。

〔说明〕

这首词写的是男女别离之情。从别前写到别后，两情绵绵，语重心长，难分难舍，情真意切。此一去何时才能归来，难以预测，更为揪心。

无名氏

九 张 机

其 一

一张机，织梭光景去如飞^①。

兰房永夜愁无寐^②。

呕呕轧轧^③，织成春恨，留着待郎归。

〔注释〕

①光景：时光。

②永：长。

③呕呕轧轧：织机的响声。

〔译诗〕

　　一张织机哟，

　　时光伴着织梭，

　　流失如飞。

　　兰房里长夜深沉，

忧愁使我不能安睡。

轧轧的织机声里，

织出爱的惆怅，

等待情郎回归。

其 二

两张机，月明人静漏声稀^①。

千丝万缕相萦系。

织成一段，回纹锦字^②，将去寄呈伊^③。

〔注释〕

①漏声稀：指夜深了。到了深夜，漏壶里水少了，漏得就慢，所以说漏声稀。

②回纹锦字：把回文诗织成锦字。回文诗，一种诗体，可以反复回旋阅读，多属文字游戏。锦字，用锦织成的字。古代多用来指妻子寄给丈夫的书信。

③伊：彼。指自己的情人。

〔译诗〕

两张织机哟，

月光明亮，

人声静寂，

计时漏壶慢慢滴。

心中相思情，

千丝万缕缠在一起。

在这丝锦上，

织上回文诗句，

拿来寄给你。

其 三

三张机，中心有朵耍花儿^①，

娇红嫩绿春明媚。

君须早折^②，一枝浓艳，莫待过芳菲。

〔注释〕

①耍花儿：指织锦上的花儿。耍：有趣、可爱的意思。

②君须三句：是说要珍惜爱情，不要虚度年华。过芳菲：过了花草
的香美时期。

〔译诗〕

三张织机哟，

织锦的中心，

有可爱的小花一朵。

花儿娇红，

叶儿嫩绿，

枝头缀满明媚春色。

这爱的浓艳花枝，

希望你早点来采摘，

莫让芳华虚过。

其　四

四张机，鸳鸯织就欲双飞。

可怜未老头先白。

春波碧草，晓寒深处，相对浴红衣①。

〔注释〕

①红衣：彩色的羽衣。浴红衣，是指鸳鸯戏水。

〔译诗〕

四张织机哟，

丝锦上织出一对鸳鸯，

展翅想要飞翔。

可怜啊，没等衰老，

我已头白如霜。

碧草萋萋，

春波荡漾，

清晨最冷的时候，

多情鸟的两两相对，

洗浴着彩色的翅膀。

其 五

五张机，芳心密与巧心期①。

合欢树上枝连理②。

双头花下，两同心处，一对化生儿③。

〔注释〕

①芳、巧。美好的意思。

②合欢树：一种落叶乔木，小叶夜间成对相合，夏季开花，亦称合欢花。枝连理：两树的树枝连在一起。

③化生儿。蜡制婴儿形象。古代习俗，七夕以蜡制婴儿浮于水中游戏，祈祝妇女生子。

〔译诗〕

五张织机哟，

一个共同的期望，

藏在两颗美好的心底。

我们要像合欢树那样，

两树的枝儿结成连理。

在双头花下，

我们心心相印的地方，

一对蜡制的婴儿，

游动嬉戏。

其 六

六张机，雕花铺锦半离披①。
兰房别有留春计②。
炉添小篆③，日长一线，相对绣工迟。

〔注释〕

①离披：分散的样子。

②兰房：女子居室的美称。

③炉：香炉。篆：汉字的一种字体。这里指篆文形的炉香，亦称香篆。

〔译诗〕

  六张织机哟，

  雕花的床上，

  铺着的锦被十分散乱，

  在我居住的小屋里，

  另有妙计留住春天。

  香炉中添一柱篆香，

  天色长了一线香的时间。

  我手中的绣工活儿，

  却显得这样迟缓。

其 七

七张机，春蚕吐尽一生丝。
莫教容易裁罗绮①。
无端剪破，仙鸾彩凤②，分作两边衣。

〔注释〕

①罗绮：有花纹的丝织品。

②仙鸾彩凤：古时以鸾凤比喻夫妻。这里指带有鸾凤图案的织锦。

〔译诗〕

　　七张织机哟，
　　我像吐尽丝的春蚕一样，
　　心中充满了寄托。
　　不要随意剪裁，
　　这象征美好姻缘的丝罗。
　　一旦那上面的仙鸾和彩凤，
　　无缘无故被人剪破，
　　做成的两件衣衫上，
　　又要一边分飞一个。

其 八

八张机，纤纤玉手住无时①。
蜀江濯尽春波媚②。
香遗囊麝③，花房绣被，归去意迟迟。

〔注释〕

　①纤纤：美好的样子。

　②濯：洗涤。

　③遗：遗留。

〔译诗〕

　　八张织机哟，

　　洁白纤细的双手，

　　在织机上不停地忙。

　　流水潺潺的蜀江，

　　失去了春波荡漾。

　　麝香的囊袋里，

　　阵阵清香。

　　春光迟迟不愿离去，

　　留恋这铺着绣被的花房。

其 九

九张机，一心长在百花枝。

百花共作红堆被①。

都将春色②，藏头裹面，不怕睡多时。

〔注释〕

①百花句：这句是说百花落红，堆叠如被。

②都：全。

〔译诗〕

九张织机哟，

我一心一意，

永远生活在百花枝中。

那堆集的锦被，

是百花的落红。

让明媚的春色，

把我全身埋进花丛。

但愿我能够，

在这里长睡不醒。

〔说明〕

曾慥（zào 造）《乐府雅词》中第一组《九张机》有序：

《醉留客》者，乐府之旧名；《九张机》者，才子之新调。凭忧玉之清歌，写投梭之春怨，章章寄恨，句句言情。恭对华筵，敢陈口号。"这一组诗，写的都是织锦少女对恋人的一往情深。她深夜织锦，等待情郎归来；她把回文诗织成锦字，寄给恋人；她劝慰情人不要虚度年华；她织出的鸳鸯鸟栩栩如生；她向往着与情人同心相结；她期待着留住爱情的春光；她也不时地担心爱情的意外破裂……。这一组诗，从各个不同的角度，描述了织锦少女对爱情的忠贞和对情人的期望。可以说，象《九张机》这样把爱情与劳动相结合进行描述的组诗，在古代爱情诗中是比较少见的。

无名氏

九 张 机

其 一

一张机，采桑陌上试春衣①。

风晴日暖慵无力②

桃花枝上，啼莺言语③，不肯放人归。

〔注释〕

①陌：田间小路。

②慵：懒。

③啼莺二句：人被枝头黄莺儿的啼叫迷住，仿佛是黄莺儿有意不让
人归去。

〔译诗〕

　　一张织机哟，

　　在田间的小路上，

　　穿着新衣去采桑。

　　暖融融的天气多么晴朗，

深身无力懒洋洋。

桃花枝头，

黄莺儿在歌唱。

这美妙的歌声啊，

绊住我归去的脚步不放。

其 二

两张机，行人立马意迟迟①。

深心未忍轻分付②。

回头一笑，花间归去，只恐被花知。

〔注释〕

①行人：指即将远行的情人。立马：停马。

②深心句：是说深藏的心意不好意思轻易表露出来。

〔译诗〕

两张织机哟，

心上的人就要走远，

在这儿停马迟疑不前。

知心的话儿在心底隐藏，

怎好意思说在当面。

沿着花间小路走去，

回头一笑充满眷恋。

真担心我的心事，

被四周的花儿看穿。

其 三

三张机，吴蚕已老燕雏飞^①。

东风宴罢长洲苑^②。

轻绡催趁^③，馆娃宫女^④，要换舞时衣。

〔注释〕

①吴：吴地（今江苏苏州一带）。盛产蚕丝。

②长洲苑：春秋时吴国国王游猎的园地。

③轻绡（xiāo 肖）轻薄的丝绸。催趁：催促、赶趁。

④馆娃宫：吴王夫差特地建造给西施居住的宫殿。

〔译诗〕

三张织机哟，

吴地的蚕儿就要做茧，

小燕子在天空中飞旋。

东风吹过长洲苑，

这里，盛宴已散。

织机上的轻纱薄丝，

在日夜兼程地催赶。

是因为馆娃宫的宫女，

要把换季的舞衣更换。

其 四

四张机，咿哑声里暗颦眉①。

回梭织朵垂莲子②，

盘花易绾③，愁心难整，脉脉乱如丝④。

〔注释〕

①咿哑：织机响声。颦眉：皱眉。

②垂莲子：是"垂怜子"的谐意，暗喻"爱你"的意思。

③盘：回绕，弯曲。绾：盘结。

④脉脉：含情欲吐的样子。

〔译诗〕

四张织机哟，

咿咿哑哑的织机声里，

眉头上蹙结着心烦。

梭子来去织上一朵垂莲子，

表达我爱你的心愿。

弯曲的花儿盘结容易，

愁苦的心绪梳理太难。

我这含情脉脉的心啊，

好似那乱丝一团。

其 五

五张机，横纹织就沈郎诗①。

中心一句无人会。

不言愁恨，不言憔悴，只凭寄相思。

〔注释〕

①沈郎：指南朝诗人沈约。

〔译诗〕

五张织机哟，

在横纹的丝锦上，

把沈郎的诗句织成。

这诗中间的一句，

却没有人能看懂。

不说那些离愁别恨了，

也不说我憔悴的面容，

只是埋头织呀织呀，

把相思情织进丝锦中。

其 六

六张机，行行都是耍花儿。

花间更有双蝴蝶①。

停梭一饷②，闲窗影里③，独自看多时。

〔注释〕

　①更有：还有。

　②一饷：片刻。

　③闲窗句：在阳光悄悄照进来的窗子里。

〔译诗〕

六张机哟，

锦上的缕缕行行，

都有耍戏的花儿织在上边。

还有一对蝴蝶，

飞舞在花儿之间。

停下织梭片刻，

在照进窗子的阳光下，

我独自一人，

把那花儿蝴蝶看了半天。

其 七

七张机，鸳鸯织就又迟疑。

只恐被人轻裁剪①。

分飞两处，一场离恨，何计再相随？

〔注释〕

①轻：漫不经心。

〔译诗〕

> 七张织机哟，
>
> 织好了一对对鸳鸯，
>
> 心中又有些迟疑。
>
> 真担心织好的爱情之鸟，
>
> 被人随意剪裁分离。
>
> 一场离别的怨恨。
>
> 使一对鸳鸯分飞两地。
>
> 有什么好主意啊，
>
> 能让它们重聚在一起？

其　八

> 八张机，回纹知是阿谁诗？
>
> 织成一片凄凉意。
>
> 行行读遍，厌厌无语①，不忍更寻思。

〔注释〕

①厌厌：愁苦的样子。

〔译诗〕

八张织机哟，

这首回纹诗，

出自谁的手上？

我满怀的悲伤，

也织进这回纹诗行。

读遍这行行诗句，

愁苦得无话可讲。

我再也不忍心，

去把那诗句仔细思量。

其 九

九张机，双花双叶又双枝。

薄情自古多离别①。

从头到底，将心萦系，穿过一条丝。

〔注释〕

①薄情：指薄情郎。

〔译诗〕

九张织机哟，

花儿成双，叶儿成双，

枝儿也是双的。

薄情的人啊，

从不把离别放在心里。

拈起一条丝线，

把花儿、叶儿、枝儿，

连同我的心意，

从头到尾穿在一起。

〔说明〕

这是《九张机》的第二组。这一组诗也是描绘织锦少女的劳动与爱情生活的。她在田间采桑，听着莺啼，流连忘返；她送情人远行，想说说心里话，又没说出口；她在织机旁，寄托自己的深切思念；她同样害怕象征爱情的鸳鸯的离散；她对爱情坚贞不渝……，充分描绘出织机旁的少女栩栩如生的形象。

无名氏

御 街 行

霜风渐紧寒侵被，听孤雁声嘹唳①，
一声声送一声悲，云淡碧天如水。
披衣告语②："雁儿略住，听我些儿事。

"塔儿南畔城儿里，第三个桥儿外，
濒河西岸小红楼③，门外梧桐雕砌④。
请教且与、低声飞过，那里有人人无寐⑤。"

〔注释〕

①嘹唳（liáo lì 辽力）：高空中雁鸣声。

②披衣告语：诗人被雁鸣惊醒，披上衣服起来对大雁说。

③濒河：靠近小河。红楼：指自己思恋的那个女子的住处。

④雕砌：雕花的石头砌成的台阶。

⑤人人：那个人，指所爱人。

〔译诗〕

风霜紧逼的秋夜多么寒冷，
离群的孤雁啼叫声声，

夜空碧蓝好似一汪清水，
一声声送来了雁儿的悲鸣。
披上衣服起床去告诉大雁，
"雁儿啊，请你稍停一停，
我有件心事要说给你听。

"宝塔南边有一座古城，
第三座小桥外流水丁冬，
靠近河西岸的小红楼里，
门外雕花石阶旁栽两棵梧桐，
当你从那儿飞过的时候，
请千万放低你的啼声，
这是因为我心上的人儿，
一定在那里还没有入梦。"

〔说明〕

　　这是一首写思念心上人的诗。寒夜雁鸣，惊醒诗人，他披衣坐起来，请求大雁飞过心上人所住的那个地方时，小点声儿鸣叫，勉得让她也睡不着觉。这种关怀体贴之情，通过具体的生活细节表达出来，这比直接描写相思，更具有一种感人至深的艺术魅力。

蔡 伸

蔡伸（1088～1156），字伸道，自号友古居士，莆田（今福建省内）人。宋徽宗时进士。做过太学博士和徐州等地的地方官。有《友古词》。

长 相 思

我心坚，你心坚。
各自心坚石也穿，谁言相见难？

小窗前，月婵娟①。
玉困花柔并枕眠，今宵人月圆。

〔注释〕

①月婵娟：月亮美好的样子。

〔译诗〕

我爱你的心坚，
你爱我的心坚。
各自心坚的力量，
能把石头洞穿，

谁说你我难以相见?!

小小的窗前,
月儿更加美满。
玉也困倦,花也柔软,
碧玉鲜花并枕而眠,
今夜人也团圆,月也团圆。

〔说明〕

这首词是以一个女子的口吻,述说自己与情人只要专心如一,就能得到爱情上的圆满。词的上片抒情,下片写景,景中有情。

王娇红

王娇红，又名娇娘，北宋末年蜀（今四川）人。生平不详。

寄别申生①

月有阴晴与圆缺，人有悲欢与离别。
拥垆细语鬼神知②，拚把红颜为君绝③。

〔注释〕

①申生：作者表兄申纯。

②拥：抱着。垆（lú 炉）：通"炉"字。这里指铜手炉。

③拚：舍弃，不顾惜。红颜：女子美丽的容颜。这里指女子的性命。

绝：绝世，死。

〔译诗〕

月亮有阴有晴，
月亮有圆有缺；
情人就好像那天上的月儿，
也有着悲欢和离别。

抱着手炉自言自语，

鬼神知道我的内心世界。

我愿献出这美好的青春，

让生命为你而断绝！

〔说明〕

　　王娇红与表兄申纯自订终身，她的父亲极力反对，并将她许配给别人。王娇红悲愤之下，积怨成疾，不幸死去。这首诗就是她生前寄给申纯的，表述了她至死坚贞不渝的相爱之心。

李清照

　　李清照（1084～1151?），号易安居士，济南（今山东济南）人。丈夫赵明诚，历任知州等职，是金石家。

　　李清照的诗词、散文都有很高的成就，她是我国宋代著名的女词人。她的诗词作品，前期多为闺情一类；到了后期，社会动乱，国破家亡，凄凉的身世，深刻地影响了她的创作，促使她写出一些思想内容更为深刻的作品。

　　李清照的词在语言艺术上造诣很深。她的作品散失很多，今存《漱玉词》一卷。

一　剪　梅

　　红藕香残玉簟秋①，轻解罗裳，独上兰舟。
　　云中谁寄锦书来②，雁字回时，月满西楼。

　　花自飘零水自流，一种相思，两处闲愁，
　　此情无计可消除，才下眉头，却上心头③。

〔注释〕

　　①红藕香残：指荷花凋谢。玉簟（diàn 电）秋：从竹席上感到了秋天的凉意。玉簟，席子的美称。以下三句，是写她和爱人分别时的情景。

②锦书：即帛书。古时有鸿雁传帛书的故事。以下三句写她在家里盼望爱人让鸿雁捎信来。

③却上心头：以上三句是说，紧皱的眉头刚刚舒展开，心里又把这情意想起来了。

〔译诗〕

> 亭亭玉立的荷花已经凋残，
> 草席上迎来一个凉爽的秋天。
> 轻轻换下丝罗衣裳，
> 送他独自踏上远行的小船。
>
> 蓝天上的白云寄托我的思念，
> 我在等待那捎书的大雁。
> 大雁排成人字飞回的时候，
> 正当日光在西楼上撒满。
>
> 像阵阵落花自然飘散，
> 像清清溪水自然流入江川，
> 一种无尽无休的相思情感，
> 是他和我在两地的深切思念。
>
> 这种相思的深切情感，
> 没有什么办法能让它消散。
> 情思刚刚与眉头一同舒展，

却又悄悄地爬上我的心坎!

〔说明〕

李清照婚后不久,丈夫赵明诚就到远处求学去了。这首词就是写她与丈夫分别时的情景以及别后思念丈夫的真挚心情的。词中的景物,无一不带有作者的深切感情。落花、小船、大雁,似乎都与作者的情怀相通。词的下片末两句,对这种离愁的描绘,十分真切。

凤凰台上忆吹箫

香冷金猊①,被翻红浪,起来慵自梳头②。
任宝奁尘满③,日上帘钩。
生怕离怀别苦,多少事,欲说还休。
新来瘦,非干病酒④,不是悲秋。

休休⑤!这回去也,千万遍《阳关》⑥,也则难留⑦。
念武陵人远⑧,烟锁秦楼⑨。
惟有楼前流水,应念我、终日凝眸。
凝眸处⑩,从今又添,一段新愁。

〔注释〕

①金猊(ní 尼):狻猊型的铜香炉。

②慵：懒。

③宝奁（lián 连）：华贵的梳妆镜匣。

④非干：不关。病酒：酒喝多了致使身体不适。

⑤休：罢了。

⑥阳关：这里指《阳关三叠》，是送别的曲子名。

⑦也则：也便。

⑧武陵人远：指丈夫在遥远的地方。陶渊明《桃花源记》说武陵（今湖南常德）有一个渔人曾到过与世隔绝的桃花源。

⑨烟锁秦楼：指自己独居的住处。锁，表示隔绝的意思。秦楼，传说春秋时，秦穆公的女儿弄玉和箫史成婚，住在凤台，即秦楼。

⑩凝眸：注视。处：时，时候。

〔译诗〕

　　　　　金猊铜炉里香火冷落已久，

　　　　　红锦被翻起波浪似的褶皱。

　　　　　起床之后也懒得去梳洗打扮，

　　　　　任凭梳妆匣上落满尘垢，

　　　　　旭日升起好似挂在窗帘的银钩。

　　　　　深怕那离别后的苦愁，

　　　　　多少伤心事，想说又难开口。

　　　　　近来身体不适，逐日消瘦，

　　　　　这可不是因为饮酒伤身，

　　　　　更不是因为悲叹深秋。

　　　　　罢了啊，罢了！

这回他离我远走，

即使唱上千万遍《阳关三叠》

送别的曲子也难把他挽留。

惦念远在他乡的亲人，

我被隔绝在独居的小楼。

唯有楼前的潺潺流水，

应该念念不忘我终日痴情远望的劲头。

从今后当我眺望他的时候，

又增添一段新的忧愁。

〔说明〕

　　这是作者早期的作品。这首词写作者与丈夫赵明诚离别后的思念，通篇倾注了作者的痴情。上片写临别时的情景，下片写离别后的惆怅和孤独。全词笔调十分细腻。

蜀中妇

蜀中妇，宋代人，姓名及生平不详。

菩 萨 蛮

昔年曾伴花前醉①；今年空洒花前泪。
花有再荣时②，人无重见期。

故人情意重③，不忍荣新宠④。
日月有盈亏，妾心无改移。

〔注释〕

①昔年：往年。

②荣：茂盛。

③故人：指已去世的前夫。

④荣：荣耀。宠：宠爱。

〔译诗〕

往年他曾陪着我，

在花前喝得烂醉如泥。

今年只剩我一人，

在花前洒下点点泪滴。

花儿凋谢了啊，
还有重开的春季；
人儿辞世了啊，
再无重见的日期！

故人的情意深重，
无以伦比。
怎忍在新人的宠爱中，
把故人忘记。

天上的日月啊，
都有盈亏的日期，
而我从一而终的决心啊，
永远也不会改移！

〔说明〕

　　据传，蜀中妇姿色美丽，父母可怜她年轻守寡，想让她再嫁。她听说后大哭不止，想在神像前割掉一只耳朵，表明不嫁的决心。父母这才作罢。这是一首表明自己从一而终的节操的诗，既说明她对丈夫有着深切的爱，也带有浓重的封建时代烙印。

谭意哥

谭意哥，宋代人，小字英奴。曾流落长沙为妓。后嫁汝州（今河南临汝）张正字。

寄 张 诗

潇湘江上探春回①，消尽寒冰落尽梅。
愿得儿夫似春色②，一年一度一来归。

〔注释〕

①潇湘：指湖南境内的潇水和湘水。探春：探望春光。这里指春游。

②儿夫：我的丈夫，即张正字。

〔译诗〕

春游潇湘江畔，
带回一片明媚春光。
冰雪消融的大地，
落地的梅花飘散幽香。
但愿我的丈夫能像这春色一样，
每年春天都能回来一趟。

〔说明〕

　　这首诗写作者在春游中，看到冰雪消融，春意盎然，想念起丈夫来了。她希望丈夫能象明媚的春光一样，一年回来一趟。诗中所用比喻，新颖可读。

陆　游

陆游（1125～1210），字务观，号放翁，越州山阴（今浙江绍兴）人。他生于金兵入侵、民族危亡的时代，由于他始终坚持抗金主张，在政治上不断遭到打击。中年以后入蜀，他在军中担任过职务，曾有过雪中刺虎的壮举，戍守过边防要塞大散关。晚年，长期退居山阴，过着清贫的生活。

陆游是南宋杰出的诗人。在他的作品里，贯穿着强烈的爱国主义思想。他的作品气势雄浑，感情奔放，在文学史上独树一帜，影响深远。

陆游的诗今存约九千余首，有《渭南文集》、《剑南诗稿》，后人辑有《放翁词》。

钗　头　凤

红酥手①，黄縢酒②，满城春色宫墙柳。
东风恶③，欢情薄，一怀愁绪，几年离索④。
错，错，错！

春如旧，人空瘦，泪痕红浥鲛绡透⑤。
桃花落，闲池阁。山盟虽在⑥，锦书难托。
莫⑦，莫，莫！

红酥手 黄縢酒 满城春
色宫墙柳 东风恶 欢情薄
一怀愁绪 几年离索
错错错

〔注释〕

①红酥手：红润而又白嫩的手。

②黄縢（téng 腾）酒：黄封酒，用黄纸封口的酒。开头三句是追忆过去夫妻间美满的生活。

③东风：这里比喻破坏了诗人爱情生活的人。

④离索：离群索居，这里指离散。以上两句写作者夫妻被迫离开后的痛苦心情。

⑤红：指泪水沾染胭脂而变红。浥（yì）：沾湿。鲛（jiāo 交）绡：这里指丝织手帕。这句写重逢前妻时的情景：春光和过去一样，前妻的面容却消瘦了，粉泪湿透了绢帕。

⑥山盟：爱情的盟誓如山一样不可动摇。以上两句是说，由于前妻已另嫁，为礼法所限，爱情的盟誓虽在，不能再通书信。

⑦莫：罢的意思，表示绝望。

〔译诗〕

当年，你伸出红润的双手，

捧给我一盏黄縢美酒。

融融的春色充满小城，

点染着宫墙旁的翠柳。

摧残香花的东风实在可恶，

人间的欢情竟如此淡薄。

我满怀着愁苦悲伤的心绪，

经受着几年离散的折磨。

错了啊！一时铸成天大的过错！

今年的春天依然如旧，
几年不见你面容已经消瘦。
此地相逢，你满面泪痕，
泪洗胭脂，手帕已经红透。

娇艳的桃花已经凋落，
这池塘楼台也变得清闲冷寞。
你我的海誓山盟虽然还在，
倾诉衷情的书信却难以相托。
罢了啊！不要再自寻生别的折磨！

〔说明〕

这首词，写的是一个真实的爱情悲剧。陆游原娶表妹唐琬，夫妻相爱。但他母亲不喜欢唐氏，遂被迫离异。陆游另娶，唐琬改嫁。绍兴二十五年（1155）在一次春游中，二人偶然相遇于绍兴禹迹寺南的沈园之中。唐琬以酒肴相待，陆游非常伤感，在园壁上题了这首词。唐琬看见之后，和了一首，此后不久，抑郁而死。

沈　园

其　一

城上斜阳画角哀①，沈园非复旧池台。
伤心桥下春波绿，曾是惊鸿照影来②。

〔注释〕

①画角：绘有彩纹的号角。

②惊鸿：惊起的鸿雁。比喻女子体态轻盈，指唐婉。

〔译诗〕

夕阳照耀着山阴古城，
耳畔传来了号角声声。
漫步来到了故地沈园，
旧日池台旁的花树已经凋零。

一座让人伤心的小桥，
小桥下仍是波碧水清。
当年，她曾来过这里，
绿水照出她轻盈的身影。

其 二

梦断香销四十年①，沈园柳老不吹绵②。
此身行作稽山土③，犹吊遗踪一泫然④。

〔注释〕

①四十年：从沈园重逢至庆元五年（1198），已过了四十四年，这里取其整数。

②绵：柳絮，这句是说沈园的柳树已老，没有花絮了。

③稽山土，当年陆游已七十五岁，因此说自己已经快埋在稽山下了。稽山，即会稽山，在今浙江省中部，主峰在嵊县西北。

④吊：悼念。泫（xuàn 绚）然：水珠下滴的样子，这里指流泪。

〔译诗〕

人已故去，梦也中断，
相逢的旧事已过去四十多年。
沈园里的柳树全都老了，
不再有柳絮在空中飘散。

我年事已高，行动迟缓，
身子都快要埋进会稽山间。
当我来此凭吊当年的遗迹，
仍有一掬老泪涌上双眼。

〔说明〕

在沈园重逢题写《钗头凤》一词四十年之后，此时唐琬早已去世。陆游旧地重游，心情仍然十分激动。又挥笔写下这两首诗，对前妻唐琬表示了深挚的怀念。

十二月二日夜梦游沈氏园亭

其　一

路近城南已怕行，沈家园里更伤情。
香穿客袖梅花在①，绿蘸寺桥春水生②。

〔注释〕

①香穿句：当年浓香盈满游客衣袖的梅花依旧盛开。
②绿蘸句：春水清碧，映得寺桥如同蘸满浓绿。

〔译诗〕

走近城南的路面，
便害怕继续前行。
沈家园亭里的往事，
使我的心情更为悲痛。

当年香气飘满客袖的梅花，
如今迎着春寒开得依然旺盛。
一泓春波荡漾的湖水，
映得寺桥绿意盈盈。

其 二

城南小陌又逢春^①，只见梅花不见人。
玉骨久成泉下土^②，墨痕犹锁壁间尘^③。

〔注释〕

①小陌：田间小路，南北为阡，东西为陌。

②玉骨句：指唐琬早已去世。

③墨痕：指作者壁上题词《钗头凤》。

〔译诗〕

城南田间的小路，
又遇到了一年一度的新春，
一路上只见梅花盛开，
再也见不到心上的亲人。

她的冰肌玉骨，
很久以前便化为黄泉路上的泥土。

相思情深的题词，

在墙壁上落满了灰尘。

〔说明〕

　　这两首诗，是作者八十一岁时因梦而作。当年与爱妻唐琬的悲欢离合，已过去几十年了。老人仍然耿耿于怀，不能淡忘，可见其爱之深切，令人感动。

唐 琬

唐琬，一作唐婉，宋代人，陆游舅父唐闳（hóng 红）的女儿，陆游的前妻。由于陆游的母亲不喜欢她，被迫离婚，后来嫁给赵士程，在抑郁中死去。

钗 头 凤

世情薄①，人情恶。雨送黄昏花易落。
晓风乾，泪痕残。欲笺心事②，独语斜阑③。
难，难，难！

人成各，今非昨。病魂常似秋千索④。
角声寒⑤，夜阑珊⑥。怕人寻问，咽泪装欢⑦。
瞒，瞒，瞒！

〔注释〕

①薄：冷酷的意思。

②笺：表露，倾吐。

③独语：自语。以上两句是说，想说出心事，又怕人听见，只好斜倚阑干自言自语了。

④病魂：痛苦的心灵。这句形容自己心神不定。

⑤角：号角。寒：声音凄凉的意思。

⑥阑珊：将尽。

⑦咽（yàn宴）：吞。

〔译诗〕

世态炎凉，冷酷淡薄，
人心变得十分险恶。
昏时飘来无情风雨，
最易把枝头的鲜花打落。

晨风徐徐来自天边，
我的泪痕已经凋残。
想说出我的心事，
只能自言自语独倚斜阑。
难啊！我的处境多么艰难！

你我天各一方，
今日已不像昨日一样，
我痛苦惆帐的心情，
象秋千的绳索在空中飘荡。

号角声声带着凄寒，
夜晚已经快要度完，
心里害怕有人前来询问，
强咽下泪水装作心欢。

瞒吧！只好违心地隐瞒！

〔说明〕

这首词相传是陆游前妻唐琬为和答陆游的《钗头凤》而作。词中抒发了一个受封建礼教迫害的女子的悲愤与愁苦心情，深刻地揭示了她在爱情上遭受挫折之后，内心所产生的剧烈痛苦。词的上片，开篇两句"世情薄，人情恶"，写得如泣如诉，感人至深。全词字字句句都是对封建礼教的愤怒控诉。

辛弃疾

辛弃疾（1140～1207），字幼安，号稼轩，历城（今山东历城）人。他生长在南宋金兵占领的地区，具有强烈的爱国义主思想，年轻时即组织抗金队伍，出入沙场。他做过几处地方官，但因南宋统治者的排济和打击，先后被免官闲居二十多年。

辛弃疾的词的艺术风格以雄浑豪放著称。他的作品中常常包含着极为强烈的爱国情怀，语言丰富而又生动。但他也写一些清新活泼的作品。他的词对当时和后世影响极大。

著有《稼轩词》。

鹧 鸪 天

东阳道中①

扑面征尘去路遥，香篝渐觉水沉销②。
山无重数周遭碧③，花不知名分外娇。

人历历④，马萧萧⑤，旌旗又过小红桥。
愁边剩有相思句，摇断吟鞭碧玉梢⑥。

〔注释〕

①东阳：今浙江东阳县。

②香篝：熏香的笼子。水沉：即沉香，常绿乔木，是著名香料，放水中则下沉，所以叫水沉。销：通消。消失。

③周遭：四周。

④历历：分明的样子。

⑤萧萧：马鸣的声音。

⑥吟鞭：行吟诗人的马鞭。

〔译诗〕

> 征尘扑面，行程路途遥远，
> 熏笼里的水沉香气已逐渐飘散。
> 无数重峦叠嶂在周围耸立，
> 路边无名的花朵分外娇艳。
>
> 人影清晰，骏马长鸣，
> 旌旗飞过小桥，迎风漫卷。
> 愁思中涌出相思的诗句，
> 边走边吟，不觉把碧玉鞭梢摇断。

〔说明〕

这首词写作者骑马远行，一路上山青花艳，秀美的景色引起作者的思念之情，放缰慢行，不断地吟诵着相思的诗句，不知不觉中鞭梢都摇断了，可见其感情之深。

南 乡 子

舟行记梦

敧枕橹声边①，贪听咿哑聒醉眠②。
梦里笙歌花底去③，依然，翠袖盈盈在眼前④。

别后两眉，欲说还休梦已阑⑤。
只记埋冤前夜月⑥，相看，不管人愁独自圆。

〔注释〕

①敧（qī 欺）：倾斜。敧枕，斜倚着枕头。
②咿哑：摇橹声。聒（guō 郭）：声音嘈杂。
③笙：簧管乐器。
④翠袖：绿色的衣袖。这里指漂亮女子。
⑤阑：尽。梦已阑，指梦已做完了。
⑥埋冤：埋怨。

〔译诗〕

醉后斜倚睡枕，躺在船橹边，
橹声咿呀，搅扰我的睡眠。

睡梦里我追寻笙歌向花丛走去，
一切都依然和过去一般。
她甩动着翠绿的衣袖，
笑盈盈地来到我的眼前。

自从别后，她两眉皱得尖尖，
刚想说说知心话，可惜好梦已完。
依稀记得对前夜月儿的埋怨，
仍像从前一样把我相看。
它完全不管我心中离别的忧烦，
独自在天上变得又亮又圆。

〔说明〕

这首诗写出了作者对一个才貌双全女子的思念之情，连作梦都在与她相会。但，好梦不长，留下的只是对梦境的深切回忆。

南　歌　子

万万千千恨，前前后后山。
旁人道我轿儿宽，不道被他遮得①、望伊难②。

今夜江头树，船儿系那边。

知他热后甚时眠③？万万不成眠后、有谁扇？

〔注释〕

①不道：这里含有不料的意思。他：指轿子。

②伊：第三人称代词，这里指被思念的女子。

③他：指被怀念的女子。

〔译诗〕

万万千千的怨恨涌进心窝，

前前后后的大山包围着我，

不知情的人说我的轿子宽阔，

不料，我眺望情人，

视线却被这轿子拦遮。

今夜里江边的树木交错，

我的小船就在树下系泊。

知道她怕热，啥时候睡得着？

万一睡不着觉，

谁去给她扇凉驱热？

〔说明〕

这是一首怀念情人的词。作者在词中抒发了相思的时的愁苦。"前前后后山"和"轿儿"都成了阻拦他和情人相见的障碍。词的下片又表示了对恋人细微的体贴和关切。

祝英台近

宝钗分^①，桃叶渡^②，烟柳暗南浦^③。

怕上层楼，十日九风雨。

断肠片片飞红^④，都无人管，

　　更谁劝、啼莺声住？

鬓边觑^⑤，试把花卜归期，才簪又重数^⑥。

罗帐灯昏^⑦，哽咽梦中语：

是他春带愁来，春归何处，

　　却不解^⑧、带将愁去！

〔注释〕

　①宝钗：古代女子簪发之物。情人离别时把钗分为两股作为纪念。

　②桃叶渡：渡口名，在秦淮河与青溪合流处。这里是指情人分别的地方。

　⑧南浦：这里是指送别情人的水边。

　④飞红：飞花落红，即飘落的花瓣。

　⑤觑（qù 去）：斜看。鬓边觑，是斜着看鬓边插着的花朵。

　⑥试把二句：试着用查数花瓣的数量，来问卜情人回来的日期。刚刚戴上，又摘下来重数一遍。

　⑦罗帐：丝罗帐子。

　⑧不解：不会。

〔译诗〕

摘下宝钗分成两股，

你与我分别在桃叶古渡。

低垂的柳枝如烟似雾，

层层叠叠遮暗了分手之处。

自此后总是害怕登上高楼，

十天里有九天风狂雨怒。

片片落花令人肝肠寸断，

这残败的景象却无人管顾。

还有黄莺那恼人的啼鸣，

更

有谁人前来把它止住？

我斜着看鬟边的簪花，

试用花瓣来把情人归期预卜。

刚刚戴上，又摘了下来，

一瓣一瓣重新去数。

昏暗的灯火映照着丝罗帐幕，

睡梦中抽抽噎噎把心事哭诉：

都是因为春天的到来，

给我带来这么多的愁苦。

如今，春天到哪里去了？
却不知道把忧愁再带到远处！

〔说明〕

　　这首词写一个与情人离别的女子，在暮春之时看着片片落花，愁绪满怀，盼望情人早日归来。词中的女主人公，用花瓣卜问丈夫归期，透过这一细节，对她盼望情人的心绪，描绘得淋漓尽致。

武　陵　春

走去走来三百里，五日以为期①。
六日归时已是疑②，应是望乡时。

鞭个马儿归去也，心急马行迟。
不免相烦喜鹊儿③，先报那人知。

〔注释〕

　　①期：时间期限。

　　②疑：疑虑。

　　③烦：烦劳。

〔译诗〕

走出去再走回来，
往返路程有三百多里。
出门的时候和她定好，
五天之内是返回的日期。

可是已到第六天了，
一定会引起妻子的疑虑。
她一定是在门前张望，
心情不安而又焦急。

催马儿快跑把鞭子扬起，
向着家门奔去。
马蹄踏踏不停仍嫌太慢，
实在是因为我心里太急。

烦请天上的喜鹊，
展开翅膀快点飞去，
一定让她早点知道，
我已归来的消息！

〔说明〕

这首诗写丈夫外出，和妻子约好五天的期限一定返回。可三百里的路程，却拖延了一天，他设想妻子一定在门口急不可待地远望多时了。马儿跑得极快，却因心急而嫌马儿太慢。为了让妻子早一点得知自己归来的消息，只好托喜鹊先行飞回报告消息。从全篇作品所写的丈夫与妻子急于相会的心情之中，不难看出夫妻间的恩爱之情。

朱淑贞

　　朱淑贞，号幽栖居士，钱塘（今浙江杭州）人，宋代著名女诗人，与李清照齐名。她的诗词清新婉约，蓄思含情。她是一个多才多艺的女子，擅长绘画，通晓音律。她的婚姻极不美满，常有彩凤随鸦的慨叹。她追求心中的爱情，却得不到实现，常在诗词中抒发自己的伤感之情。

　　有《断肠诗集》与《断肠词》。

谒 金 门

春 半

春已半，触目此情无限①。
十二阑干闲倚遍②，愁来天不管。

好是风和日暖，输与莺莺燕燕③。
满院落花帘不卷④，断肠芳草远⑤。

〔注释〕

　　①此情：指春愁。

　　②十二阑干：指十二曲的栏杆。

③输与：不如，比不上。

④满院句：因为伤感不愿看外面的景物。

⑤断肠：悲痛至极。

〔译诗〕

春天已经过去了一半，

春愁还在我心中没完没了地纠缠。

十二曲的栏杆一一倚遍，

这愁情来了，老天都不管。

仲春时节，虽是风和日暖，

我还不如那成双成对的莺燕。

满院的落花不忍心去观看，

无边的芳草更加深悲愁的意念。

〔说明〕

这是一首写闺思的词。仲春时节，无限春愁涌上心头，在爱情生活上，自己形影孤单，都赶不上那双双对对飞舞的莺莺燕燕。诗人的婚姻是极为不幸的，嫁给了一个自己极不满意的男子，曾有"痴汉常骑骏马走，巧妻偏伴拙夫眠。老天若不随人意，不会作天莫作天"的感叹，她的这种不幸境遇以及由此引发的愁情，在这首词中也有一定的表现。

元　夜

火树银花触目红①，揭天鼓吹闹春风②。

新欢入手愁忙里③，旧事惊心忆梦中④。

但愿暂成人缱绻⑤，不妨常任月朦胧⑥。

赏灯那得工夫醉⑦，未必明年此会同。

〔注释〕

①火树：焰火。银花：花灯。

②揭天：冲天。鼓吹：吹吹打打的乐鼓。

③入手：到手。这句是说在愁忙之中享受到会见的欢乐之情。

④旧事句：在回忆或梦中，总是让人想起惊心的旧事。

⑤缱绻（qiǎn quǎn 遣犬）：情意缠绵，欢好如漆。

⑥任：听凭。

⑦赏灯二句：现在哪里顾得上赏灯饮酒，因为明年的这个日子未必
再有相聚的机会了。

〔译诗〕

焰火与花灯映得那满天皆红，

春风里响起冲天的吹打乐声。

愁忙中情人得到相会的欢乐，

惊心往事映现在回忆与梦中。

但愿暂成这情意缠绵的相会，
不妨任凭月亮经常这样朦朦胧胧。
此时哪里还有空闲赏灯饮酒，
明年的元夜未必能再次相逢。

〔说明〕

这首诗写一对相爱的人，在元夜的一次难得的欢聚。过去，他们被迫分别。如今在愁闷之中又意外地相会了。为了珍惜这难得的一面，哪里还有闲心去观灯喝酒呢？

江 城 子

赏 春

斜风细雨作春寒①。

对尊前②，忆前欢③。

曾把梨花④，寂寞泪阑干⑤。

芳草断烟南浦路⑥，和别泪⑦，看青山。

昨宵结得梦因缘⑧。

水云间，悄无言。

争奈醒来⑨、愁恨又依然。

展转衾裯空懊恼⑩，天易见，见伊难⑪。

〔注释〕

①作：引发。

②尊：同樽，酒器。

③欢：情人。

④把：手捧着。

⑤阑干：纵横散乱的样子。

⑥南浦：南面的水边，古人常指送别的地方。

⑦和：带着。

⑧因缘：机缘。

⑨争奈：怎奈。

⑩展转：形容忧思萦怀，心神不安的样子。衾：被子。裯：被单。
懊恼：沮丧而又烦恼。

⑪伊：吴地方言，他。

〔译诗〕

斜风飒飒，细雨涟涟，

斜风和细雨引来一股春寒。

面对斟满美酒的金杯玉盏，

我在把从前的情人苦苦思念。

有多少次，我手捧梨花，

禁不住寂寞的泪水横流腮边。

来到送别的南浦路上，

芳草萋萋，尘烟飘散。
脸上带着离别的泪水，
望着那遮没他身影的青山。

在昨夜的睡梦之中，
偶尔得到一次相聚的机缘。
仿佛是在行云流水之间，
我们悄悄相对，沉默无言。

怎奈醒来之后，
忧愁与怨恨仍在把我纠缠。
满怀的烦恼无处诉说，
裹着被子仍觉心神不安。
与天老爷相见是容易的事，
与他相见为什么这样艰难?!

〔说明〕

这首诗写的是为情人送别的情景，以及别后的苦苦相思之
情。在封建社会里，男子可以三妻四妾，而女人则必须从一而
终。诗人不是那种随遇而安的人，不美满的婚姻，促使她在自
己的感情世界里，有了新的追求。但，重重的阻碍，使得她与
心上人的聚合比见老天爷还要艰难!

观　燕

深闺寂寞带斜晖①，又是黄昏半掩扉②。
燕子不知人意思，檐前故作一双飞。

〔注释〕

①深闺：闺房深处。指女子的卧室。晖：日光。
②掩：关闭。扉：门扇。

〔译诗〕

孤寂的闺房里射进一抹斜阳，
黄昏时，门扉半闭心扉惆怅。
燕子不懂得主人孤独的心意，
故意在房檐前飞成对对双双。

〔说明〕

这首诗写黄昏的时候，一个女子独坐闺房，望着门外双双飞翔的燕子，引起她对情人的思念。写景是为了抒情，这首诗中对燕子成双成对飞翔的描绘，恰好对引发女主人公的烦恼，起到了很好的反衬作用。

姜 夔

姜夔（kuí 魁）（1155～1221），字尧章，号白石道人，宋代饶州鄱阳（今江西省内）人。他一生过着清客的生活。擅长诗词及书法，尤以写词著名，精通音乐。

著有《白石道人诗集》、《白石道人歌曲》等。

踏 莎 行

自沔东来①，丁未元日至金陵②，江上感梦而作。

燕燕轻盈③，莺莺娇软④，分明又向华胥见⑤。
夜长争得薄情知⑥？春初早被相思染。

别后书辞，别时针线，离魂暗逐郎行远。
淮南皓月冷千山⑦，冥冥归去无人管⑧。

〔注释〕

①沔（miǎn 缅）：唐宋州名，在今湖北汉阳。

②丁未元日：宋孝宗淳熙十四年（1187）正月初一。

③燕燕轻盈：喻指体态轻如飞燕。

④莺莺娇软：喻指话语像莺鸣。

⑤华胥：梦里的意思。《列子·黄帝》："黄帝昼寝而梦，游于华胥

氏之国。"后称梦为华胥。

　⑥夜长句：是说长夜难以入睡，薄情郎怎么能知道呢？

　⑦淮南：指合肥。南宋时，合肥属淮南西路的一个县。

　⑧冥冥归去：是说离魂在夜间暗中归去。

〔译诗〕

> 美好的身姿，
>
> 像飞燕一样轻盈；
>
> 甜蜜的话语，
>
> 像莺啼一样娇软。
>
> 分别了多少时日，
>
> 分明又在梦中相见。

> "薄情郎啊，你怎会得知，
>
> 我在相思中长夜难眠！
>
> 虽然说春天刚刚来到，
>
> 我早已被相思之情感染。"

> 分别后，我清楚记得，
>
> 她来信中的一语一言；
>
> 分别之时她缝的一针一线，
>
> 至今我还穿着那些衣衫。
>
> 她满怀离愁的魂魄，
>
> 暗中跟随着我一步步走远。

准南皎洁的月亮，
清冷地照着千座大山。
她的离魂在暗夜独自归去，
路上却无人照料，无人看管。

〔说明〕

这首词写的是作者梦中和情人相见、梦后思念情人的真切感情。二十多岁时，作者在合肥结识了一位"琵琶少女"，分手后对她一直念念不忘。后来，便再也没见过她。作品所流露的感情细腻而又真挚，给人以十分清新的感觉。

长亭怨慢

予颇喜自制曲①，初率意为长短句②，然后协以律③，故前后阕多不同④。桓大司马云⑤："昔年种柳，依依汉南⑥；今看摇落⑦，凄怆江潭。树犹如此，人何以堪。"此语予深爱之。

渐吹尽、枝头香絮⑧；
是处人家，绿深门户。
远浦萦回⑨，暮帆零乱向何许⑩？
阅人多矣⑪，谁得似、长亭树。
树若有情时，不会得、青青如此！

日暮。望高城不见[12]，只见乱山无数。

韦郎去也[13]，怎忘得、玉环分付[14]？

第一是、早早归来，怕红萼[15]、无人为主。

算空有并刀[16]，难剪离愁千缕。

〔注释〕

①予：我。曲：韵文的一种，同词的体式相近，但比较自由，多用口语。

②率意：随意，大致。

③协：协调。律：音律。

④前后阕：词曲的前后段，称前阕后阕。

⑤桓大司马：桓温，东晋人，做过大司马。这段引言，是北周庾信《枯树赋》中的句子，作者误为桓温的话。

⑥汉南：汉水之南。

⑦摇落：飘零凋落。

⑧香絮：柳絮。

⑨浦：水边。萦回：迂回曲折。

⑩向何许：向何处。许，语尾助词。

⑪人：这里指分离的人。

⑫高城：指合肥城。

⑬韦郎：据《云溪友议》载：韦皋游江夏，与青衣玉箫有情，约七年再会。留下一枚玉指环做信物。到了第八年，韦不至，玉箫绝食而死。这里作者借韦郎自指。

⑭分付：吩咐。这里指留赠玉指环之约。

⑮红萼（è 饿）：红花。这里指相爱的女子。

⑯算：推测，料想。并刀：并州产的剪刀，以锋利著称。

〔译诗〕

枝头的柳絮，
在风中渐渐飘尽。
这一带的人家，
门前的柳树绿色更深。
水岸曲曲弯弯伸向远方，
不知飘向何处的零乱帆影，
被暮色一一融尽。

十里长亭的绿树，
有谁能像它那样，
见过那么多离别的人？
绿树若是懂得人的感情，
就不会这样翠绿如云。

太阳落山了，
回望那座高城已经不见，
却只见无数乱山。
我就这样离开了，
却把玉环之约牢记心间。

走后第一件心事就是及早归来，
怕的是那如花的人儿缺少主见。

我的离愁千丝万缕，

就算是有一把并州剪刀，

它也难以将离愁剪断！

〔说明〕

这首词也是为在合肥结识的"琵瑟女"而作。表达了作者与她别离时深切的眷恋之情。词的上片写了分别的时间，是在翠柳飘絮的季节；地点是在河边的十里长亭。下片写别离之后，他仍牢记两人的玉环之约，相思之情更为深切。

鹧 鸪 天

元夕有所梦①

肥水东流无尽期②，当初不合种相思③。

梦中未比丹青见④，暗里忽惊山鸟啼。

春未绿，鬓先丝⑤，人间别久不成悲？

谁教岁岁红莲夜⑥，两处沉吟各自知。

〔注释〕

①元夕：元宵。

②肥水：也作淝水，发源于安徽省合肥西北将军岭。

③不合：不该。种相思，种下相思情。

④丹青：图画。这里指女子的画像。见：现。

⑤鬓光丝：鬓发变白

⑥红莲：红莲灯。

〔译诗〕

溜溜的肥水，

似相思情东流不停。

当初你我在一起，

真不该把相思裁种。

你的身影在梦中朦朦胧胧，

不及画像上那清晰的面容。

突然，在幽暗的夜色里，

山鸟啼醒我的好梦。

春风尚未染绿树梢，

银丝先在鬓边萌生。

难道人间的别离时间久了，

就没有了悲伤与苦痛？

是谁让天各一方的你我，

年年元夜都痴望着那盏盏莲灯，

各自心里都清楚地知道，

这是在共同沉吟相思的苦痛。

〔说明〕

这首词记述了作者在元夕之夜，梦中思念远在合肥的情人琵琶女的事。作者写这首词时，与琵琶女已分别二十多年了。

史达祖

史达祖，（1160～1210?）字邦卿，号梅溪，原籍汴京，家居杭州。宋宁宗时，韩侂（tuō 托）胄当权，他曾参与撰拟文书，后韩北伐失败被杀，他也被处以黥刑（在面颊上刺字），贬死于贫困中。

史达祖的词以咏物著称，有些作品写得清新工丽。著有《梅溪词》。

双 双 燕

过春社了①，度帘幕中间②，去年尘冷③。
差池欲往④，试入旧巢相并⑤。
还相雕梁藻井⑥，又软语商量不定⑦。
飘然快拂花梢⑧，翠尾分开红影⑨。

芳径⑩，芹泥雨润⑪。
爱贴地争飞，竞夸轻俊⑫。
红楼归晚，看足柳昏花暝⑬。
应自栖香正稳，便忘了天涯芳信⑭。
愁损翠黛双蛾⑮，日日画栏独凭。

〔注释〕

①春社：立春后祭祀社神的节日，相传燕子从此时开始北飞。

②度：飞越，穿过。帘幕：指挂满帘幕的住室。

③尘冷：落满尘土，一片冷落景象。

④差（cī 疵）池：形容飞燕尾翼舒张的样子。

⑤相并：双双同栖。

⑥相：看。雕梁：雕花的屋梁。藻井：画有水草图案的天花板。

⑦软语：燕子的呢喃声。

⑧飘然：轻快的样子。拂：形容燕子飞过。

⑨红影：花影。

⑩芳径：散发着花草香气的小路。

⑪芹泥：长有水芹地方的泥土。

⑫轻俊：轻盈、俊俏。

⑬暝：昏暗。

⑭芳信：情书。

⑮翠黛：古代女子画眉的青绿染料。

〔译诗〕

> 过了春社，北归燕，
>
> 飞进垂着帘幕的屋中。
>
> 去年的旧巢落满灰尘，
>
> 透出一股清冷。
>
> 燕子尾翼舒展，
>
> 要双双栖在旧巢之中。
>
>
> 再看那雕梁和彩绘的屋顶，
>
> 又呢喃细语商量不定。

轻快地飞过花梢，
燕尾剪开重重花影。

花草芬芳的小路，
永芹泥土上细雨滋润。
衔泥燕子愿贴着地皮争飞，
竞相夸耀自己的轻俊。
暮色笼罩了红楼，
在这儿看够了花柳迷离的黄昏。

双栖燕贪睡又香又稳，
却忘记了给她捎来情人的书信。
忧愁使她双眉紧蹙，
天天倚着画栏远眺情人。

〔说明〕

　　这是一首咏燕的词，描写一对燕子从南方归来后，重又回到旧巢居住，过着欢愉的生活。可是，它们却忘记了为一位女子传递情书，致使她愁绪满怀，天天独倚栏杆远望，盼望着自己也能象燕子那样成双成对地生活。

易彦祥妻

　　易彦祥妻，南宋宁宗（1195～1224 在位）时人，姓氏与出生地不详，其夫易彦祥（本名易袚，字彦祥，一字彦章），潭州（今属湖南）人，宁宗时状元。

一　剪　梅

> 染泪缄书寄彦祥①。贪就前廊②。
> 忘却回廊③。功名成遂不还乡④。
> 石做心肠，铁做心肠。
>
> 红日三竿未理妆。虚度韶光⑤。
> 瘦损容光⑥。相思何日得成双？
> 羞对鸳鸯，懒画鸳鸯。

〔注释〕

　　①染泪：沾染着泪水。缄书：封上信口。缄，一作修。

　　②贪就：贪图就职。就，一作做。前廊：古代帝王宗庙坐北朝南，庙内北为神室，置已故帝王神主；其前之通廊即为前廊。古代以宗庙代指国家或朝庭，故也称在朝任要职者为"前廊"。

　　③回廊：曲折回环的长廊。这里指家中的长廊。

　　④成遂：顺利地做到。遂，一作就。

⑤韶光：美好的时光。

⑥损：损害。容光：容貌风采。

〔译诗〕

　　　　书信上沾染着泪水，

　　　　封好信口寄给丈夫彦祥。

　　　　你贪恋在朝庭为官前廊。

　　　　忘却了家中的回廊。

　　　　功名虽然顺利地完成了，

　　　　却不再回归故乡。

　　　　莫非你是石做的心肠?!

　　　　莫非你是铁做的心肠?!

　　　　太阳升起三竿子高了，

　　　　我还没心思梳头理妆。

　　　　整天价虚度这美好时光，

　　　　使我身体清瘦，风韵损伤。

　　　　这难解难分的相思啊，

　　　　何时才能使你我成对结双?

　　　　真让我满脸羞愧面对鸳鸯!

　　　　再也懒以提笔绘画鸳鸯!

〔说明〕

这首诗是易彦祥的妻子写给丈夫的。丈夫外出赴考，中了状元，却不再回家与妻子欢聚。妻子含泪写下书信，劝说丈夫早日回乡团聚。丈夫不归，使妻子的心情凄苦异常，整日不梳不洗，虚度年华，日日夜夜想念亲人，她慨然长叹，何时才能让丈夫与自己同时都在相思呢？

吴文英

吴文英（1200～1260）字君特，号梦窗，南宋四明（今浙江宁波）人。一生没做过官。他的词比较讲究词藻格律，但内容空泛，过分追求形式，致使语意晦涩。著有《梦窗词》。

风　入　松

听风听雨过清明，愁草瘗花铭①。
楼前绿暗分携路②，一丝柳③，一寸柔情。
料峭春寒中酒④，交加晓梦啼莺⑤。

西园日日扫林亭，依旧赏新晴。
黄蜂频扑秋千索，有当时纤手香凝。
惆怅双鸳不到⑥，幽阶一夜苔生。

〔注释〕

①草：草拟。瘗（yì 义）：埋葬。铭：铭文，古人常刻在碑上或器物上。

②绿暗：绿枝成荫。分携：分别。

③一丝二句：柳长一丝，情长一寸。

④料峭：形容春天微寒。中酒：饮酒之中，酒至半酣之时。

⑤交加：纷纷交错。

⑥双鸳:一双鸳鸯鞋。这里指被思念的女子的行踪。

〔译诗〕

听着风雨声声,
过了节令清明。
满怀忧愁的心绪,
把葬花的铭文草草写成。

楼前你我分别的地方,
垂柳绿荫正浓。
伴随柳条一丝丝生长,
牵动着我的一寸寸柔情。

饮酒半酣之时,
料峭春风送来阵阵寒冷。
黄莺纷乱的啼叫,
扰乱我拂晓时的梦境。

西园之中孤寂的风景,
我天天来把林中亭台清扫干净。
像过去一样来到这里。
在雨后的晴天里玩个尽兴。

那高悬的秋千索上,

频频扑来一只只黄蜂。
是因为当时她手上的香气，
在绳索上长聚久凝。

可惜啊，她离去已久，
这里再也见不到她的芳踪。
幽暗的石阶上斑斑绿苔，
在一夜之间丛生而成。

〔说明〕

这首词写对一个女子的思念。清明时节，正为起草葬花铭
文而愁恼。在和那个女子分手的地方，柳丝吐绿，更引起柔情
绵绵。西园里的黄蜂正绕着秋千绳索飞来飞去，仿佛是她刚刚
离开，绳索上还留有她手上的芳香。但看到亭台的石阶上已生
了绿苔，才醒悟她已离开很久了。见物思人，触景伤情，再加
上作者奇妙的联想，生动地表达出主人公的一片痴情。

张 炎

　　张炎（1248～1320?），字叔夏，号玉田，又号乐笑翁。先世凤翔（今陕西凤翔）人。寓居临安（今浙江杭州）。他出身世家，是一个贵公子。宋亡，流落四方，后落魄而死。

　　他以词著称，多写个人的哀怨。他很讲究音律。有《山中白云词》传世。

忆 旧 游

过故园有感

记凝妆倚扇①，笑眼窥帘，曾款芳尊②。
步屟交枝径③，引生香不断④，流水中分⑤。
忘了牡丹名字，和露拨花根。
甚杜牧重来⑥，买栽无地，都是消魂。⑦

空存断肠草⑧，伴几摺眉痕，几点啼痕。
镜里芙蓉老⑨，问如今何处，绡绿梳云⑩？
怕有旧时归燕，犹自识黄昏。
待说与羁愁⑪，遥知路隔杨柳门。

〔注释〕

①凝妆：女子的盛装。

②款：款待。尊：古代酒器。芳尊，就是盛满醇香美酒的杯子。

③屧（xiè 泻）：古代鞋中的木底。步屧，这里指漫步。

④生香：新鲜的香气。

⑤中分：从中间穿过。

⑥甚：为什么。杜牧：唐诗人，他曾在扬州住过，与当地青楼女子交往很深。这里以杜牧自指。

⑦消魂：愁苦的样子。

⑧断肠草：亦名烂肠草，入人畜腹内，即粘肠上，半日则黑烂，其花如芙蓉。

⑨芙蓉：这里指女子的面容。

⑩绾：盘结。绿、云：指女子的长发。

⑪羁：羁旅，漂泊在外。

〔译诗〕

记得风华正茂的当年，

她一身整洁的红艳衣衫，

支着扇儿偷偷看我，

竹帘后露出一双笑眼。

为了盛情款待于我，

曾把芳香的美酒奉献。

我们一起出去漫步，

在枝叶交错的小径上，
吸引来的新鲜香气源源不断。
潺潺的流水，
在园林中横穿。

来到一丛牡丹花前，
却忘记了花儿的名字，
顾不得露水沾湿衣袖，
我们一同拨开花根细看。

今天，我重来这里，
既无处去买牡丹，
也无地去栽牡丹，
留下的全是伤感！

人去园空，
断肠草徒然在这里生存。
皱摺的小草细叶，
像她紧蹙的眉头；
草叶上的露珠，
是她痛哭的泪痕。

镜子里，她芙蓉花似的面容，
也该苍老了吧？

试问：她如今在哪里，
梳理她那乌黑的云鬟？
恐怕只有旧时的燕子归来，
还能认出这儿的黄昏。

我多想把漂泊异乡的愁苦，
——向她诉说，
借以表达我的痴心。
可是，和她相见的路已被隔断！
就是远处那扇——
掩映在杨柳中的大门！

〔说明〕

　　这首词是作者回到杭州之后，路过故园，回忆过去与一位女子相爱的旧事。如今景物依然，人已不在，引起作者无限的伤感。

青少年古诗丛书

历代浪漫爱情诗三百首

（四）

辛一村　著

时代文艺出版社

青少年古诗丛书——历代浪漫爱情诗三百首

责任编辑：戚积广

出　　版：时代文艺出版社

　　　　　（长春市泰来街1825号　邮编：130062　电话：86012927）

发　　行：时代文艺出版社

印　　刷：三河市灵山装订厂

开　　本：787×1092毫米　32开

字　　数：377千字

印　　张：20

版　　次：2011年5月第2版

印　　次：2011年5月第3次印刷

书　　号：ISBN 978-7-5387-0921-6

定　　价：119. 20元（全4册）

长 亭 怨

旧居有感

望花外、小桥流水，门巷愔愔①，玉箫声绝。

鹤去台空②，佩环何处弄明月③？

十年前事，愁千折、心情顿别。

露粉风香谁为主④？都成消歇⑤。

　　

凄咽！晓窗分袂处⑥，同把带鸳亲结⑦。

江空岁晚⑧，便忘限尊曾说。

恨西风不庇寒蝉⑨，便扫尽一林残叶。

谢杨柳多情，还有绿阴时节。

〔注释〕

　　①愔（yīn 音）愔：寂静无声的样子。

　　②鹤去：仙鹤飞去。这里用飞去的仙鹤比喻离别远去的女子。

　　③佩环：古代女子身上的装饰物，这里比喻女子。弄明月：指赏玩、吟诵月色美景。

　　④露粉风香：沾露水的花，带香气的风。

　　⑤消歇：凋零，散失。

⑥袂：袖子。分袂，如同说分手。

⑦带鸳：用衣带连在一起，表示结成鸳鸯。

⑧岁晚：年底。

⑨庇：庇护。寒蝉：作者自比。

〔译诗〕

望花丛外的小桥流水，

旧居的门巷十分寂静，

消失了，那熟悉的玉箫声声。

她像仙鹤一样飞走了，

留下的一切都显得空空，

戴着佩环的她呀，

如今在哪里把明月赏玩吟咏？

想起十年前和她的恋情，

千般愁绪在心头汹涌，

惆怅的心情顿时变得沉重。

这里沾着露珠的花，

这里带着香气的风，

都为失去了主人，

变得荒芜凋零。

当年那伤心的哭声，

传出拂晓的窗棂。

我们在这儿分手时，

亲手用带子打成鸳鸯结，

表示我们对爱情的忠诚。

到了年底，江上仍然空荡荡的，

没有她回来的踪影，

一定是她忘了我，

忘了酒席前一番海誓山盟。

可恨呵，凄凉的西风，

你对寒蝉竟如此无情，

就连枝头那几片可以藏身的残叶，

也统统扫除干净。

感谢你，多情的杨柳，

春天来到，你就重展绿阴，

决不让盼春的人空等。

〔说明〕

这首词写作者回到过去曾居住过的地方，睹景生情，想起从前和一位女子的恋情。她和他在这里分别的情景，仍然历历在目。但如今已是人去屋空了，使他心头涌上无限惆怅，甚至产生了人不如草木的感叹。

黄氏女

黄氏女，生平不详，约南宋理宗（1225～1264）时人。

感　怀

其　一

栏干闲倚日偏长^①，短笛无情苦断肠。

安得身轻如燕子^②，随风容易到君旁。

〔注释〕

①日偏长：指白天过得很慢。

②安得：怎得。

〔译诗〕

闲暇时倚着栏杆白日偏长，

无情的笛声使我无比忧伤。

怎么能使我身体轻如燕子，

伴随清风很快飞到你身旁。

其 二

自从闻笛苦匆匆^①，魄散魂飞似梦中。

最恨粉墙高几许，蓬莱弱水隔千重^②。

〔注释〕

①苦：苦于。苦匆匆：这里指笛声消失得太快了。

②蓬莱：古代传说中有瀛洲、蓬莱、方丈三座仙山。弱水：古水名。
古人以为水弱不能胜舟，故名弱水。进而传闻弱水上鸿毛不浮，无
法渡过。

〔译诗〕

      自从听见你的笛声之后，

      总嫌它消散得过于匆匆；

      我的魂魄都飞走了，

      就好像在梦境之中。

      最可恨那粉白的墙垣，

      它有几丈啊，在我们之间高耸！

      像隔断我们的蓬莱山千座，

      像阻拦我们的弱水浪千重。

〔说明〕

　　黄氏的祖父在朝廷做官。她家对面有一旅舍，住着随父亲来临安的书生潘用中。潘常常吹笛消遣。一次，二人在春游时相遇，眉目传情，潘写下感怀情诗一首。此后，二人隔楼相望，互相题诗帕上抛掷。一次，不慎抛落地上，被旅舍老板娘拾到，潘只好向其吐露真情，请她传信。后潘用中随父改换住处，忧思成疾。潘父得知真情后，觉得两家地位悬殊，无法提亲，便拖了下来。不久，旅舍老板娘找来，告知自他们搬走后，黄氏女病得要死，其母也看到了潘用中给女儿的题诗，情愿把女儿嫁给潘用中为妻，遂成全了潘黄二人的姻缘。他们的恋爱故事，传遍京城。

潘用中

潘用中，南宋时人，生平不详。

感　怀①

谁教路窄恰相逢，脉脉灵犀一点通②。

最恨无情芳草路，匿兰含蕙各西东③。

〔注释〕

①题名为译注者所加。

②灵犀：古代传说，犀牛角有白纹，感应灵敏，因之称为灵犀。

③匿：隐藏。含：包藏。

〔译诗〕

是谁，让你和我，

在这条窄路上相逢？

四日相视，脉脉传情，

心领神会，感情相通。

最可恨呀，最可恨——

那芳草路实在无情，

把兰花和蕙草隐藏起来，

一个在西，一个在东！

〔说明〕

这首诗是潘用中路遇黄氏女后，即兴所赋。诗中描写这次
邂逅相遇，使他们互相产生了爱慕之情。可是，在他们走过的
芳草路上，再也找不见他们的踪影了。

萧观音

萧观音（1040～1075），辽代女诗人，名不详，观音为其小字。辽道宗耶律洪基皇后，辽枢密使萧惠之女。善诗词，晓音律，琵琶弹得好。其诗今存《回心院》、《怀古》、《绝命词》等十几首。

回 心 院

其 一

扫深殿①，闭久金铺暗②。
游丝络网尘作堆③，积岁青苔厚阶面。
扫深殿，待君宴。

〔注释〕

①深殿：指皇后居住的处所。

②金铺：大门上衔环的底座。

③游丝：飘浮在空中的蛛丝。络网：蛛网。

〔译诗〕

清扫深深的宫殿啊，

清扫深深的宫殿。

长久关闭的大门，

门上的金铺也交得暗淡。

蛛丝蛛网飘浮在空中，

到处有尘土堆满。

一年又一年生长的青苔，

加厚了石阶的阶面。

清扫深深的宫殿啊，

等待君王前来欢宴！

其　二

拂象床①，凭梦借高唐②。

敲坏半边知妾卧，恰当天处少晖光③。

拂象床，待君王。

〔注释〕

①象床：用象牙装饰的床。

②高唐：战国时楚国台馆名，在云梦泽中。传说楚襄王游高唐，梦遇巫山神女，并与之欢爱。

③天：这里指皇帝。封建社会的伦理纲常：夫为妻之天，君为臣之天。

〔译诗〕

> 掸拂象牙床啊，
>
> 掸拂象牙床。
>
> 只有凭借美好的梦境，
>
> 才能与君王相会在高唐。
>
> 从敲碰磨损的半边床上，
>
> 可以知道是我常睡的地方。
>
> 恰好应当是天子睡卧之处，
>
> 却缺少应有的阳光。
>
> 掸拂象牙床啊，
>
> 等待着来此过夜的君王！

其 三

> 换香枕，一半无云锦①。
>
> 为是秋来展转多②，更有双双泪痕渗。
>
> 换香枕，待君寝。

〔注释〕

①云锦：指绣枕锦面上的云纹。

②展转：翻来覆去睡不着。

〔译诗〕

更换芳香的锦枕啊，

更换芳香的锦枕。

锦枕上有一半的地方，

已经磨光了云纹。

都是因为入秋以来，

彻夜翻身留下了印痕。

更是因为在这半边枕上，

有我的双双泪水渗进。

更换芳香的锦枕啊，

等待着君王前来安寝。

其 四

铺翠被，羞杀鸳鸯对①。

犹忆当时叫合欢②，而今独覆相思块③。

铺翠被，待君睡。

〔注释〕

①羞杀：羞死了，极其害羞。

②合欢：是说男女欢聚。这里是指男女合盖的合欢被。

③块：块垒；郁结之物。

〔译诗〕

铺下翠绿的锦被啊，

铺下翠绿的锦被。

锦被上成双成对的鸳鸯，

都为我独盖此被而羞愧。

回想当年的时候，

尚且叫做合欢被。

而今却只剩下我一人，

覆压着这相思的块垒。

铺下翠绿的锦被啊，

盼望着君王前来伴睡。

其 五

装绣帐，金钩未敢上①。

解却四角夜光珠，不教照见愁模样。

装绣帐，待君贶②。

〔注释〕

①金钩：指挂在帐子上的金钩。

②贶（kuàng 况）：赐与。这里指赐与夫妻间的恩爱。

〔译诗〕

安装绣花的睡帐啊，

安装绣花的睡帐。

那挂在帐子上的金钩，

却没敢把它装上。

从四个角落里，

解下一颗颗夜明珠，

不让它照见。

我忧愁的模样。

装好绣花的睡帐啊，

期待君王把恩爱赐降。

其 六

叠锦茵①，重重空自陈②。

只愿身当白玉体，不愿伊当薄命人③。

叠锦茵，待君临。

〔注释〕

①叠：这里是铺的意思。茵：褥子。

②陈：铺陈。

③伊：你。这里指锦褥。当：担承，托接。

〔译诗〕

铺好锦褥啊，

铺好锦褥。

一层又一层的锦褥，

白白在床铺陈。

但愿能够担承起，

那白玉般的人身。

决不愿这锦褥像我一样，

去当一个薄命之人。

铺好锦褥啊，

期待君王早日来临。

其 七

剔银灯①，须知一样明。

偏是君来生彩晕，对妾故作青荧荧②。

剔银灯，待君行。

〔注释〕

①剔：挑。

②青荧荧：这里指昏暗的样子。

〔译诗〕

挑亮银座的油灯啊，

挑亮银座的油灯。

应当知道，

这银灯总是一样明。

偏偏在君王来的时候，

便有彩色的光晕产生。

可只有我一人的时候，

却变得昏暗淡青。

挑亮银座的油灯啊，

期望君王向我这儿出行。

其 八

张鸣筝^①，恰恰语娇莺^②。

一从弹作房中曲^③，常和窗前风雨声。

张鸣筝，待君听。

〔注释〕

①张：弹奏的意思。

②恰恰：形容古琴和谐的音色。

③房中曲：皇后、妃子演奏的侍奉君王的乐曲。

〔译诗〕

　　　　弹奏起响亮的古筝啊，

　　　　弹奏起响亮的古筝。

　　　　古筝发出的音律，

　　　　如同娇嘀嘀的莺儿啼鸣。

　　　　自从弹唱起房中乐曲，

　　　　常常伴随窗前的风雨声声。

　　　　弹奏起响亮的古筝啊，

　　　　期待着君王前来倾听！

〔说明〕

　　公元 1055 年，辽道宗耶律洪基继位，立萧为懿德皇后，道宗喜狩猎，常常一人独入密林，令人担心。萧上疏进谏，道宗不以为然，并产生反感，恶而远之，久不至萧后宫闱。萧思念心切，作《回心院》诗十首，并谱曲令歌者赵惟一唱给道宗听。道宗深感其情，于是与萧后和好如初。

　　耶律乙辛对萧家势力甚感嫉恨，命人写下《十香词》，命宫女请萧后手书，说是"宋国皇后所作，再请皇后手书，便称二绝"。萧后手书后，对附上《怀古》诗一首，"宫中只数赵家妆，败雨残云误汉王。惟有知情一片月，曾窥飞燕入昭阳。"耶律乙辛得到萧后手书后，命人向道宗诬告，并以《十香词》为证，指出《怀古》一诗中暗含"赵惟一"三字。道宗看后确认无疑。命萧后自尽，将赵惟一灭族，并将萧后裸尸送还萧家。由是铸成千古奇冤。后来天祚帝耶律延禧继位，将此案平反，追赠萧后为宣懿皇后。

《回心院》十首，这里选了八首。作品感情深挚，语言精美。每一篇作品都从一个不同的角度，反映她在宫廷的日常生活中，仍然时时刻刻在想念着君王。"扫深殿"、"拂象床"、"换香枕"、"铺翠被"、"装绣帐"、"叠锦茵"、"剔银灯"、"张鸣筝"等等，就是在这些十分具体的情节中，寄托了她对君王矢志不移的爱恋之意。这些作品中虽然夹杂着一些忠君的思想在内，但仍不失为古代爱情诗中的优秀篇什。

元好问

元好问（1190～1257），字裕之，号遗山，太原秀容（今山西忻县）人，曾做过县令、吏部主事、左司员外郎等官职。金亡后，他弃官不做，致力于金代史料的搜集，从事著作。

元好问是金代著名的诗人。他的作品反映了金元之间的黑暗现实生活，风格雄浑豪放。有《元遗山集》。

摸 鱼 儿

乙丑岁赴并州①，道逢捕雁者，云："今旦获一雁②，杀之矣。其脱网者悲鸣不能去，竟自投于地而死。"予因买得之③，葬之汾水上④，累石为识⑤，号曰雁丘。时同行者多为赋诗，予亦有《雁丘辞》。旧所作无宫商⑥，今改定之。

问人间情是何物⑦，直教生死相许？
天南地北双飞客⑧，老翅几回寒暑⑨！
欢乐趣，离别苦、是中更有痴儿女⑩。

君应有语⑪：渺万里层云⑫，

　　千山暮景，只影为谁去⑬！

横汾路⑭，寂寞当年箫鼓⑮，荒烟依旧平楚⑯。

招魂楚些何嗟及⑰，山鬼自啼风雨⑱。

天也妒⑲，未信与、莺儿燕子俱黄土。

千秋万古⑳，为留待骚人㉑，

　　狂歌痛饮，来访雁丘处。

〔注释〕

　　①乙丑：金章宗泰和五年（1205）。并州：古九州之一，在今山西太原市。

　　②旦：晨。

　　③予：我。

　　④汾水：汾河，黄河第二大支流，在山西中部。

　　⑤累（lěi 垒）：堆叠。为识：做标志。

　　⑥无宫商：缺乏音律。

　　⑦问人间二句：是为殉情的大雁发问，也是对殉情大雁的称颂。

　　⑧双飞客：指双飞的大雁。

　　⑨老翅句：大雁双飞，经历了无数次寒来暑往。

　　⑩是中：此中。痴儿女：痴情者。是说大雁像人一样钟情痴迷。

　　⑪君：指殉情的雁。这句是推测殉情的大雁会这样说。

　　⑫渺：悠远无际的样子。

⑬为谁去：与谁同去。

⑭横汾三句：是对埋葬殉情雁处的描绘。汉武帝曾到汾水一带巡游，如今这里已经没有箫鼓的声响了，只有荒烟和树林。

⑮箫鼓：乐器。

⑯平楚：平林。楚，丛生的灌木。

⑰招魂楚些（suò 朔）：用"楚些"招魂。楚，指《楚辞》，其中有《招魂》一章，句尾多用"些"字。因而这里说"楚些"。何嗟及：嗟何及，嗟叹不及。

⑱山鬼：山神。《楚辞·山鬼》篇中有"东风飘兮神灵雨"句，所以这里说，啼风雨"。

⑲天也二句：殉情雁不会像莺燕那样葬于黄土，它会受到天的嫉妒。

⑳千秋以下四句：是说雁丘将永远受到诗人的歌咏与凭吊。

㉑骚人：屈原作《离骚》，因称屈原或《楚辞》作者为骚人。这里是泛指诗人。

〔译诗〕

我要大声发问：

人间的爱情是什么东西？

它竟让这两只大雁，

以生死相许！

双双飞过天南地北，

几度把严寒酷暑经历。

欢乐的情趣，

苦恼的别离，

它们像人一样，

这里也有痴情的儿女。

殉情大雁一定会这样回答：

"蓝天白云悠远万里，

千山的薄暮之中，

让我和谁一同飞去?"

横渡汾水之路，

当年的箫鼓已经静寂。

只有缕缕荒烟，

还在树梢上飘逸。

大雁死而难以复生，

楚些招魂，感叹不及。

就连山上的女神，

也独自在风雨中悲啼。

殉情的大雁，

不会像莺燕那样速朽于黄土，

这连老天也要妒妒。

让那些诗人们来吧，

千秋万载在大雁的坟丘前，

把酒唱出纪念的歌曲。

〔说明〕

这是一首赞美大雁忠于爱情、为爱情而殉身的词。双飞的大雁，一只遇难，另一只也痛不欲生，竟然投地而死，可见其对爱情的忠贞与专一。诗人由此而发出的感慨，也是感人至深的。

迈 陂 塘

泰和中①，大名民家小儿女②，有以私情不遂赴水者③，官为踪迹之④，无见也⑤。其后踏藕者⑥，得二尸水中，衣服仍可验，其事乃白。是岁⑦，此陂荷花开⑧，无不并蒂者。沁水梁国用时为录事判官⑨，为李用章内翰言如此⑩。

问莲根，有丝多少？莲心知为谁苦？

双花脉脉娇相问，只是旧家儿女⑪。

天已许⑫！甚不教白头⑬，生死鸳鸯浦⑭？夕阳无语。

算谢客烟中⑮，湘妃江上⑯，未是断肠处。

香奁梦⑰，好在灵芝瑞露⑱，中间俯仰千古。

海枯石烂情缘在，幽恨不埋黄土。

相思树，流年度⑲，无端又被西风误，兰舟少住。

怕载酒重来，红衣半落⑳，狼藉卧风雨。

〔注释〕

①泰和中：泰和（1201～1208）年间。

②大名：府名，在今河北大名县东部。

③私情：秘密通情。赴水者：投水自尽的人。

④踪迹之：这里指按行踪影迹进行追查。

⑤无见：没有发现。

⑥踏藕：踩藕。藕生于泥塘中，用脚踩踏以收取。

⑦是岁：这一年。

⑧陂（bēi卑）：池塘。

⑨沁水：县名，在今山西省南部。梁国用：生平不详。录事判官：职官名，掌总录官署文簿，举弹善恶。

⑩李用：生平不详。章：奏章。翰：文辞。章内翰言，奏章里的话。

⑪旧家儿女：指为殉情投水而死的民家儿女。

⑫天已许：天意已经允许。

⑬甚：什么。

⑭浦：水滨。

⑮谢客：南宋诗人谢灵运，出生时，父母担心不能养育，便将他寄养在道馆中，族人名之曰"客儿"，故称为"谢客"。烟中，是说道家"却食吞气"，凭"烟云供养"。可以长寿。

⑯湘妃：传说尧的两个女儿娥皇、女英，嫁给舜为妻，舜南巡死于苍梧山野，娥皇、女英前去寻找，死于湘水之中，成为湘水女神，被人称为湘夫人或湘妃。

⑰香奁：古代女子装梳妆用品的匣子。

⑱瑞露：吉祥的露水。

⑲流年度：年华似水一样流逝。

⑳红衣：指荷花。

〔译诗〕

> 我大声向莲根发问：
>
> 你有多少情丝缠绵在心？
>
> 你爱恋的莲子啊，
>
> 又为谁苦透莲心？
>
>
> 脉脉含情的双花，
>
> 在娇滴滴地互相询问，
>
> 这并蒂的莲花啊，
>
> 是民家少男少女的化身！

他们的恋情难舍难分，

老天爷都已经批准！

咋不让他们像鸳鸯一样白头偕老？

同生共死在这水滨。

夕阳残照，

在默然无语中西沉。

宋人谢灵运寄居道馆，

为了长寿吞食着烟云；

传说中的俄皇、女英，

在湘水里殉情于舜。

算上这些地点，与荷塘相比，

无一处能更令人伤心。

这香艳之情，

伴着灵芝仙草永放芳芬；

这美满结合的好梦，

附着吉祥的露水滋润。

这对少男少女的美梦啊，

将千秋万代永世长存！

即使海枯石烂，

这情缘也不会消泯；

含着满腹的幽恨，

也决不让世俗的黄土埋身！

要像相思树一样，

空中交错枝叶，

地下互缠须根。

时光飞流而逝，

还会有多少情侣，

在西风中无端被拆散离分。

我停船片刻在这荷塘之上，

思绪交得更加深沉。

当我乘船载酒再来，

恐怕会有一半荷花凋零缤纷。

一片狼藉不堪的景象，

在风雨中枝叶横陈⋯⋯

〔说明〕

诗人因一件真实的殉情故事，引发出极深的感触而写下这一诗作。泰和年间，大名府老百姓中有一对青年男女，因为私下相爱未能如愿以偿，便双双投水自杀，官府派人去寻找他们的踪迹，却没有找到，可是，一位采藕的人，却在水塘中发现了他们的尸体。经检验衣服的样式，尚可辨认出这两具尸体就是那对投水的青年男女。由此，此事真相大白。当年，这塘里的荷花开了，没有不是并蒂的。

　　诗人深深为此事所打动，挥笔对这事件做了记录，并抒发了由此而引发的感叹，表明了自己的爱憎观。

商 挺

    商挺（1209～1288），字孟卿，晚年自号左山老人。元代曹州济阴（今山东荷泽）人。做过小官，后因病免职。善书画，写诗千余首，多数散失，《全元散曲》存小令十九首。

步 步 娇

祝 愿

    闷酒将来刚刚咽①，欲饮先浇奠②。

    频祝愿，普天下心厮爱早团圆③。

    谢神天，教俺也频频的勤相见。

〔注释〕

    ①将来：拿来。

    ②浇奠：以酒洒地上，表示对先人或神佛的祭奠或祝愿。

    ③厮爱：相爱。

〔译诗〕

    愁闷中把酒杯斟满，

先在神像前浇奠一番。

心里头频频地祝愿：

祝普天下相爱的有情人，

早日团圆，早日结成亲眷。

感谢神佛，感谢苍天，

让我也和意中人经常见面！

〔说明〕

　　这首曲表现了争取婚姻自由的青年的良好愿望，他们希望普天下的有情人，都能美满地成为眷属。

无名氏

梧 叶 儿

青铜镜①，不敢磨，磨着后照人多。

一尺水②，一尺波，信人唆③，

那一个心肠似我。

〔注释〕

①青铜镜：古人用青铜制镜，磨光后可以照人。

②一尺二句：比喻兴风作浪，无事生非。

③唆：挑唆。信人唆，听信别人的挑拨离间。

〔译诗〕

小小的青铜镜，

不敢再去用力研磨，

磨光后照镜的人太多。

掀起一尺浪，

生出一尺波，

听信别人来挑唆。

哪个人的心肠能像我，

不怕相爱中的波折？

〔说明〕

　　这首小令写一个青年对爱情的无比诚实，即使在相爱中遇到无端的波折，仍然忠于爱情。

四　换　头

　　　　两叶眉头，怎锁相思万种愁。

　　　　从他别后，无心挑绣①，这般证候②，

　　　　　天知道和天瘦③。

〔注释〕

　　①挑绣：挑花绣花。

　　②证候：病症。这里指相思病。

　　③和天瘦：连老天也瘦了。

〔译诗〕

　　　　两条柳叶似的眉头，

　　　　怎能锁住千万种相思之愁。

　　　　自从他离开我以后，

再也没心思把花儿刺绣。

这种相思的病症啊，

老天知道了也要愁得消瘦。

〔说明〕

这首小令写一个女子自从和情人分别之后，整日愁眉不展，无心做活。她暗想，像自己这样痴情想思，老天知道了也要愁得消瘦了。

红 绣 鞋

裁剪下才郎名讳①，端祥了展转伤悲②。

把两个字灯焰上燎成灰③，

或擦在双鬓角，或画作远山眉④，

则要我眼根前常见你。

〔注释〕

①才郎：指有才情的情郎。名讳（huì 晦）：即名字。称"讳"是表示尊敬。

②展转：形容忧思忡忡不得安睡的样子。

③燎：烧。

④远山眉：古代女子常用黛色描眉，形如远山，因而多用远山眉形

容女子眉毛的秀丽。有时也用以代指漂亮女子。

〔译诗〕

> 剪下情郎的名字，
>
> 一边细看一边伤情，
>
> 把这两个亲切的字儿，
>
> 在灯火上烧成灰，
>
> 蘸着它擦在两个鬓角，
>
> 或者用它把双眉画成。
>
> 只要在我的眼根前，
>
> 时时刻刻见到你就行。

〔说明〕

　　这首小令写一个女子望着情人的名字反复细看，因不能相聚而心中生悲。她真想剪下他的名字烧成灰儿，再蘸着那灰儿擦鬓描眉，让情人永远在自己的眼根前面。这首小令构思奇巧，所说燎灰画眉，未必是实，只是反映她思念和热爱情人的一种心情。

红 绣 鞋

长江水流不尽心事,中条山隔不断相思①。

想着你,夜深沉,人静悄,自来时②。

来时节三两句话,去时节一篇词。

记在你心窝里直到死。

〔注释〕

　①中条山:在今山西省南部。

　②自来时:自从你来到之时。

〔译诗〕

　　　滔滔的长江水,

　　　流不尽我的心腹事;

　　　绵亘的中条山,

　　　隔不断我的相思。

　　　想着你啊,心上的人,

　　　沉沉深夜,机不可失,

　　　人们已入睡,万籁俱寂,

　　　是自从你到来之时。

来的时候说上三两句话，

去的时候留下一篇妙词。

把这一切记在你心窝里吧，

记在心窝里一直到死。

〔说明〕

这首小令以长江水比喻心事之多，用中条山比喻情丝难以隔断，表达了青年人热恋中执著、炽烈的感情。

红 绣 鞋

一两句别人闲话，三四日不把门踏。

五六日不来呵在谁家？七八遍买龟儿卦①。

久以后见他么，十分的憔悴煞②。

〔注释〕

①买龟儿卦：古人迷信作法，买来一个龟壳，以火烧灼，从裂纹上看吉凶。

②煞：极。

〔译诗〕

别人说上一两句闲话，

三四天不把我的门坎跨。

五六天不来，是去了谁人家？

七八遍花钱问卜算卦。

久以后见着了他呀，

面容憔悴让我十分心疼死啦！

〔说明〕

这首诗中的女子，因人说咸道淡而失恋，诗中运用十个数字嵌入句头，使女主人公内心的焦虑和渴望情人归来的心态，表现得十分真切。

吴　歌

树头挂网枉求虾①，泥里无金空拨沙。

刺潦树边栽枸橘②，几时开得牡丹花。

〔注释〕

①枉：枉然，白费力气。

②刺潦、枸橘：都是多刺的植物。

〔译诗〕

在树枝上把鱼网张挂，

想捞鱼虾那是枉然的想法；

在黄土里去淘金子，

那是白费力气拨弄泥沙。

刺潦树边栽上枸橘，

什么时候能开出牡丹花?!

〔说明〕

这首诗通过挂网、淘沙、栽树等形象比喻，说明爱情的天平，在性格不合、兴趣不一、好恶各异的情况下，是不会得到平衡的。

吴　　歌

约郎约到月上时，看看等到月蹉西①。

不知奴处山低月出早，还是郎处山高月出迟？

〔注释〕

①蹉（cuō 搓）西：偏西。

〔译诗〕

与情郎约会，

是在月上之时。

可等到月儿偏西，

还不见他的影子。

不知是我这儿山低，

月儿出得太早；

还是情郎那儿山高，

月儿出得太迟？

〔说明〕

这首诗写一个女子与情人约会，一直等到月亮偏西了，他还没来。对情人失约，她心中引起猜测，一定是因为他那儿山太高，把月亮挡住了，所以他还没有来到。这里对她的心理状态，做了细微的描述。

关汉卿

关汉卿（1240？～1310？），号已斋叟，大都（今北京）人。他是元代著名戏曲家，一生生活于伶人歌妓中。对元杂剧和后来的戏曲发展起了很大作用。他的戏曲作品大多暴露了封建统治的黑暗腐败，表现了古代人民特别是青年归女的苦难遭遇和斗争精神。著有杂剧六十多种，现存《窦娥冤》、《救风尘》、《拜月亭》等十几种。

四块玉

别情

自送别，心难舍，一点相思几时绝？

凭阑袖拂扬花雪。

溪又斜，山又遮，人去也。

〔译诗〕

自从送别心上人，

心里充满难分难舍的情感，

一点相思几时能绝断？

挥袖拂去如雪的杨花，

只身倚着栏杆。

溪水拐个弯儿流去，

山峰挡住了我的视线，

心上人啊，一去不复返。

〔说明〕

    这支小令写了一个倚楼思念情人的女子，挥袖拂去如雪的杨花，想念着远离的爱人。对于这种分别，她是不情愿的，但也是无可奈何的。

白　朴

　　白朴（1226～1285?），字仁甫，号兰谷。隩（yù玉）州（今山西河曲）人，后移居真定（今河北正定）。他生于金末，自幼饱经丧乱。金亡后，他不肯做官，每天以诗酒为乐。

　　白朴工于杂剧，与关汉卿、马致远、郑祖光合称元曲四大家。所作杂剧十六种，今存《梧桐雨》、《墙头马上》等三种。著有词集《天籁集》。现存小令三十多首。

喜　春　来

题　情

　　从来好事天生俭①，自古瓜儿苦后甜。

　　奶娘催逼紧拘钳②，甚是严，越间阻越情忺③。

〔注释〕

　　①好事：指男女恋情之事。俭：少。

　　②拘钳：拘束的意思。

　　③间阻：隔断，阻碍。情忺（xiān先）：情投意合。忺，惬意。

〔译诗〕

　　　　恋情好事从来少得可怜，

　　　　香瓜儿自古以来先苦后甜。

　　　　奶娘又催又逼紧来管束俺，

　　　　真个是严上又加严。

　　　　阻隔和障碍越大，

　　　　我们相爱得越欢！

〔说明〕

　　这首小令写一个不惧世情束缚与阻挠的女子，决心与意中人相结合。在封建社会中，男女青年的结合是极为艰难的，许多人在封建礼教的逼迫下，成为牺牲品。这首小令所反映的内容，在这方面是一个大胆的突破。

姚 燧

　　姚燧（1238～1313），字端甫，号牧庵。元代洛阳（今河南洛阳）人。曾做过翰林学士。善写散文。著有《牧庵集》。

凭 栏 人

寄 征 衣

　　欲寄君衣君不还，不寄君衣君又寒。
　　寄与不寄间，妾身千万难。

〔译诗〕

　　　　想给你寄冬衣，
　　　　又怕你不想把家还。
　　　　不给你寄冬衣，
　　　　又怕你天冷受风寒。
　　　　在寄还是不寄之间，
　　　　让我左右都为难。

〔说明〕

这首诗把这个女子对丈夫充满爱恋又充满哀怨的心情，淋漓尽致地表现出来。她担心丈夫在外挨冻，想寄去寒衣，却又怕寄去了寒衣，他反而回不来了。这种矛盾心情，充分地反映出她对丈夫的思念和关心。

马致远

马致远（1250？～1323？），号东篱，元代大都（今北京）人。年轻时做过江浙省务提举，晚年退隐。他是个戏曲家，散曲更著名。他的曲语言朴素新鲜，风格豪放潇洒。

著有杂剧十五种，现存七种；散曲有《东篱乐府》。

寿　阳　曲

其　一

云笼月，风弄铁①，两般儿助人凄切。

剔银灯欲将心事写②，长吁气一声吹灭。

〔注释〕

①铁：铁马。马形铁片，挂在屋檐下，风吹时摆动发出声响。

②剔银灯：挑出灯芯，使之明亮。

〔译诗〕

云儿笼罩着明月，

风儿弄响了薄铁。

这两样事儿，

更助长了心情的凄切。

挑亮了银灯，

想把心中事书写。

长吁了一声之后，

又把灯花儿吹灭。

〔说明〕

这首小令描述了一个女子在月夜之中，听着铁马的响声，想念着心上人，想给他写信，但因心绪不宁，只好作罢。从中可以看出她对情人又爱又恨的微妙感情。

其 二

从别后，音信绝，薄情种害杀人也①。

逢一个见一个因话说②，不信你耳轮儿不热。

〔注释〕

①薄情种：没有情义的家伙。古时女子对所爱男子的昵称。

②因：就。

〔译诗〕

自从和他分别，

连个信儿都没有一个。

真真害死人了，

这个薄情的家伙！

我碰上一个人见着一个人，

都把这件事儿来说。

我就不相信哪，

你的耳轮子一点不热！

〔说明〕

这首小令描述一个女子与心上人分别以后，一直没有他的音信，心中怨恨万般，于是，她便到处去讲述这位薄情郎的事，想通过这种办法，让远在他乡的意中人有所感知。

其 三

从别后，音信杳，梦儿里也曾来到。

问人知行到一万遭①，不信你眼皮儿不跳②。

〔注释〕

①问人句：是说打听你在外的情况，做了有一万次了。知行：知虑与德行。这里指心上人的品德作为。

②不信句：民间迷信说法，有人思念你时，眼皮儿就会跳。

〔译诗〕

自从分别以后，
你的音信杳杳。
在睡梦里边，
你也曾来到！

对你在外的情况，
向人打听了一万多遭。
我就不相信啊，
你的眼皮儿一点不跳！

〔说明〕

这首小令写一个女子与情人分别后，虽然梦见过他，却不见他的音信。于是，她到处向别人打听，以便让远在他乡的意中人眼皮跳，以示对他"惩罚"。

王实甫

　　王实甫，一名德信，生卒年不详，元代大都（今北京）人，约与关汉卿同时。他是元代著名戏曲家，著有杂剧十四种，其中《西厢记》最为著名。他的散曲小令写得不多。

十二月尧民歌

别　　情

　　自别后遥山隐隐①，更那堪远水粼粼②。

　　见杨柳栖飞绵滚滚③，对桃花醉脸醺醺④。

　　透内阁香风阵阵⑤，掩重门暮雨纷纷。

　　怕黄昏不觉又黄昏，不销魂怎地不销魂⑥，

　　新啼痕压旧啼痕，断肠人忆断肠人⑦。

　　今春，香肌瘦几分，裙带宽三寸。

〔注释〕

　　①隐隐：形容远山隐隐约约的样子。

　　②更那堪：怎么还受得了。粼粼：形容水波清莹的样子。

③飞绵滚滚：杨花柳絮四处飞扬。

④对桃花句：参见崔护《题都城南庄》诗："人面不知何处去，桃花依旧笑春风。"

⑤閤：阁。内閤，即闺房。

⑥销魂：丢魂失魄。

⑦断肠人：悲伤痛苦到了极点的人。忆：思念。

〔译诗〕

自从分别后遥山隐隐，

怎能忍这远水粼粼。

看那杨花柳絮飞绵滚滚，

面对的桃花醉意醺醺。

吹透闺房的香风阵阵，

关闭重门的暮雨纷纷。

害怕黄昏不觉又到了黄昏，

不愿丢魂落魄可怎能不落魄丢魂。

新的泪痕压上旧的泪痕，

痛苦中人思念痛苦中人。

今年春天啊，身体消瘦了几分，

就连衣带也宽松了三寸。

〔说明〕

十二月尧民歌是中吕宫里的带过曲，由上段〔十二月〕和下段〔尧民歌〕两支曲子组成。这首曲写一个男子和情人分别后，见景伤情，寄托自己对情人的思念。他对情人意深情长，魂销肠断，以至使自己都消瘦了。

贯云石

贯云石（1286～1324），又名小云石海涯，号酸斋、又号芦道花人，元代维吾尔族人。曾为两淮万户府达鲁花赤（官名）、翰林侍读学士。后弃官隐居。他的散曲以豪放清逸见长，成就较高。

红 绣 鞋

挨着靠着云窗同坐①，看着笑着月枕欢歌。
听着数着愁着怕着早四更过，
　　四更过情未足，情未足夜如梭。
天哪，更闰一更儿妨甚么②。

〔注释〕

　　①云窗：华美的窗户。指女子居处。
　　②闰：历法术语。阴历与夏历一年照回归年为短，积累到一定年限，各自多出一天或一个月，称为闰年或闰月。这里"闰一更"是由上述历法而产生的联想，是情人相会恨夜短的心理反映。

〔译诗〕

　　你我挨着靠着云窗并肩同坐，

你我看着笑着在月枕旁欢歌。

你我听着数着愁着四更早已度过，

四更过了柔情蜜意还没满足你我，

情意不足，一夜时间快如飞梭。

老天啊，再闰一个更次妨碍什么。

〔说明〕

这首小令写一对情人在一起聚会，欢歌笑语，欢娱恨时短，于是他们大胆地想象，既然有闰年、闰月，不妨再闰一更有多好啊。小令中有情人的这种设想，到了令人叫绝的程度。

清 江 引

惜 别

其 一

湘云楚雨归路杳①，总是伤怀抱。

江声掩暮涛，树影留残照，

　兰舟把愁都载了②。

〔注释〕

　①湘、楚：指湖南、湖北一带。杳（yǎo 咬）：杳然，没有踪迹。

　②兰舟：装饰华贵的小船。

〔译诗〕

　　　湘云楚雨飘飘洒洒，

　　　回乡的道路虚无缥缈。

　　　胸间充满离愁别绪，

　　　使我忧伤而又烦恼。

江水声声沉入暮色的波涛，

树影幢幢留下散乱的光照。

我思念心上人的忧愁，

把小船儿都装满了。

其 二

　　若还与他相见时①，道个真传示②：

　　不是不修书③，不是无才思，

　　　　绕清江买不得天样纸④。

〔注释〕

　　①他：指作者所思念的女子。

　　②道个真传示：把真情说一下。

　　③修书：写信。

　　④清江：水名，在今江西境内。古时这一带造纸业发达。

〔译诗〕

　　若是还能和心上人相见时，

　　一定要把真情向她传示：

　　不是我不给你写信，

　　也不是我没有写信的才思，

　　我要对你说的话太多了，

跑遍了清江两岸，

都没买着天大的信纸！

〔说明〕

　　这两首小令，第一首写游子在外，思念着分别已久的情人，因路途遥远，云雨阻隔，归期渺茫。第二首写出他渴望与情人相见的心情，没有天大的纸，怎能写得下我的思念之情呢？是夸张，也是真情的自然流露。

周文质

周文质（？～1334），字仲彬，元代建德（今浙江建德）人，后定居杭州。他学向渊博，文笔新奇，能歌善画，通晓音律。今存小令四十多首。

寨 儿 令

闺 情

挑短檠^①，倚云屏^②，伤心伴人清瘦影。

薄酒初醒，好梦难成，斜月为谁明？

闷恹恹听彻残更^③，意迟迟盼杀多情^④。

西风穿户冷，檐马隔帘鸣^⑤。

叮，疑是珮环声^⑥。

〔注释〕

①短檠（qíng擎）：低矮的灯架。

②云屏：绘有图案的华美屏风。

③听彻：听透。更：古代夜间计时单位，一夜分为五更，每更约二小时。残更，指天快亮时。

④盼杀：盼煞，焦急地盼望。多情：多情人。

⑤檐马：古时挂在檐下驱鸟用的铁片，风吹即响，也叫铁马。

⑥珮环：青年男子佩带的玉器。

〔译诗〕

挑亮架子上的油灯，

背倚着华美的彩云画屏，

在人最伤心的时候，

照出的影子也消瘦清冷。

酒后刚刚睡醒，

相会的好梦难以做成。

天上西斜的月儿，

为谁洒下这么多的光明？

在恹恹的愁闷里，

听透了五更的鼓声。

在迟迟的情意中，

焦急地盼望情人的身影。

穿堂而过的西风，

使屋子里更加冷清。

房檐下的铁马，

在窗帘外乱鸣。

叮叮，叮叮……
叮叮，叮叮……
这清脆而又熟悉的声音，
好像他走来时珮环的响声。

〔说明〕

这首小令写一个女子伴着孤灯，倚着云屏，在清冷的月光下难以入眠，眼巴巴地盼望情人到来。一阵西风穿过，吹动铁马，在她听来，仿佛是情人身上珮环的响声。作品对这个相思中的女子，做了细致入微的刻画。

乔 吉

乔吉（1280～1345），字梦符，号笙鹤翁，又号惺惺道人，元代太原（今山西太原）人。他一生潦倒，流落江湖，自称"江湖醉仙"。著有杂剧十一种，今存《两世姻缘》等三种。他的散曲很著名，辑有《惺惺道人乐府》、《乔梦符小令》等。

水 仙 子

怨 风 情

眼中花怎得接连枝①？眉上锁新教配钥匙②。

描笔儿勾销了伤春事③，闷葫芦刬断线儿④。

锦鸳鸯别对了个雄雌⑤，野蜂儿难寻觅⑥，

蝎虎儿干害死⑦，蚕蛹儿毕罢了相思⑧。

〔注释〕

①眼中花句：有情人不能结合，像两眼中的花不能连枝一样。

②眉上锁句：紧锁的双眉，须配"钥匙"才能打开。

③描笔：女子描花的笔。

④闷葫芦：难以猜透的哑迷。刬断：剪断。这句是说不明白他为什

么和自己断了关系。

　　⑤锦鸳鸯句：是说双方另择配偶，实际上是说对方另有所爱。

　　⑥野蜂儿：这句是以蜂儿采蜜比喻男女相爱。野蜂儿是对男子的谴责之词。

　　⑦蝎虎：壁虎，亦称守宫。古人认为把用丹砂喂养的守宫捣碎，点在妇女身上，如不与男子交接，则终身不灭。干害死：白白害死。这句的意思是女子白白为男子守贞。

　　⑧毕：结束。这句是说蚕再也不吐丝了。丝与思谐音，意即对对方的爱情绝望。

〔译诗〕

> 你我不能美满地结合，
>
> 像眼里不能连枝的花朵；
>
> 愁情紧锁的眉头，
>
> 配把新钥匙才能开锁；
>
> 描花绘草的画笔，
>
> 勾销了爱情上的挫折；
>
> 你的作为像冈葫芦一样，
>
> 为什么剪断良缘抛弃了我？
>
> 鸳鸯分别另去寻觅雌雄，
>
> 这是因为你另有欢合。
>
> 你这个野蜂儿到处采蜜，

不定的行迹让人难以捉摸。

蝎虎儿白白被害死了，
我守这贞节还为什么？
啊，我是一只变成蛹的蚕儿，
满腹的情思已经干涸！

〔说明〕

　　这首小令写一个失恋的女子，通过一系列的比喻，淋漓尽致地反映出她内心的悲愤和失望的情绪。

徐再思

　　徐再思，字德可，号甜斋，元代嘉兴（今浙江嘉兴）人。是元后期著名散曲家，现存小令一百余首。

折　桂　令

春　情

　　　　平生不会相思，才会相思，便害相思。
　　　　身似浮云，心如飞絮，气若游丝①。
　　　　空一缕余香在此，盼千金游子何之②。
　　　　症候来时③，正是何时？
　　　　灯半昏时，月半明时。

〔注释〕

　　①游丝：飘荡于空中的蛛丝。
　　②游子：离家远游的人。
　　③症候：指相思症。

〔译诗〕

　　　　平常不会相思，

刚刚才会相思，
便害上了相思。

身子恰似飘浮的云朵，
心情如同飞扬的柳絮，
气息好象游动的蛛丝。

我似一缕被遗落的香气，
留在这里也是徒然。
这个不知在哪儿的尊贵游子，
总是让我无可奈何地期盼。

哦，相思病症来了，
是在什么时间？
是灯光半昏半亮的时间，
是月光半明半暗的时间。

〔说明〕

　　这首小令所写的相思情，形态逼真，动人。她害上想思症以后，身子也像云彩一样轻飘了，心情也像柳紫一掉飞起来了，呼吸也变得柔细了。她常常在灯前月下想念那个离她远去的人。

沉醉东风

春　情

一自多才间阔^①，几时盼得成合？

今日个猛见他门前过，待唤着怕人瞧科^②。

我这里高唱当时水调歌^③，要识得声音是我。

〔注释〕

①多才：指情人。间阔：久别。

②瞧科：瞧见。科，元剧术语，指演员的表情动作。

③当时水调歌：当时流行的《水调歌头》歌曲。

〔译诗〕

自从与他分别以后，

什么时候能盼到与他会合？

今天猛然见他从门前走过，

想喊住他，又怕被人见着。

我在这里高唱一曲"水调歌头"，

他一定能听出唱歌人是我。

〔说明〕

这首小令写一个女子和意中人分别很久没有相见，忽然看见他从门前走过，想要上前打个招呼，又怕被别人看见。她机灵地唱起歌来，希望情人能听出是她的声音。

刘 氏

刘氏，元代洞庭（今属湖南）人，叶正甫之妻，生平不详。

制衣寄外

情同牛女隔天河^①，又喜秋来得一过。

岁岁寄郎身上衣，<u>丝丝</u>是妾手中梭。

剪声自觉和肠断^②，线脚那能抵泪多^③。

长短只依先去样，不知肥瘦近如何。

〔注释〕

①牛女：牛郎织女。

②和（hè 贺）：应和。

③抵：抵偿。

〔译诗〕

情同牛郎织女被天河隔断，

喜的是人家还能相会在秋天。

年年都给郎君寄身上的衣衫，

是我亲手挥梭织成丝丝线线。

应和着剪刀声肝肠也被剪断，

相思泪一滴滴比针脚更多更乱。

衣衫长短是按你走时尺寸裁剪，

不知肥瘦，你近日可能再穿？

〔说明〕

刘氏嫁给叶正甫之后，叶外出日久不归。刘氏写了这首诗连同亲手缝制的衣裳一同寄去。诗中以朴实自然的语言，表达了自己对丈夫的真挚感情。

吴氏女

吴氏女，元代人，生平不详。

木兰花慢

和郑禧^①

爱风流俊雅，看笔下，扫云烟。
正因倚书窗，慵拈针线，懒咏诗篇。
红叶未知谁寄^②，慢踌躇、无语小窗前。
燕子知人有意，双双飞度花边。

殷勤一笑问英贤^③：夫乃妇之天^④？
恐薛媛图形^⑤，楚材兴叹，唤醒当年。
叠叠满枝梅子，料今生、无分共坡仙^⑥。
赢得鲛绡帕^⑦，啼痕万万千千。

〔注释〕

①郑禧：元代温州（今浙江温州）人，字天趣。品学兼优，通晓琴棋书画。曾任黄岩州同知。

②红叶：这里指情书。唐代宫女题诗红叶上，顺沟漂出，被于祐拾到，后终于结合。

③殷勤：情意恳切。

④夫乃句：封建社会的伦理纲常，丈夫是妻子的主宰。这里，作者有否定此话的含意。

⑤薛媛：五代时女子。丈夫南楚材久出未归，薛即画了自己的图像，并附诗一首寄出。南接到后立即归来。

⑥无分：没有缘分。坡仙：苏轼，号东坡，唐代诗人、散文家。后人尊奉他为仙才，故称他为坡仙。这一句的含意是指二人今生无缘结为夫妻在一起共同尊奉苏东坡了。

⑦赢得：落得，剩下。鲛绡帕：薄纱手帕。

〔译诗〕

　　　　　爱上你的风流与俊雅

　　　　　看你的笔下，横扫云烟。

　　　　　正因此而倚在书房窗前，

　　　　　懒得去拈针穿线，

　　　　　也懒得吟咏诗篇。

　　　　　这传情的红叶，

　　　　　不知由谁寄到你的身边？

　　　　　在迟缓和犹豫不决中，

　　　　　无声无息站在小窗之前。

　　　　　燕子懂得我的心意，

成双成对飞过花边。

情意恳切地笑问英贤：

难道丈夫是主宰妻子的苍天？

恐怕薛媛的自画像，

也会让她丈夫楚材感叹，

唤醒记忆中的当年。

重重叠叠的梅子，

在枝头缀满。

我对今生已有预感：

你我没有缘分，

共同去仿效东坡词仙。

只能落得个薄纱手帕上，

啼哭的泪痕万万千千！

〔说明〕

郑禧自黄岩来到洪府（今江西南昌），美名四传。一天，媒婆上门为其说亲，女方姓吴，其父是读书人，死前嘱咐女儿要嫁给读书人。吴女对郑十分爱慕，遂托媒婆前来。但郑说自己已有家室。媒婆又说，吴女要求拜读郑写的诗词。郑当即赋《木兰花慢》一词相赠。次日，媒婆又带来吴女的《木兰花慢》回赠，并说吴母因郑已婚娶，拒绝了女儿的婚事。但，吴女痴情不改。吴母见状，暗中把女儿另许。吴女得知，忧愤成疾，吴母只好退掉婚礼。这时，吴女已奄奄一息了。死前，她对婢女说："我生为郑郎生，死为郑郎死，我死之后，你把郑郎的诗词书信密藏在我的棺中，让我死后也能见到。"

这首词，即吴女回赠郑禧之作。

韩 娘

韩娘，元代人。吴仁叔的妻子。生平不详。

折简复外

碧纱窗下拆缄封^①，一纸从头彻尾空。
料想仙郎无别意^②，忆人长在不言中^③。

〔注释〕

①缄（jiān 兼）：封闭。

②仙郎：仙才郎君。即有才华的人。

③忆：思念。

〔译诗〕

碧纱窗下拆开封闭的信口，

一张信纸从头到尾全都空空。

料想仙才郎君没有别的用意，

相思之情全在不言之中。

〔说明〕

韩娘的丈夫吴仁叔太学肄业，寄信给妻子。韩娘拆开一看，只有一张白纸。于是，她题了上面这首诗在纸上，点明了这张白纸的含意，重又寄回。丈夫得书后，高兴地回了一诗："一幅空笺聊达意，佳人端的能巧言。贤妻若也投科试，应作人间女状元。"丈夫的话，并不过分。

无名氏

挂 枝 儿

荷 珠

露水荷叶珠儿现①，是奴家痴心肠把线来穿②。

谁知你水性儿多更变③：这边分散了④：又向那

边圆⑤。

没真性的冤家也⑥，随着风儿转。

〔注释〕

①现：出现。

②奴家：古时女子表示自卑的称呼。

③水性：水有随势而流的特性，因此用来比喻用情不专一。这里是

双关语。

④分散：暗喻情人分离。

⑤圆：喻指团圆。

⑥冤家：少女对情人的昵称。

〔译诗〕

露水落在荷叶上，
似一颗颗珍珠滚叶面。
都是我痴心情意一片，
穿针引线要把珠儿穿。

谁知你是个水性儿，
瞬息之间多更交。
这边分散了，
又向那边圆。
没有真性的小冤家呀，
整天随着风儿转！

〔说明〕

这首民歌写的是荷叶上的水珠，实际上是写一个女子对不忠于爱情的情侣的指责。构思奇巧有趣，比喻十分贴切，语言朴实无华。

急 催 玉

青山在，绿水在，冤家不在。

风常来，雨常来，情书不来。

灾不害①，病不害，想思常害。

春去愁不去，花开闷不开②。

倚定着门儿，手托着腮儿，

　我想我的人儿。

泪珠儿汪汪滴，满了东洋海，

满了东洋海。

〔注释〕

　　①灾不害：没有灾害的意思，以下两句中的"害"字，是患病的
意思。

　　②闷：愁闷。

〔译诗〕

　　　青山常在，绿水常在，

　　　我的小冤家他却不在。

　　　春风常来，春雨常来，

他的情书却偏偏不来。

灾难不害，疾病不害，
相思症却常害。
春已离开，愁不离开，
花儿盛开，愁闷却不离开。

紧紧倚靠着门儿，
玉手托着香腮儿，
心里想着我的情人儿，
泪珠汪汪滴满了东洋大海，
滴满了东洋大海！

〔说明〕

　　这首诗以清新明快的语言，活生生地刻画出一个正在思念情人的少女形象。对她来说，青山绿水因情人不在身边而失色。为了等待情人来书，望穿了多少风风雨雨？她那倚门托腮、泪水满面思念情人的神态，给人留下极深的印象。

寄 生 草

濛淞雨儿点点下[①]，偏偏情人不在家；
若在家任凭老天下多大。
劝老天住住雨儿教他回来罢。
沦湿了衣裳事小[②]，冻坏了情人事大。
常言说：黄金有价人无价。

〔注释〕

①濛淞雨儿：毛毛雨。

②沦：淋，浸透。

〔译诗〕

浙浙沥沥小雨一点点地下，
偏偏情人他不在家。
他若在家任凭老天下多大，
劝老天停住雨儿让他回来吧。

淋湿了衣裳事儿小，
冻坏了我的情人事儿大。
常言说得好：

黄金有价，人无价！

〔说明〕

这首小令写一个多情女子，在一个细雨濛濛的日子里，想念与体贴情人的心情。她把情人的健康看得高于一切。

寄 生 草

情人送奴一把扇，一面是水，一面是山。
画的山层层叠叠真好看，
画的水曲曲湾湾不断①。
山靠水来水靠山。
山要离别，除非山崩水流断。

〔注释〕

①曲曲湾湾：曲曲弯弯。

〔说明〕

这首小令用山水环绕，比喻情人相爱的不可分离。这些山和水，是画在情人送她的一把扇子上，这一象征美好爱情的礼物，使她对爱情的信念更加坚定。

锁 南 枝

捏 泥 人

傻俊角①，我的哥！和块黄泥捏咱两个。

捏一个儿你，捏一个儿我，捏的来一似活托②；
捏的来同在床上歇卧。

将泥人儿摔破，着水儿重和过，

　　再捏一个你，再捏一个我；

哥哥身上也有妹妹，妹妹身上也有哥哥。

〔注释〕

　　①傻俊角：昵称，犹如说"傻家伙"、"傻小子"。

　　②活托：口语，活生生。

〔译诗〕

　　　　傻小子啊，我的好哥哥！

　　　　和一块黄泥捏出咱两个。

　　　　捏一个你呀，捏一个我，

　　　　捏出来的你我活生生呀，

捏出来的你我同在床上卧。

把这两个泥人摔破，
掺上水儿重新和过。
再捏一个你呀，再捏一个我。
哥哥身上也有小妹妹呀，
妹妹身上也有傻哥哥！

〔说明〕

　　这首民歌体的诗，以一个少女的口吻，运用少男少女在一起捏泥人这一主要活动，表达自己深挚而又真诚的爱情。诗的核心是捏两个泥人摔破之后再重新捏出两个，于是，哥哥身上有妹妹，妹妹身上有哥哥了。这一巧思，使诗作所表达的爱，更显得纯真质朴，真是令人拍案叫绝！

素　帕

（桐城时兴歌）

不写情词不写诗，一方素帕寄心知①。

心知接了颠倒看，横也丝来竖也丝，

这般心事有谁知？

〔注释〕

　　①心知：知心，指情人。

〔译诗〕

　　　　不给情人写情词，

　　　　不给情人写情诗，

　　　　一块方方的手帕儿，

　　　　寄给情人他心必知。

　　　　情人接了颠倒着看，

　　　　横也是思来竖也是思。

　　　　我这一番苦心啊，

不知能不能有人知。

〔说明〕

  这首民歌写一个女子给知心人寄去一块白手帕，虽然上面没有写一个字，也会让知心的情人看出她对他深切而又真挚的思念。

宋　濂

　　宋濂（1310～1318），字景濂，号潜溪，浦江（今浙江义乌县西北）人。他是明朝开国文臣之一，著名散文家。他的绝句写得很朴实。

越　　歌

恋郎思郎非一朝，好似并州花剪刀。
一股在南一股北，几时裁得合欢袍①。

〔注释〕

　　①合欢袍：婚服。袍上绣的花鸟鱼虫都成双配对，以此象征美满的婚姻。

〔译诗〕

　　　眷恋情郎何止一朝，
　　　好比那并州的花样剪刀，
　　　一股在南，一股在北，
　　　几时能裁好结婚的绣袍？

〔说明〕

　　这首诗描述一个久恋的女子，渴望早日和远在外地的情郎成婚。

毛 铉

毛铉（xuàn 绚），生卒年不详，山阴（今浙江绍兴）人。明洪武时在陕西一带从军戍边，后任国子学录。他的诗富有生活气息。

幼 女 词

下床着新衣，初学小姑拜[1]。
低头羞见人，双手结裙带[2]。

〔注释〕

①小姑：这里是新娘的意思。

②结：抚弄的意思。

〔译诗〕

下床来穿上一件新衣裳，
模仿着新娘子去拜花堂。
红着脸儿低头不敢见人，
双手摆弄着裙带羞涩难当。

〔说明〕

　　这首诗写一个少女，穿一件新衣，学新娘拜堂，因而害羞起来。从学拜堂这一细节中，读者可以窥见这个少女情窦初开的内心世界。

王叔承

王叔承，大致生活于明嘉靖时，吴江（今江苏省内）人。少孤家贫，四出谋生。卒年六十五岁。

竹 枝 词

月出江头半掩门，待郎不至又黄昏。

深夜忽听巴渝曲①，起剔残灯酒尚温②。

〔注释〕

①巴渝曲：指竹枝词，是流行在巴渝地区的民歌。

②残灯：快熄灭的灯。

〔译诗〕

月亮升起来了，

江边小屋半开半闭着木门。

等待情郎却没有到来，

又过了一个孤寂的黄昏。

一直等到深更半夜，

忽然听见唱巴渝歌曲的声音。

赶忙起来挑亮油灯，

给他准备着的美酒还有余温。

〔说明〕

这首诗描述一个女子在焦急地等待情郎的到来，待到听见他喜欢唱的歌儿，知道一定是他来到了，又是挑灯，又是备酒，可见她的兴奋情态。

黄　娥

黄娥（1498～1569），字秀眉，遂宁（今四川遂宁）人。明代女诗人，杨慎的妻子，曾随杨慎到云南戍所，后独留四川。能写诗词，会作散曲。

寄　　外①

雁飞曾不度衡阳②，锦字何由寄永昌③。
三春花柳妾薄命④，六诏风烟君断肠⑤。
曰归曰归愁岁暮⑥，其雨其雨怨朝阳⑦。
相闻空有刀镮约⑧，何日金鸡下夜郎⑨。

〔注释〕

①寄外：寄给丈夫。古时妻子称丈夫为外子。

②雁飞句：湖南衡阳附近有回雁峰，传说雁到这里，难以飞越，便掉头折回。曾：竟。衡阳：在今湖南省南部。

③锦字：古代称女子的书信。永昌：地名。在今云南保山一带。

④三春：春天。春季三个月，所以说三春。薄命：命运不好。

⑤六诏：指云南。唐代云南有六个诏，都是少数民族政权。

⑥曰归句：天天说是回家，一年到头也没有回去。岁暮：年底。这句是说丈夫在外总想回家，总回不来。

⑦其雨句：天天盼望下雨，结果出了太阳。这里是比喻作者盼望丈夫归来，而总是失望。

⑧刀缳：刀头上铁环，环与还谐音。约：约定。

⑨夜郎：古国名，在今贵州西部、北部，包括云南东北，四川南部及广西北部等地区。诗人李白曾被贬谪这里，但他未到便被赦还了。金鸡：隋唐时代实行大赦，用长竿树起金鸡，然后宣读赦书。这里以李白喻作者的丈夫杨慎，以夜郎喻永昌。

〔译诗〕

　　　　　为你传书的大雁，

　　　　　飞不过衡阳的山岗；

　　　　　我给你的书信，

　　　　　有什么办法寄到永昌？

　　　　　我的命运坎坷，

　　　　　像三春凋零的花柳一样；

　　　　　你的心情愁苦万分，

　　　　　似六诏的风烟迷茫。

　　　　　说是回来，说是回来，

　　　　　到了年底也不见你的模样；

　　　　　盼着下雨，盼着下雨，

　　　　　天上却出现了太阳。

听说你约定了归还日期，

到头来也变成了空想。

什么时候那表示赦还的金鸡，

能够飞到你的身旁?!

〔说明〕

这首诗是作者在四川寄给丈夫杨慎的。杨慎是明代文学家，世宗时谪戍云南永昌。对丈夫和自己不能团聚，对丈夫不能赦还，她感到悲伤和痛惜。全诗充满了对丈夫的思念之情，也对朝廷表示了愤懑。

袁宏道

袁宏道（1568～1610）字中郎，号石公，明代湖北公安人。进士出身，做过县令和京官。后来鄙弃官场，淡于名利，过上隐居和游历的生活。袁宏道在文学上反对复古主义，大力提倡民间通俗文学。他是公安派的骨干之一，在当时影响很大。他的作品在清代曾被禁毁。

有《袁中郎全集》。

妾　薄　命

落花去故条①，尚有根可依②；

妇人失夫心③，含情欲告谁？

灯光不到明④，宠极心还变⑤；

只此双蛾眉，供得几回盼⑥。

看多自成故⑦，未必真衰老；

辟彼数开花⑧，不若新生草。

织发为君衣，君看不如纸；

割腹为君食，君咽不如水。

旧人百宛顺⑨，不若新人骂；

死若可回君⑩，待君以长夜⑪。

〔注释〕

　①故条：原来的枝条。

　②依：依附。花落在地上，好像仍然依附着花根似的。

　⑧失夫心：失去丈夫的欢心。

　④明：黎明。

　⑤宠极：宠爱到极点。

　⑥回盼：回头顾盼。

　⑦故：旧。这句是说看得时间长久，便觉得不新鲜了。

　⑧辟：譬如。

　⑨百宛顺：百般温柔依顺。

　⑩回君：使丈夫回心转意。君，指夫君。

　⑪待君：等待你。长夜：这里指死亡，人死后如同处于永恒的黑夜之中。

〔译诗〕

　　　　花儿落下来原来的枝条，

　　　　还可以在花根依附落脚；

　　　　女人失掉了丈夫的欢心，

　　　　满怀愁情可向谁去念叨？

　　　　灯光太弱点不到天亮，

　　　　宠爱至极人心也能变糟；

　　　　我只有这一双蛾眉，

能供你扭头顾盼几遭。

看的次数多了，便成了旧的，
未必是我的容颜真正衰老；
好像那数次开过的花儿，
不如一棵新生的小草。

用我的头发给你织件新衣，
你看着比一张纸还轻飘；
割下身上的肉煎给你吃，
你咽下也觉得不如水的味道。

尽管我对你百般温柔依顺，
也不如新夫人的骂声美妙。
死后如果可以劝你回头，
我甘愿等你在长夜似的地府阴曹！

〔说明〕

这首诗，写一个被丈夫抛弃的女子的怨恨心情。对喜新厌旧的丈夫，有批评，有规劝。她对自己命运的诉说，声声泪，字字血，感情真挚动人。古代妇女的命运，由此诗可见一班。

赵彩姬

赵彩姬，字今燕（一作赵今燕，字彩姬），明代金陵（今南京）南曲名妓。晚年居琵琶巷口，门常闭，人称闭门赵。据传说著有《青楼集》。

暮春江上送别

一片潮声下石头^①，江亭送客使人愁。

可怜垂柳丝千尺，不为春江挽去舟^②。

〔注释〕

①石头：石头城，古金陵，今南京市。

②春江：指长江。

〔译诗〕

大江上的潮声一片，

浪涛滚滚冲向石头城边。

在江边的送客亭送你远去，

满怀愁情凝结在心间。

江岸那千千万万垂柳，

可惜那柳丝垂下万万千千。

千尺柳丝为什么不在江上，

挽住那载人而去的船帆？

〔说明〕

　　这首诗描写春天在江边送别心上人。分别的愁苦，使她突发奇想：江边那千尺柳丝，为什么不能挽住即将离去的小船呢？这一设想是十分新奇的。

送　　别

寂寞春江上^①，孤舟去莫留^②。

思君如流水，日夕伴行舟^③。

〔注释〕

　　①寂寞：寂寞。

　　②莫留：不留。

　　③日夕：日夜。

〔译诗〕

　　春天，寂寞的大江之上，

孤单的小船载着你远航。

想念你，我像滔滔的流水，

日夜陪伴小船，不离你身旁。

〔说明〕

这首诗与前一首有异曲同工之妙，送别亲人的时候，她希望自己能象江中的流水一样，陪伴载着心上人的小船，一起向远方驶去。

杨 氏

杨氏，生平不详。明代金陵（今南京）妓。曾向陈编修、鲁南门学习作诗。

赠 人

扬子江边送玉郎^①，柳丝牵挽柳条长。
柳丝挽得吾郎住，再向江头种两行。

〔注释〕

①玉郎：古代女子对情人的美称。

〔译诗〕

杨子江边送别我的情郎，
柳丝互相牵挽柳条长长。
柳丝若是能把情郎挽住，
我再向江头去种上两行。

〔说明〕

这首诗借景抒情，以江柳挽住情郎进而要多种两行的联想，充分表达送别女子对情郎的留恋心情。

齐景云

齐景云,明代万历(1573～1619)年间诗妓。善弹琴,喜长谈,终日不倦。其它不详。

赠别傅生

一呷春醪万里情[1],断肠芳草断肠莺[2]。

愿将双泪啼为雨,明日留君不出城。

〔注释〕

①呷(xiā 虾):喝。春醪(láo 劳):酒的别称。

②断肠句:这里是指每当看到芳草与飞莺,心情便十发忧伤,肝肠寸断。

〔译诗〕

喝一口美酒,

寄托离别万里之情;

满眼令人心伤的芳草啊,

到处是令人忧伤的啼莺。

但愿两行离别的泪水，

化做大雨阻断你的行程。

只有这样啊，明天，

才能留住你不能出城！

〔说明〕

　　齐景云与书生傅春相爱，很快即定情。此后，她便拒绝与他人相见。傅春因事入狱，她变卖首饰资助。傅春被发配他乡，她要跟随而去，受到官府阻拦。临别时，她赋此诗相赠。二人分别后，她整日不理梳妆，闭门读经。不久，因相思抑郁而死。

朱彝尊

朱彝尊（1629～1709），字锡鬯，号竹垞，又号金风亭长、小长芦钓鱼师。浙江秀水（今嘉兴）人。清康熙十八年举博学鸿词科，授翰林院检讨、日讲起居注，入值南书房，出典江南省试，参加纂修《明史》，倍受清廷宠遇。罢归后，专心著述。

著有《经义考》、《曝书亭集》等，编有《词综》、《明诗综》等。

高 阳 台

吴江叶元礼①，少日过流虹桥②，有女子在楼上，见而慕之③，竟至病死。气方绝，适元礼复过其门④，女之母以女临终之言告叶，叶入哭，女目始瞑⑤。友人为作传，余记以词⑥。

桥影流虹，湖光映雪，翠帘不卷春深。
一寸横波⑦，断肠人在楼阴⑧。
游丝不系羊车住⑨，情何人得语青禽？⑩；
最难禁，倚遍雕阑，梦遍罗衾⑪。

重来已是朝云散，怅明珠佩冷⑫，紫玉烟沉⑬。

前度桃花⑭，依然开满江浔⑮。

钟情怕到相思路，盼长堤草尽红心。

动愁吟，碧落黄泉⑯，两处难寻。

〔注释〕

①叶元礼：据《国朝别裁诗集》载："叶舒崇字元礼，吴江人，康熙丙辰进士，官中书舍人。"

②少日：年少之时。流虹桥：据《苏州府志》载："流虹桥在吴江县城外同里镇。"

③慕：爱慕。

④适：恰好。复：又。

⑤瞑：闭上眼睛。

⑥余：我。

⑦横波：漂亮女子流动的眼神。

⑧楼阴：楼房的影子。

⑨羊车：古代一种豪华的车子。

⑩倩：请求。青禽：即青鸟。古代传说中能替人传递书信的神鸟。

⑪罗衾：丝罗被子。

⑫明珠佩冷：指带在身上的明珠。因人亡而变得冰冷。

⑬紫玉：《搜神记》载："吴王夫差小女紫玉，说（悦）童子韩重，私许为妻。王不与，玉结气死。后魂归见。王夫人闻之，出而抱玉如烟然。"这里喻指少女。

⑭前度桃花：见崔护《题都城南庄诗》。

⑮江浔：江边。

⑯碧落黄泉：白居易《长恨歌》中有"上穷碧落下黄泉，两处茫茫都不见"句，这里化用，泛指天上地下。

〔译诗〕

倒映的桥影，
像流动的彩虹；
阳光照耀着湖水，
浪花如雪似银。

翠绿色的门帘，
卷不走暮春的苦闷；
两眼流露出惆怅的神色，
姑娘在楼影中愁苦万分。

缕缕游动的蛛丝，
拴不住他乘坐的车轮。
请谁才能把姑娘的心里话，
让青鸟转告给心上的人？

白日里倚遍雕画的栏杆，
抑不住想念他的爱心；
夜晚时梦遍罗衾锦被，
禁锢不住思恋他的情襟。

当他再次来到流虹桥上，
少女的身影连同朝霞一起散尽；
明珠失落，环佩冰冷，
留下的只有他满怀的悔恨！

像紫玉一样美丽的少女啊，
如烟的灵魂倾刻间消沉。
只有与人面相映的桃花，
依然开满了江水之滨。
钟情的少年人啊，
最怕在这相思的路上行进；
多希望让那长堤上的小草，
表达出他赤色的爱心。

多情的姑娘啊，
上天入地谁都难以找寻！
如今留在这世界上的……
只有我这愁苦的低吟！

〔说明〕

　　这是发生在江南的一个真实的爱情故事。一个英俊的少年
男子，从流虹桥上走过，被住在楼上的少女见到了。她一见倾

心，竟然因思恋而死去。恰好这少年又从她门口走过，她母亲向他述说了她临终时的遗言，少年大哭不止，那刚刚断气的少女，安详地合上了眼睛。诗人知道了这个故事，便写下了这一深含惋惜与惆怅的词作。

这当然是一个悲剧。人们只知道那少年是吴江叶元礼，却不知那多情女子为何许人也。人们只知道她安详地合上了双目，却不知她临终到底谈了些什么。也许，这些都是不重要的，重要的是，从诗人笔下凄切的意境、委婉的诗句中，深深体会到了这多情少女的真情，因而也伴随着诗人的笔触，发出了由衷的哀叹。在封建礼教的束缚下，有多少这样的少女葬送了自己的青春啊！

纳兰性德

　　纳兰性德（1654～1685），原名成德，字容若，号楞枷山人，满洲正黄旗人。大学士明珠之子。清康熙时进士，担任过一等侍卫，好骑善射，喜欢读书。他是清代著名词人，多写离愁别绪及相思之情，作品清新婉约，多有伤感色彩。有《饮水词》。

沁 园 春

　　丁巳重阳前三日①，梦亡妇淡妆素服②，执手哽咽，语多不复能记③，但临别有云④："衔恨愿为天上月⑤，年年犹得向郎圆。"妇素未工诗⑥，不知何以得此也？觉后感赋。

瞬息浮生，薄命如斯⑦，低徊怎忘？
记绣榻闲时，并吹红雨⑧；
雕阑曲处⑨，同倚斜阳。
梦好难留，诗残莫续，赢得更深哭一场。
遗容在⑩，只灵飙一转⑪，未许端详⑫。

重寻碧落茫茫⑬，料短发朝来定有霜。

便人间天上，尘缘未断⑭；

春花秋夜，触绪还伤。

欲结绸缪⑮，翻惊摇落，减尽荀衣昨日香⑯。

真无奈！倚声声邻笛⑰，谱出回肠。

〔注释〕

①丁巳：干支纪年，即 1677 年。

②亡妇：指作者去世的妻子卢氏。

③不复：不再。

④云：说。

⑤衔恨：含恨。

⑥工诗：擅长作诗。

⑦如斯：如此。

⑧红雨：指飘落的桃花。

⑨雕阑：雕花栏杆。

⑩在：存在。

⑪灵飙：神风。

⑫未许端详：不可能看仔细。

⑬碧落：天空。

⑭尘缘：佛教名词。佛经中把"色、声、香、味、触、法"称作六尘。以心攀缘六尘，受其牵累，故名尘缘。

⑮绸缪（móu 谋）：缠绵，情深，意厚。

⑯减尽句：据《世说新语·惑溺篇》记载：荀奉倩的妻子曹氏亡故，荀哀痛至极，不久也死去了。这句是作者以荀自比，觉得生活因失

去妻子而没有味道。

⑰倚：伴随着。

〔译诗〕

漂浮的人生，多么短暂的时光，
薄命的人儿就像爱妻一样。
在低沉的徘徊之中，
我怎能把她遗忘？

还记得在那闲暇的时候，
我们在绣榻上把飘落的桃花欣赏；
沿着弯曲的雕栏漫步，
并肩相倚，沐浴着夕阳。

梦境虽好，却难以留住，
诗句虽不完整，也不要续上。
梦境和诗句，赢得我啊，
在深更半夜大哭一场。

亲人的遗容出现在梦中，
好像一阵神风卷过一样。
如此短暂的相聚，
使我没能看清她的面庞。

重去碧空到处寻找，

我的两眼一片苍苍茫茫。

料想找到清晨的时刻，

两鬓一定会染上白霜。

无论在人间还是天上，

尘世的姻缘都无法断绝消亡；

每当春花盛开或秋日之夜，

一想到这里便黯然神伤。

为了结下深厚的情意，

害得我整日整夜折腾不止。

像为妻子去世感伤而死的荀氏一样，

衣袖上已失去昨日的馨香。

真没有办法啊，

按照临近传来的阵阵笛声，

谱出一支怀念亲人的曲子，

一定会令人荡气回肠！

〔说明〕

　　这首诗的写作缘起，作者在小序中已说得十分明白。亡妻在梦中的赠诗，诗人醒后的感赋，两相映照，足可见他们夫妻之间当年的恩爱情深，其情感人肺腑。在诗中，诗人回忆了与妻子在一起亲密无间的夫妻生活，是那么美好和谐。而在梦中的短暂相会之后，爱妻离去所造成的孤苦，就更令尚活在世上的诗人肝肠为之寸断了。

金 缕 曲

亡妇忌日有感①

此恨何时已②？

滴空阶、寒更雨歇③，葬花天气④。

三载悠悠魂梦杳⑤，是梦久应醒矣⑥！

料也觉、人间无味⑦。

不及夜台尘土隔⑧，冷清清，一片埋愁地。

钗钿约⑨，竟抛弃！

重泉若有双鱼寄⑩，

　　好知他、年来苦乐⑪，谁与相倚？

我自终宵成转侧⑫，忍听湘弦重理⑬。

待结个，他生知己⑭，

　　还怕两人俱薄命，再缘悭⑮。

剩月零风里⑯，清泪尽，纸灰起。

〔注释〕

①亡妇：指诗人死去的妻子卢氏。忌日：亲人死亡的那一天。

②恨：指妻子亡故的憾事。已：了结。

③寒更：寒冷的夜晚。古人把一夜分为五更。歇：停止。

④葬花天气：天气不好，致使花儿凋谢。

⑤三载：指亡妻已故去三年了。杳：没有踪迹。

⑥是梦久应醒矣：指亡妻睡了这么长时间，也该睡醒了。

⑦料：猜测。无味：没意思。

⑧夜台：墓穴。

⑨钗钿：女子的首饰。约：誓约。

⑩重泉：黄泉。指阴间。双鱼：指书信。

⑪他：她。指亡妻。

⑫转侧：翻来覆去睡不着觉的样子。

⑬湘弦：一种乐器。重理：重新弹奏。

⑭他生：指来生。

⑮缘悭（qiān 牵）：缘分薄。

⑯剩月：残月。零风：小股风。

〔译诗〕

这爱妻亡故的遗憾啊，

什么时候才能了结？

滴落在门阶上的小雨，

停止在寒冷的长夜。
这恼人的鬼天气，
使盛开的花儿纷纷凋谢。

漫长的三年时间，
梦中的魂魄已无踪无影。
即使她是在做梦，
睡这么久了也该苏醒。

人间太没意思了，
这是我对她内心的猜想。
活在人世，还不及隔着尘土，
睡在墓穴里舒畅。
那冷冷清清的世界，
恰可把一切忧愁埋葬。

啊，
从前我俩面对金钗，
发出的山盟海誓，
她竟然全部抛弃在一旁！
阴间如果能有书信来往，
好知道她苦乐的状况，
这么些年以来，

她是在和谁互相倚仗？

我成宿地反侧展转，
睡不着觉，心神不安。
让我怎能忍受得了啊，
听着那重新弹起的琴弦。

让我们在来生，
再结成一对知己的姻缘，
还担心两人命运多舛，
彼此的缘分仍然太浅。

一阵阵的寒风里啊，
只有残月一弯。
我的泪水已经流尽了啊，
只有纸灰飞起把她祭奠！

〔说明〕

　　三年前，诗人的妻子亡故，使他在感情上遭到了一次沉重
的打击。此后，诗人对妻子的思念日甚，曾写下不少悼亡的作
品，这是其中的一首。这首词作，充分地写出了他因妻子亡故
而在内心产生的忧郁、悲伤和苦闷。

汪 媖

汪媖，清代浙江杭州人。字巽（xùn 逊），号顺哉。其母文学素养很高。幼年与妹跟母亲学诗。曾向大诗人袁枚请教作诗，系随园十二女弟子之一。

折花寄外

手折花枝翠黛颦①，殷勤欲寄远征人②。

明日到时应憔悴，即此梅花是妾身。

〔注释〕

①翠黛：眉毛的别称。颦：皱眉。形容忧愁的样子

②远征人：远行在外的人，这里指诗人的丈夫。

〔译诗〕

手里拿着折下的花枝，

愁锁的双眉蹙得紧紧。

满怀恳切的情意，

要把花枝寄给远行的亲人。

这花枝明天就能寄到，

可它一定会凋零受损。

这梅花憔悴的模样啊，

就是我的化身。

〔说明〕

　　这首诗写作者折下一枝梅花，要寄给运行在外的亲人。她以花自比，希望丈夫看到梅花能早日归来，暗示自己因对丈夫的思念，已经像花儿一样憔悴了。

陈淑兰

　　陈淑兰，清代乾隆年间江宁（今南京）人。字蕙卿。曾师从诗人袁枚。嫁给邓宗洛，夫妻相爱相亲，感情极深。邓才情不如妻子，又屡试不中，抑郁不得志，投水而殁。她痛哭至极，引颈投环，被公公救下。这时，她甚有悔意。她与丈夫没有子女，过继了一个儿子，然后又安葬了丈夫，又一次投环自杀。在书桌上，人们发现了她的遗字：“有子事翁，吾心安；郎柩既行，吾不独生矣。”古人曾评论她的死，决非节烈殉夫，而是因情爱至深所致。

夏日书帐

　　帘幕风微日正长，庭前一片芰荷香①。
　　人传郎在梧桐树②，妾愿将身化凤凰。

〔注释〕

　　①芰荷：出水荷花。
　　②梧桐树：原注地名，何地不详。

〔译诗〕

　　微风在帘幕前吹荡，

投射的日影伸得长长。

庭院前的荷塘里，

一片出水芙蓉散发清香。

有人传来他的消息，

说他正在梧桐树那一带地方。

我愿化做凤凰鸟啊，

永远伴在他的身旁！

〔说明〕

　　作者自幼习诗，婚后也常常与丈夫在一起寻章索句，切磋琢磨。这首诗写她的丈夫外出后，听说他在"梧桐树"一带，引发了她的诗情，用凤凰落在梧桐树上的典故，一语双关，说出了她甘愿与丈夫形影相随、永不分离的愿望。

席佩兰

席佩兰，清嘉庆（1796～1820）年间人。名蕊珠，字月襟，又字韵芬、道华、浣云，自号佩兰。昭文（今江苏常熟）人。诗人孙原湘之妻。诗人袁枚的女弟子。著有《长真阁诗稿》、《傍杏楼调琴草》。

夏夜示外

夜深衣薄露华浓①，屡欲催眠恐未应。
恰有天风解人意，窗前吹灭读书灯。

〔注释〕

①露华：露水。

〔译诗〕

夜已经很深了，
露水一定十分浓重。
一次次想催你早些安睡，
又担心路远你无法应承。

恰好天上刮起一阵清风，

最懂得我此刻的心情。

风儿啊，快快刮到他的窗前，

去吹灭伴他苦读的明灯。

〔说明〕

诗人的丈夫孙原湘，是嘉庆十年进士，夫妻二人常常唱和，表达挚爱之情。这首诗是诗人丈夫在外读书时，她写下的一首感情浓厚的诗作，从中不难看出她关心、体贴丈夫的微妙心情。

赵我佩

赵我佩，字君兰，清代道光、咸丰（1821～1860）年间浙江仁和（在今杭州）人。其父赵庆熺善诗词，是清后期大文学家。在父亲的熏陶下，她也写了不少诗词。

著有《碧桃馆词》。

忆 江 南

寄 外

其 一

人去也，人去短长亭①。

却向君前佯忍泪，不因别后始关情②。

无计阻征程。

〔注释〕

①短长亭：即短亭、长亭。这里泛指送别的地方。

②关：关联。

〔译诗〕

心上人离别了！
分手就在短长亭。
在你的面前，
假装忍住泪水，
决不是因为分别后，
才牵动我的感情。
实在是没有办法，
阻拦你的行程。

〔说明〕

这首词写送别丈夫之后，回忆别时强忍泪水，对亲人远去无可奈何的心情。

其　二

人去也，人去费丁宁①。
推枕梦回茅店月，束装风急酒旗亭②。
珍重晓寒生。

〔注释〕

①丁宁：叮咛。
②酒旗亭：挂酒幌的酒店。

〔译诗〕

心上人离别了！
离别时费去多少叮咛。
那行程中茅店的月儿，
走进我追随你的梦中。
你要结束好行装，
急风吹袭挂着酒旗的店亭。
在早晨的寒冷中，
千万多多保重！

〔说明〕

这首词写与丈夫别后，她在梦中追随到途中酒店，见丈夫不禁寒风，在酒店饮酒浇愁。

其 三

人去也，人去驿苕遥①。

曲曲琴心弦上语②，斑斑情泪镜中潮。

谁寄与红绡③？

〔注释〕

①驿：驿馆。苕（tiáo 条）遥：同迢迢。遥远的样子。

②琴心：以琴声表达的心声。

③红绡：古代女子穿戴的丝织之类物品。

〔译诗〕

心上人离别了！

人到驿馆路远迢迢。

我的心绪伴随一曲曲琴音，

在琴弦上诉说着烦恼。

充满思念之情的泪痕，

在镜中又化做汹涌大潮。

这钟情的红纱，

由谁给你捎到？

〔说明〕

　　这首词写丈夫别后住进驿馆。她听着琴声不觉泪下，想到红纱由谁寄给丈夫呢？

<h1 style="text-align:center">其　　四</h1>

　　　　人去也，人去梦难成。

　　　　绣被春寒常倚枕，画屏香冷懒调笙①。

　　　　镇日数行程②。

〔注释〕

　　①调：调弄。这里是吹奏的意思。

　　②镇日：整日。行程：指日程。

〔译诗〕

　　　　心上人离别了！

　　　　人走后我难以入梦。

　　　　盖着绣花被子倚着绣枕，

　　　　思念你，在料峭春寒中。

　　　　画屏旁的香火早已熄灭，

　　　　心绪不佳懒得去调弄箫笙。

　　　　整天地坐在家里，

计算着你离别的日程。

〔说明〕

这首词写丈夫离去之后，她因相思而难以入梦。躺在床上无心吹笙唱歌，整日计算着他离去的日程。

其　五

人去也，人去怯凭栏。

淡墨名题期蕊榜^①，软红尘涴卸雕鞍^②。

直梦到长安^③。

〔注释〕

①淡墨名题：唐代进士榜是以淡墨书写，夜间张挂。期：期望。蕊榜：传说道教学道升仙，列名蕊宫。后指科举考试中揭晓名第的榜示为蕊榜。

②软红尘：飞扬的尘土。涴（wò 卧）：沾污。

③长安：泛指京城。这里指北京。

〔译诗〕

心上人离别了！

人走后最怕倚靠栏杆。

淡墨写下你的名字，

金榜题名是我的心愿。

在飞扬的尘土中，

卸下沾满飞尘的雕鞍。

我在期望的梦中啊，

一直跟进到京城里边。

〔说明〕

这首词写丈夫离别后，她最怕依栏沉思，希望丈夫能够金榜题名，以便早日归来。

其 六

人去也，人去忒无聊①。

夜月怕窥罗幌冷②，晓妆愁煞远山遥③。

心事两眉梢。

〔注释〕

①忒（tè 特）：特别。

②罗幌：罗帐。冷：冷清，凄凉。

③远山：古人常用"远山眉"形容女子眉毛的秀丽；亦代指漂亮女子。

〔译诗〕

心上人离别了！

人走了特别无聊。

月夜里冷冷清清的罗帐，

此时最害怕把它看到。

清晨去梳妆的时候，

愁坏了紧蹙的眉毛。

满腹的心事啊，

全挂在这两道眉梢。

〔说明〕

　　这首词写丈夫离去后，她忍受着独居的清冷，连看一眼罗帐都感到害怕。

其 七

　　人去也，人去掩重门。

　　红蜡泪干因惜别①，玉台尘暗最消魂②。

　　新月又黄昏③。

〔注释〕

　　①红蜡句：李商隐《无题》诗："蜡炬成灰泪始干"，这里改而用之，是说因惜别而整夜睡不着。

　　②玉台：镜台。

　　③黄昏：昏暗的样子。

〔译诗〕

　　　　心上人离别了！

　　　　人走后把一道道门关紧。

　　　　为了这依依的惜别，

　　　　红蜡烛已把泪水流尽。

　　　　镜台因落满尘土而暗淡无光，

　　　　真让人心伤而又销魂。

　　　　一弯明亮的新月啊，

　　　　也变得昏昏沉沉。

〔说明〕

这首词写丈夫离别后，红烛泪干，整夜无法入眠，她懒于梳妆，镜子上也落满灰尘，就连天上的月亮也暗淡无光了。

其 八

人去也，人去几时归？
容易风霜吹木叶①，只愁消瘦减腰围。
谁与授寒衣？

〔注释〕

①木叶：树叶。

〔译诗〕

心上人离别了！
人走了哪天才能还？
漫天的风霜啊，
最容易把树叶吹掉。
只愁你日渐消瘦，
腰围一天天减少。
这御寒的棉衣，
有谁能给你送到？

〔说明〕

这首词写丈夫离别之后，她还一直在关心丈夫的冷暖，可是，谁能给他寄去寒衣呢？

无名氏

小小尼姑双垂泪

小小尼姑双垂泪,

　　合下经本,紧绉着蛾眉①。

叹人生枉生世界难消退,

　　恨爹娘自把银牙来挫碎。

念了声南无②,奴要少陪;

　　逃下山,要配姻缘自己配。

叫师父:得罪,得罪,真得罪!

〔注释〕

　①绉:皱。蛾眉:女子长而美的眉毛。

　②南无:佛家用语"南无阿弥陀佛"的简称。

〔译诗〕

小小的尼姑双眼流泪,

合上经书,紧皱着双眉。

感叹自己的人生不幸啊,

白白来到这里就难以退回。

自从爹娘把她送进空门，
恨得她差点把银牙咬碎。
念一声：南无阿弥陀佛，
我呀，我可要失陪！

逃下山去，逃下山去！
要配啥样姻缘全由自己去配。
叫一声：我的师父呀，
徒儿这里得罪得罪，真得罪！

〔说明〕

　　这首诗写一个出了家的少女，向往尘世的美满幸福的婚姻与爱情，她不满父母让她从小就去出家，更不甘心在佛规佛法的束缚下，过一辈子清苦寡欲的生活，她勇敢地提出，要逃下山去自己寻找一个美满的姻缘，甘愿做一个佛门的叛逆。

寄 生 草

眼睛皮儿扑簌簌跳，耳朵垂儿常发烧，
未开门喜鹊不住喳喳叫，昨天晚上灯花儿爆，
茶叶棍儿直立着，想必是今夜晚上情人到。

〔译诗〕

我的眼皮儿扑簌簌直跳，

我的耳垂儿经常发烧，

没等开门就听喜鹊喳喳叫，

昨天晚上灯花儿一个劲爆，

茶叶棍在杯中直立着，

想必是今个晚上情人到。

〔说明〕

这首诗中所描述的眼皮儿跳、耳垂发热、喜鹊叫、灯花儿爆等现象，都是民间传说中喜事的预兆。诗中运用这些现象，表现一个多情女子盼望恋人前来约会的心情，真切而又趣味横生。

附　　录

诗词曲谱简介

本书所选中国古代爱情题材的诗歌作品，历史跨度较大，作品形式繁多。因此，对入选作品所涉及的诗、词、曲谱，有必要做些简略的介绍。为节省篇幅，对其中的某些格律要求，没有一一例举或详尽说明。

1　诗经

《诗经》是我国第一部诗歌总集，共收作品三百零五篇，分为"风"、"雅"、"颂"三个部分。"风"有"周南"、"召南"、"邶"、"鄘"、"卫"、"王"、"郑"、"齐"、"魏"、"唐"、"秦"、"陈"、"桧"、"曹"、"豳（bīn 宾）"十五国风，属于地方曲调；"雅"有"大雅"、"小雅"，属于宫廷的"正乐"；"颂"是宗庙祭祀的伴舞乐歌。《诗经》的大部分作品是民间歌谣，少部分是贵族所作。现存的《诗经》，据说是战国时的毛亨与汉代的毛苌所传，因此又名《毛诗》。

2 乐府

古代设置的音乐官署，名为乐府。其起源很早，汉惠帝时即设乐府令。到汉武帝时，乐府的规模较大。乐府负责搜集民间诗歌，包括歌词和乐曲。它对汉代的诗歌发展，起到了积极的作用。后称乐府官署所采集、创作的诗歌，可以入乐的诗歌以及仿效乐府的诗歌为乐府，乐府也就成一种诗体了。

3 南朝乐府

是南朝乐府官署采集保存下来的南方民间歌谣，产生于长江中下游和汉水流域一带。收入《乐府诗集》中的"清商曲辞"类，分为"吴声歌"、"西曲歌"和"神弦歌"三部分，计约五百首。形式多为五言四句，内容以反映爱情为主，题材此较狭窄，但其语言清新，感情真挚，有一定的艺术特色。

4 北朝乐府

是北魏以后北方少数民族和汉族人民创作的民间歌谣，后来被乐府机关搜集在《乐府诗集·梁鼓角横吹辞》里，少数收入《杂歌谣辞》中，约七十余首。题材广泛，体裁多样，语言质朴，在思想上和艺术上都大有进步。《木兰辞》是其最为著名的作品。

5　古诗

这里指"古诗十九首"。是东汉末年文人所作。传至南朝梁代，萧统《文选》把这些无作者名字的诗，合为一组，题为"古诗十九首"。这些作品形式多为五言，极其简洁、生动，表达了深挚的情感，有较高的艺术性。

6　子夜歌

乐府《吴声歌》篇名。《宋书·乐志》载："子夜歌者，有女子名子夜，造此声。"因此而得名。形式全为五言四句，内容多写情人之间的悲欢离合。现存晋、宋、齐三朝歌词四十二首。

7　子夜四时歌

乐府《吴声歌》篇名，简称《四时歌》，是《子夜歌》变化出来的一种歌唱四季的曲调。《乐府诗集》收晋、宋、齐三朝民间词七十五首，全部是以爱情为题材的。后代文人也多有仿作。

8　华山畿

乐府《吴声歌》篇名。系《懊侬歌》变曲。现存民间词二十五首。《乐府诗集》卷四十六引《古今乐录》说，宋少帝时，南徐一士子，往云阳路经华山，爱上客舍一位少女，却无缘接近，忧郁而死。后来灵车经过女家门前时，牛停步不前，鞭打不动。少女知情，感其至诚，奔出对棺而歌，棺应声而开，女遂纵身入棺而死。乃将二人合葬，名曰"神女冢"。

9　读曲歌

乐府《吴声歌》篇名。一作《独曲》，意即徒歌，唱时不配音乐。《乐府诗集》引《古今乐录》说："元嘉十七年（440），袁后崩，百姓不敢作声歌，或因酒宴，止窃声读曲细吟而已，以此为名。"现存民间词八十九首，内容多以男女爱情为题材，多用双关谐音语句，以表达相爱之情。

10　那呵滩

乐府《西曲歌》篇名。《乐府诗集》引《古今乐录》说其"多叙江陵及扬州事，那呵，盖滩名也。"今存民间词六首，内容写一船夫与情人对唱，表达不愿分离的真挚情感。

11　折杨柳歌辞

乐府《梁鼓角横吹曲》篇名。北朝民歌。今存四首。形式皆为五言四句，内容多表现女子的爱情生活，宛转缠绵，纯朴直率，艺术上颇具特色。

12 白头吟

乐府《楚调曲》篇名。古辞写男子有二心，女子表示决绝，并说："愿得一心人，白头不相离。"因此而得名。

13 敦煌曲子辞

1907 年在甘肃敦煌石窟中发现的唐、五代词，约有一百六十多首，大约作于八世纪至十世纪之间。其中除少数文人词可考知作者姓名外，绝大多数是无名氏的作品，包含部分民间创作。内容广泛，形式多样，生活气息浓郁，有较高的艺术性。敦煌曲子词的发现，对研究中国古代词的发展，有着重要的意义。

14 长干曲

乐府《杂曲歌辞》篇名。长干，古金陵里名，在今南京市，靠近长江。今存一首。古辞系写长干里一带江边女子的生活和感受。

15 长相思

乐府《杂曲歌辞》篇名。内容多写男女或朋友久别的思念之情，故名《长相思》。南朝和唐代诗人多以此为题，常以"长相思"三字开头，句式长短不一。

16　拔蒲

乐府《西曲歌》篇名。据《乐府诗集》引《古今乐录》说："《拔蒲》倚歌也。"又说：凡倚歌，悉用铃鼓，无须有吹。"今存民间词二首。内容是结合拔蒲的劳动，描述青年男女的相爱之情。"

17　作蚕丝

乐府《西曲歌》篇名。《古今乐录》说："《作蚕丝》，倚歌也。"即配乐无舞而歌。今存民间辞四首。内容以春蚕作茧、抽丝，来描述男女相爱的情感。形式为五言四句。

18　西洲曲

乐府《杂曲歌辞》篇名。南朝无名氏作。因首句为"忆梅下西洲"而得名。内容写女子对情人的忆念。是南朝乐府中的名篇。

19　九张机

词调名。无名氏作。宋曾慥《乐府雅调》收有两组，内容写女子织丝时的情景。此调属联章体，从一张机至九张机，因以得名。一组九首，另一组也是九首，但前有"口号"，后有"放队词"。

20 罗唝曲

词牌名。唐刘采春作。一说刘采春只是歌者，并非作者。又名《望夫歌》。因陈后主在金陵所建罗唝楼而得名。格律为单调，二十字或二十八字，皆平韵。

21 蝶恋花

唐教坊曲名，后用为词牌。又名《鹊踏枝》、《凤栖梧》、《黄金缕》、《卷珠帘》、《一箩金》。格律为双调，六十字，前后片各五句，四仄韵。

22 菩萨蛮

唐教坊曲名，后用为词牌。又名《子夜歌》、《重叠金》、《花间意》。据苏鹗《杜阳杂编》载："大中初，女蛮国入贡，倡优遂制《菩萨蛮》曲，文士亦往往声其辞。"格律为双调，四十四字，前后片各四句，两仄韵，两平韵。

23 忆江南

唐教坊曲名，后用为词牌。又名《望江南》、《梦江南》、《江南好》。《乐府杂录》称李德裕为亡姬谢秋娘所作。本名《谢秋娘》。白居易依其调作《忆江南》，始得此名。格律为单调二十七字，三平韵；宋人多作双调，三十四字，皆平韵。

24 忆秦娥

词牌名。又名《秦楼月》、《碧云深》。世传唐李白首制此词，因有"秦娥梦断秦楼月"句而得名。格律为双调，四十六字，分平韵、仄韵两体，皆一叠韵。

25 竹枝词

乐府《近代曲》名。又名《巴渝辞》。本是巴渝（今四川东部）地方民歌，后来唐刘禹锡根据民歌演为词调。格律为七言绝句。语言通俗。

26 浪淘沙

唐教坊曲名，后用为词牌。又名《浪淘沙令》、《过龙门》、《曲入冥》、《卖花声》。《词谱》说："《浪淘沙》创自刘（禹锡）白（居易）。"专咏调名本意。原为小曲，格律为单调二十八字，四句，三平韵，即七言绝句。刘禹锡九首的正格，白居易六首为拗体。南唐李煜始作《浪淘沙令》，盖因旧曲名，另创新声，格律为双调五十四字，前后片各五句，四平韵。宋人也有于前片或后片起句减一字的，也有用仄韵的。

27 更漏子

词牌名。因晚唐温庭筠词中多咏更漏而得名。格律为双调，四十六字，上片两仄韵、两平韵，下片三仄韵、两平韵。

28　小重山

词牌名。又名《小冲山》、《小重山令》。格律为双调，五十八字，前后片各四句，四平韵。

29　女冠子

唐教坊曲名，后用为词牌。小令始于温庭筠。格律为双调，四十一字，平韵，长调始于柳永，双调，一百十一字，仄韵。

30　诉衷情

唐教坊曲名，后用为词牌。格律为单调，三十三字，平仄韵互用；双调用四十一字（又名《桃花水》）、四十四字、四十五字三体，平韵。

31　浣溪沙

唐教坊曲名，后用为词牌。又名《浣纱溪》、《完溪纱》。分平韵、仄韵两体，平韵见唐人词，仄韵始自南唐李煜。格律均为双调，四十二字。

32　江城子

词牌名。又名《江神子》、《水晶帘》等。唐、五代词多为单调，自三十五字至三十七字不等，平韵。宋人多作双调，七十字，有平韵、仄韵两体。

33 生查子

唐教坊曲名，后用为词牌。《敦煌曲子词》中有此调。文人作品以唐末韩偓所作为早。格律为双调，四十字，上下片各两仄韵。各家用此调平仄出入较大。

34 谒金门

唐教坊曲名，后用为词牌。又名《空相忆》、《出塞》等。格律为双调，四十五字，仄韵。另有换头增一字为四十六字体。

35 乌夜啼

唐教坊曲名，后用为词牌。又名《相见欢》、《秋月夜》、《上西楼》。格律为双调，三十六字，上片三平韵，下片两仄韵、两平韵。另有《乌夜啼》又名《圣无忧》，格律为双调，四十七字，平韵。

36 踏莎行

词牌名。又名《柳长春》、《喜朝天》等。调见《张子野词》。行，即歌行，为诗歌之一体，节奏轻缓的行板。格律为双调，五十八字，仄韵。另有《转调踏莎行》，格律为双调，六十四字或六十六字，仄韵。

37 玉楼春

词牌名。又名《玉楼春令》、《西湖曲》、《春晓曲》等。以顾复复词"月照玉楼春漏促"句得名。格律为双调，五十六字，前后片各四句，仄韵。

38 雨霖铃

唐教坊曲名，后用为词牌。《碧鸡漫志》卷五引《明皇杂录》及《杨妃外传》，谓为唐玄宗作："帝幸蜀，初入斜谷，霖雨弥旬，栈道中闻铃声，帝方悼念贵妃，采其声为《雨霖铃》曲以寄恨。"格律为双调，一百零三字，前片十句，五仄韵；后片八句，五仄韵。

39 定风波

唐教坊曲名，后用为词牌。又名《定风波令》。格律类似七言绝句，三、四句中间加衬二字仄韵短句，双调，六十字。柳永《乐章集》衍为九十九字慢词，仄韵。

40 临江仙

唐教坊曲名，后用为词牌。原曲多用以咏水仙，因而得

名。格律为双调。五十八字，上下片各五句，三平韵。另有增
字的别体。

41 鹧鸪天

词牌名。又名《思佳客》、《思越人》、《剪朝霞》等。格律
为双调。五十五字。前片四句，三平韵；后片五句，三平韵。

42 阮郎归

词牌名。又名《醉桃源》、《碧桃春》、《濯缨曲》等。词名
用刘阮故事。据《神仙记》载，东汉永平年间，剡县人刘晨、
阮肇入天台山采药，遇二女子，邀至家中留住半年，其地气候
温暖如春，等回到家乡，子孙已历七世。格律为双调，四十七
字，前后片各四平韵。

43 水龙吟

词牌名。又名《龙吟曲》、《鼓笛慢》、《小楼连苑》等。格
律为双调，一百零二字，仄韵。

44 卜算子

词牌名。又名《百尺楼》、《眉峰碧》。《词律》以为取义于
"卖卜算命之人。格律为双调，四十四字，前后片各四句，两
仄韵。另有慢词，八十九字，仄韵。

45 鹊桥仙

词牌名。又名《金风玉露相逢曲》、《广寒秋》等。风俗记载："七夕，织女当渡河，使鹊为桥。"由此得名。格律为双调，五十六字，仄韵。另有一体为双调，八十八字，仄韵。

46 捣练子

词牌名。又名《捣练子令》、《杵声齐》、《深院月》。以咏捣练而得名。格律为单调，二十七字，平韵，另一体为双调，三十八字，平韵。

47 御街行

词牌名。又名《孤雁儿》。格律为双调，七十八字，前后片重叠，各七句，四仄韵。下片有的略加衬字，是为变格。

48 一剪梅

词牌名。又名《腊梅香》、《玉簟秋》。宋周邦彦词中有"一剪梅花万样娇"句，因而得名。"一剪梅"即一枝梅之意。格律为双调，六十字，前后片相叠，各六句，三平韵。

49 凤凰台上忆吹箫

词牌名。《列仙传》载，秦穆公的女儿弄玉，吹箫引凤，与箫史结成伉俪。因而得名。格律为双调，九十五字，平韵。

50 钗头凤

词牌名。相传本名《撷芳词》，因北宋政和间宫中有撷芳园而得名。南宋陆游因无名氏词中有"可怜孤似钗头凤"句，改名《钗头凤》。又名《折红英》、《惜分钗》、《玉珑璁》等。格律为双调，六十字，前后片末句用三叠字。仄韵。

51 南乡子

唐教坊曲，后用为词牌。格律分单双调两体。单调三十七字或二十八字、三十字，两平韵，三仄韵。宋人作双调，五十六或五十四、五十八字，平韵。

52 祝英台近

词牌名。又名《宝钗分》、《月底修箫谱》。毛先舒《填词名解》卷二引《宁波府志》说此调本于东晋以来梁山泊与祝英台的故事。格律为双调，七十一字，仄韵。

53 长亭怨慢

词牌名。此为南宋姜夔自度曲。其词序云："予颇喜自制曲，初率意为长短句，然后协以律，故前后阕多不同。"格律为双调，九十七字，仄韵。

54　武陵春

词牌名。又名《武林春》。正体为双调，四十八字，平韵。变体末句加一字，或上下片二、三、四句各加一字。

55　双双燕

词牌名。南宋史达祖有"过春社了"一词咏双燕，因此而得名。格律为双调。九十八字，仄韵。

56　风入松

词牌名。又名《风入松慢》、《远山横》。古琴曲有《风入松》，相传为晋嵇康作。唐诗僧皎然有《风入松》歌。格律为双调，七十四字或七十六字，平韵。

57　木兰花慢

词牌名。原调系唐教坊曲《木兰花》，后用为词牌。宋词《木兰花》实即《玉楼春》调，因五代欧阳炯有"同在木兰花下醉"句，遂又名《木兰花》，后来又演变为《减字木兰花》、《偷声木兰花》，最后又演变为《木兰花慢》。格律为双调，一百零一字，平韵。

58　高阳台

词牌名。又名《庆泽春慢》、《庆春宫》。格律为双调，一百字，平韵。

59 沁园春

词牌名。又名《寿星明》、《洞庭春色》。东汉明帝之女沁水公主富有园林，后世多用"沁园"指公主园林，由此得名。格律为双调，一百十四字，平韵。

60 金缕曲

词牌名。又名《贺新郎》、《贺新凉》、《乳燕飞》。格律为双调，一百十六字，仄韵。

61 摸鱼儿

唐教坊曲名，后用为词牌。又名《摸鱼子)、《买陂塘》、《陂塘柳》等。格律为双调，一百十六字，仄韵。

62 水仙子

曲牌名。又名《凌波曲》、《湘妃怨》、《冯夷》。定格为八句，句式为：七七七五六三三四。北曲有黄钟宫《古水仙曲》，与此曲不同。

63 折桂令

曲牌名。又名《蟾宫曲》、《天香引》、《秋风第一枝》等。

属北曲双调。定格为十二句，五十六字，句式为：六四四四四四七七四四四四。可单支作小令，也可入双调套曲。又据《南北词谱》注称："此调或十句、十一句、十二句、十三句，或多至十七句，句法皆大同小异。"

64　梧叶儿

曲牌名。又名《知秋令》、《碧梧秋》。属北曲商调。定格为七句，二十六字，句式为：三三五三三三六。各句皆可增字。五韵。多单用为小令，也可入商调套曲。元曲中常用曲牌。

65　红绣鞋

曲牌名。又名《朱履曲》。属北曲中吕宫。定格为六句三十字，句式为：六六七三三五。押五句韵，或六句全韵。可单支用作小令，也可入中吕宫套曲。为元曲中常用曲牌。

66　寄生草

曲牌名。属北曲仙吕宫。定格为七句四十字，句式为：三三七七七七七。首尾两句可增字。五句韵。可单支用于小令，也可入仙吕宫套曲。为元曲中常用曲牌。

67　四块玉

曲牌名。属南吕宫。定格为七句，二十九字，句式为：三三七七三三三。各句均可增字。五句韵。可单支用于小令，也可入南吕宫套曲。为元曲中常用曲牌。

68 喜春来

曲牌名。又名《阳春曲》。属北曲中吕宫。定格为五句，二十九字，句式为：七七七三五，末句可增字，五句韵。可单支用于小令，也可入中吕宫套曲。

69 凭栏人

曲牌名。属北曲越调。定格为四句，二十四字，句式为：七七五九，四句韵。只单支用于小令，不入套曲。为元曲中常用曲牌。

70 十二月尧民歌

曲牌名。是《十二月》和《尧民歌》的连用。《十二月》定格为六句，二十四字，句式为：四四四四四四。《尧民歌》定格为七句四十字，句式为：七七七七二五五。两曲必须连用。

71 清江引

曲牌名。又名《江儿水》。南北曲中皆有。北曲属双调。南曲属仙吕入双调。定格为五句，二十九字，句式为：七五五五七，四韵。可做单支小令，也可入套曲。为元曲中常用曲牌。

72　寨儿令

曲牌名。又名《柳营曲》。属北曲越调。定格为十二句，五十四字，句式为：三三七四四五六六五五一五。除头二句，其它句皆可增字，十一韵。多单支用于小令，也可入越调套曲。

73　沉醉东风

曲牌名。属北曲双调。定格为七句，四十二字，句式为：七七三三七八七，六韵。可单支用于小令，或用作过曲。

74　锁南枝

曲牌名，属南曲双调，定格为九句，三十五字，句式为：三三七五五三三三三。可单支用于小令，或用作过曲。

后　　记

　　一九八六年，由我选注的一本历代爱情诗出版后，至今已近十年的时间了。那本书的规模很小，只选了历代爱情诗一百首，总觉得还有许多优秀的篇什未能选入。经过多年不懈的努力，我又选编注译了今天这个本子，似乎稍有安慰。古代爱情诗如同璀灿夺目的珍珠，在浩如烟海的中国古代诗歌中，闪耀着奇异的光彩，即使这个本子，也难免挂一漏万。除了对原作的注释之外，还增加了对原诗的今译，或许对于青年朋友在阅读原作时，会有些许帮助。同时，对原诗还做了一些简单的说明、背景介绍，以期帮助青年朋友进一步理解原作。本书选收作品，大体是按朝代及作者生年排列。本书在编选及注译的过程中，参照并吸取了一些古诗选本的研究成果，在此特别说明并致谢意。限于编者的水平，错误之处在所难免，敬希专家与广大青年读者朋友不吝赐教。

编者